U0934531

SUBWAY

北京世纪文景文化传播有限责任公司　出品

地铁

韩松 著

世纪出版集团 上海人民出版社

目录

末班

惊变

符号

天堂

废墟

自序
中国人的地铁狂欢

2010年9月上旬，我到四川出差，恰逢成都第一条地铁线通车。成都媒体像过年过节一样，大篇幅报道，充满狂欢气氛，标题都是："成都迎来地铁时代！"编辑们兴奋地引用着庞德的诗句，畅想着坐地铁去喝下午茶，而且预言今后的成都地铁将无人驾驶；老板们则在接受采访时大谈地铁开通之后商店将迅速"蝶变"，伊藤洋华堂的日本老总预测今后"穿裙子的顾客会增多"，因为坐地铁嘛，面对的目光一多，会让人更加重视仪容仪表，特别是女性。地铁开通的当天，有15000名成都人去坐着尝鲜，早上9点发车，6点就有人来排队了。有一对老夫妇，怕错过了首发，一夜没睡好。有的人说："终于见到传说中的地铁了！"地铁沿线安放了多如星星的监控探头，仅天府广场站就有一百多个，有一对老夫妻走散了，通过监控录像，民警一分钟内就帮助他们重逢了。还有女青年选择坐地铁给男朋友送生日蛋糕，好浪漫。一位70多岁的李先生在地铁里不停地拍照。一对双胞胎姐妹则在车厢里大摆POSE。有个脑血栓偏瘫的81岁老太太，很久没出门了，硬要女儿推着她去坐地铁。还有一个患老年痴呆症的90岁老太太，闹着要出去玩，也被家人推上了地铁。地铁司机很兴奋，以至于未能及时刹车而开过了站，于是赶紧倒车，还通过喇叭向乘客道歉。地铁乘务员选的都是漂亮帅气的姑娘小伙。有一个孕妇挺着大肚子挤上了地铁，替肚子里的孩子给老公发短信：“爸爸，我们在地铁上，我们很洋气！”这种气氛太魔幻了。

实际上，不仅是成都，整个中国，都在拥抱一场地铁的狂欢。2010 年 8 月底，我看到《瞭望》周刊的一篇报道，说未来 5 年，中国将投资 1 万亿元人民币修建 2500 公里的地铁等轨道交通线（包括地铁、高架和轻轨，其中地铁建设成本为每公里 5 亿—7 亿元）。预计到 2020 年，全国地铁等轨道交通总里程将达 6100 公里，创下世界纪录。那么，全世界到底有多少座城市拥有地铁呢？目前还没有准确的数据。据媒体报道，这个数字应该在 114—168 个之间，中国是后来居上了。我认为，地铁狂欢，是当今中国除了互联网之外的第二大狂欢。但这却是一场迟到的狂欢。

早在中国第一条地铁开通（1969 年的北京地铁）的 106 年之前，英国政府于 1863 年 1 月 10 日就在伦敦建成了世界上第一条完全修建在地下的“铁路”——地下铁道。与北京第一条地铁首先是为了国防战备的目的不同，伦敦地铁主要是为了缓和地面交通拥堵。英国律师查尔斯·皮尔逊（Charles Pearson）是世界上第一位提出建造地铁的人。19 世纪 50 年代末至 60 年代初，皮尔逊看到当时的伦敦街道上车辆很多，交通时常阻塞，并且预见到这种现象将会随着城市的发展而日趋严重。于是，他根据铁路具有运量大、车速快的特点，大胆向英国伦敦市政当局提出了把铁路建造在城市街道下面的设想。19 世纪，对于工业化迅速推进的资本主义社会来说，是一个充满梦想和创造的世纪，很多新发明、新成就应运而生，地铁便是这其中的一项。那么，1863 年的中国是什么样呢？那一年，石达开覆灭，太平天国即将败亡。皇帝的交通工具仍然是玉辇，要用36人抬着行动。而这一年，美国却开始修建长达3000公里的、横贯北美大陆的太平洋铁路。这是人类超级工程的一大奇迹。法国科幻小说家儒勒·凡尔纳在他的《八十天环游地球》里也提到了这条铁路修建的意义：如果没有它，80天环游地球的梦想将永远只是梦想而已。有16000名华工参与了太平洋铁路的修建，占筑路人员的90%以上，据说每一根枕木下都有一具华工的尸骨。两年后的1865年，一个叫杜兰德的英国商人才在北京宣武门外修建了一条长约1里的、用于展览的小铁路。

实际上，过去百多年来，铁道的修建，已成为了中国崛起的一个标志，浓缩着这个泱泱大国的现代化奋斗历程。一看到铁路，我就会想到1978年邓小平乘坐日本新干线时说的那句话："我就感觉到快，有催人跑的意思。"从詹天佑的京张铁路，到北京的地铁；从青藏铁路，到武广高铁……这些都被赋予了民族复兴的沉甸甸政治意义。如今，这个修建了万里长城的民族，已然修建出了超过万里的铁路网，无论从速度、长度，还是从密度、高度，在世界上都名居前列。这是仅仅十多年前，还不太敢想像的事情。铁路让我看到了一个逐渐强大起来的国家。坐在北京和上海最新完工的地铁上，我感觉到它们甚至比纽约和东京的地铁还要好。人们说中国基本完成现代化，从1840年算起，到21世纪中叶，大概需要200年的时间。如果说现代化在某种程度上讲是城市化的话，那么，地铁正好是这一进程的写照。

我第一次接触地铁，是21年前的春天，与师兄黄文彬到北京，为做研究生毕业论文查资料。他带着我，从北京站挤上地铁，经复兴门换车，再到木樨地。留下深刻印象的是车厢里的无比拥挤，以及强烈异味。另外，我第一次觉得，地铁只能是与首都联系在一起的，它同时也是高贵、封闭、神秘而灵异的。我无法想像的是，自己竟然如同凡尔纳小说中的人物一样，经历了一次地底旅行！而现在，地铁已经大众化、平民化了。地铁仿佛以更加亲和的方式，与每个人的生活发生着交织。据媒体报道，有人打招呼，都这样问："今天你地铁了吗？"地铁沿线的房地产迅速升值，高楼拔出，商圈兴起，人潮人海，灯红酒绿，甚至美国著名的快餐连锁店"地铁"（SUBWAY，即赛百味）也来到了中国……地下空间形成了一个新的社会，三教九流的人物云集，就像吕克·贝松1985年拍摄的电影《地下铁》一样：一个人走进地铁后，才发现这个地方是如此的多样及复杂，在地铁世界中，从小偷到音乐家都有，每个人都在无所事事地到处游荡……的确，与地铁相关的各种东西都来了。

在中国，地铁文化也渐然形成。台湾漫画家幾米的《地下铁》，这部漫画书的魅力是如此之大，以致被改编成了电影、电视剧、舞台剧，转录成了广播剧和音乐。2003年，香港据此拍摄了电影《地下铁》，由王家卫担任制片，梁朝伟、杨千嬅、张震、董洁、范植伟等出任主演。2006年，陈家霖执导了92集电视剧《地下铁》，主演有林心如、霍建华等，实景在杭州、南京的地铁中拍摄。内地也兴起了地铁热，2002年，徐静蕾等主演的《开往春天的地铁》上映，把地铁当做生活和爱情的缩影，引起了广泛关注。近年，更是有不少地铁主题书籍出版，如"地铁伴读丛书"，以及《搭地铁玩北京》、《搭地铁玩上海》等旅游手册，还有《地铁幽光》、《最后一班地铁》等小说、散文。2010年，一本以地铁为标题的随笔集《佛祖在一号线》一面世便成为畅销书，专栏作家李海鹏也许想的是，在上海地铁一号线上，芸芸众生终会悟道。歌手李宇春有一首歌叫《漂浮地铁》，她伤感地咏唱，"We are half a world away"。另一名歌手陶钰玉则在《深夜地下铁》里唱道："地下铁的轨道，孤单单的心跳；一个人的背包，装满太多问号。”……

总之，地铁已成为了凝聚当代中国人情感、欲望、价值、命运的一个焦点。它也被当做了都市文明的一个专属符号，就像钟汉良在《地下铁》中唱的：“伦敦地下铁听古典乐，回到爱你第一夜。巴黎地下铁听爵士乐，你的爱情我在纪念。纽约地下铁听灵魂乐，你一个人很可怜。北京地下铁听摇滚乐，我又想起你的誓言。香港地下铁听流行乐，我别再浪费时间。台北地下铁不听音乐，我一个人的明天。”遗憾的是，除了幾米的《地下铁》，其余有关地铁的电影和书籍，我都还没有看过。幾米的《地下铁》也是2009年在朋友家，我偶然翻阅到的。我觉得幾米的地铁其实还是温暖的，但在我的地铁中，恐怕就难以找到那么多的暖意了。

最近，我发现，京城的地铁里面，乞丐越来越多了。乘客们都十分紧张地看着他们。乘客也越来越多，高峰时，大量的地铁安全员身穿白色或黄色的制服，在站台上跑来跑去，忙着维护秩序，其实是防止乘客掉下站台。他们在管理着生死。低头看去，一步之外，就是冰凉的铁轨，据说还有高压电，死亡就在一念之间，却没有一个人在乎，挤进车厢的，都是些亢奋而变形的脸庞。谁都想赶上这趟车，别的都不管不顾了。然而，发生在东京、伦敦、莫斯科的针对地铁的恐怖袭击，会不会有一天也在中国发生呢？我想到了一个美国人写的《灾难逃生指南》，他在里面列出了十余种城市可能遭到的袭击，其中，地铁遇袭位列核袭击和地震之后的第三位。他写道：“在一个正常的日子里，在纽约地铁都可以有六种死法。如果恐怖分子没有袭击地铁，惟一原因就是太容易了，没有挑战性。”我注意到，2006年1月，国务院发布了九类事故灾难类突发公共事件专项应急预案，其中就包括《国家处置城市地铁事故灾难应急预案》。

我又想，在这块5000年的大地上，到处都在修地铁，如此浩大的工程，挖出了多少墓葬和尸骨呢？没有见过报道。在地铁中，我还会常常想到，我每天过着的生活，不就是幻影般展呈在西方人创造的一个封闭铁盒子里的吗？但这样的智能发明，像汽车、飞机和互联网一样，我们自己却没有能够创造出来，今后很长一段时间里，也还不一定能创造出类似的东西来。我知道身边其他的乘客或许不会去想这个。这令我恐惧而孤独。地铁因此有时让人绝望，这也常常只是在接触到某些人所不知、人所忽略的信息之后，才会产生的困顿和慌张。信息即权力，它把那些温情的、做作的、表面的东西，都统统撕裂或阻绝了。

最近我在地铁里读张悦然主编的杂志《鲤》，里面有篇文章说，上一辈作家发出了太多愤怒、怀疑、批判、嘲讽的声音，却没有教给成长中的年轻人一些关于爱、善良乃至幸福的真理。我觉得，讲得很有道理，这些的确是我们缺乏的。但是，从另一个方面说，我们更缺乏的，却恰恰又不是这些——我们现在其实是太欢乐了。至少在我的成长岁月里，那些偶像般的作家们，并没有把中国最深的痛，她心灵的巨大裂隙，并及她对抗荒谬的挣扎，乃至她苏醒过来并繁荣之后，仍然面临的未来的不确定性，以及她深处的危机，在世界的重重包围中的惨烈突围，还有她的儿女们游荡不安的灵魂，等等这些，更加真实地还原出来。所以作为文字工作者，有一个使命还没有完成。这时要去谈其他的，都是肤浅的。

像地铁一样，中国的路还有很长，还远未到在无上幸福中狂欢的时刻。

韩松

二〇一〇年九月

末班

一、回家路漫漫

他下了夜班，要去搭乘末班地铁回家。他沿着大街，逃跑一样，跌跌撞撞奔至车站。他举起头，见天空赤红而高大，如一片海，上面有个黑色的、奇圆的东西，像盏冥灯，被骷髅一般苍白色的摩天大楼支起。漆黑的月亮下面的城市，竟若一座浩阔的陵园，建筑物堆积如丘，垒出密密麻麻、凹凹凸凸的坟头，稀疏车流好似幽灵，打着鬼火，在其间不倦游荡。

他好像很是焦灼，抬腕不停地看手表。其实没有必要，多年来墨守成规的夜班生活，已把他本人变成钟表了。末班地铁还有五分钟就要到了。说时迟，那时快，可口可乐的霓虹广告从四面八方抛射起来，牛肉火锅般熊熊燃烧，却是尸蓝色的，把月光都遮蔽住。他的第一个反应是抬起手臂，去格挡那辉光，半途却虚弱地停下来。周围的一切，已不真实，莫非太虚幻界？……刹那间他记起来，自己已到了退休年龄，什么都跟以往再不一样了。连一小片羽毛般的浮光，都可以把他轻易地击倒。

于是，他加快步伐，趔趄走下巨冢般的站台。是在回家，还是在迈向死亡呢？——深藏不露的地下世界营造了棺椁般的冰冻感。站台上还有一些候车人，荒原上的墓碑一样，歪歪斜斜插入地面，紧闭无脂的青色嘴唇，正在灵魂出窍。那么，退休以后，还会坐地铁吗？至少末班地铁怕是没有机会坐了……哦，人死后，还会坐吗？一层淡淡的如若遗憾的情绪，在他胸间焚烧。

忽然，像是从地心传来了大型食肉动物的喘息声，强光和狂风拧绞成一股，冷腥地刮得候车人毛发倒竖，身边的压力在急剧改变。每次，他都要略微滑稽地想起武松夜过景阳冈。但新时代的打虎英雄又在哪里呢？……倒吸一口凉气，他退后一步，在矛盾的想像中，捋袖抻拳做出了格斗架势。这时，漆成军装绿的列车从地窟中钻出了浮胖的、蛇颈龙似的头来，紧接着是肿胀得不成比例的身躯，大摇大摆、慢慢吞吞停下。他踏实了，乃至有些兴奋起来。一道道车门尖叫着打开，站台上的"墓碑"们飘飘舞舞，像被吸尘器吸了进去……他亦在不知不觉间，平移入了车厢。

里面人不多，均木鸡般呆坐着，又狴犴样面目狰狞。这一幕他也看久看腻了，麻木不仁了，但竟奇怪地间杂了感激的欣赏，好像是一名口味特别的观众。他坐下来。列车又钻入矿井般的深渊。车轮啦啦回转，像古剧场的废墟里，重复上演一首保留曲目。他满足地倾听着，沉浸在人生的刻板不变中。又一天结束了。每一天都一样，一年又一年，连点滴细节，都没有进展，他老了，他累了，他需要歇息了……然而，今夜的声音却有些异样。曲子特别的漫长、漫长……

他揣度列车仍在照章行进。外面却渊黑无际。该到站了，他在心里说。该到站了。可是，站台并没有如期出现。十分钟过去了，二十分钟过去了……一小时过去了……他又看看手表。它不走了。像被洗劫了似的，他觑望车厢里其他人——均紧闭双目，纹丝不动，仿佛集体拒绝面对身外的变故。他站起来，走近对面座位的乘客，见他歪躺着，四肢张开，五官冲天，像只被潮水冲上滩的无名海底动物，一本发黄的《读书》杂志滑落在地板上。

“喂，醒醒。”他轻唤。

但对方好像根本不打算醒来。他稍作迟疑，便去拨弄他。手碰到那乘客的身体时，像通过空气一样，毫无阻力地穿插了进去。他探入的是虚无一物的领域。

他活了大半辈子，对此毫无思想准备。

二、空心乘客

像被僵尸咬了一口，他嚓地抽回手，心狂跳，揉揉眼，定睛端详：是一个年轻男人，矮瘦枯焦，戴副黑框眼镜，脸皮打满皱褶，脖子竹棍般从破旧的绿色迷彩服中挑出来，脓水一样的黄色口涎，顺着马口铁般的嘴角淌下，湿透了前胸衣襟……不知是做什么职业的，不知是否也回家。然而，哦，至少从表面上看，一切犹给人以物质的实感——就像是罐装的可口可乐。世界看样子还存在着吧……但与沉眠的乘客们又有什么关系呢？他用力做了一个深呼吸，小心翼翼再去碰对方。手又一次沉没在了年轻人的身体里——什么都没有，犹如电影银幕上的一道光影！他赶紧把手放到自己身上。五指、手掌、手腕、前臂，轻松地插入前胸，从后背穿透而出，无痛无痒，毫无知觉——没料到，他原来也只是个空心人。他仅仅是个空心人！

在忽然陌生而冷酷起来，如若世界尽头的末班地铁上，他因为困惑而愤怒，低声吼叫：“喂，都醒醒，看看出了什么事了！”他孑然踉跄着，从车厢一头走至另一头，试图唤醒乘客们。但无一人理睬他。他看见相邻的车厢，也是一派群体昏睡的场面。而他为什么还独自醒着？列车似乎背叛了他。

他伤心欲绝地不再往前走了。这时，他仿佛看到时间的本体现身，像一队越狱的囚犯，穿着陈旧的褐色长袍，压低脑袋，一个接着一个，挤出车窗逃走。然而，这怎么可能？车厢中已然欠缺了时间（以及相对应的空间）的参照物，不是连手表都停掉了吗！

无助地，他死死拽住扶手——扶手却似可确证是物质的，瞠目结舌，看着车窗外飞驰而过的、如同由无数巨型食肉蝴蝶构织成的真正黑暗。的确是永无尽头哪。但这么多年了，为什么没有提前想到呢？这才是世界真实的一面吧，他竟一直忽略了。随即，他产生了在太空中无重力飞行的感觉。星光，火箭，陨石……可是他从来没有过这样的经历。

想到自己鼓鼓囊囊，像个企鹅似的宇航员形象，就十分可笑，比新时代的打虎英雄更加莫名其妙……地铁真的是行驶在宇宙中吗？现在，大概离单位或家都已很远、很远了。而列车那节奏分明的喘息，正乘人之危一般，一声声愈加紧迫，就像一根绞索，凸显出凶悍肃杀。它真的是列车吗？他忍不住抽泣起来。

他诧异难堪了。自己还会哭呀！于是他又笑了，他笑自己。他已经很久不知道如何哭或笑了。哭笑声像婴儿在啼叫，令他意识到并不是在做梦。他残存的希望破灭了。灰黯的回忆却不合时宜地扭动上来。他何时哭过笑过呢？父母去世，他都心如止水冷若冰霜。只记得一次——多年前的一个漆黑长夜里，那时这座城市的地铁才刚刚兴建，他于梦游中走到大街上，看见一群绿衣绿裤的年轻人，正把大铁钉砰砰地打进一排跪着的、被缚的老人的脑门。他好奇地躲在一边，观摩那些鬼魅一样拧动不休的孩子，和一个个石榴般噼啪崩裂的血葫芦，哭了……但奇怪的是，流出的却是兴奋的眼泪。他是在笑呢。

——大概，这就是佛经中讲到的无常，他想。而无常就是正常……在退休前夕，在正正常常乘坐末班地铁回家的路上，他反常地哭了、笑了。作为乘客，面对局势，竟是彻底地没有办法。不管坐多少次车，到头来还是没有办法。但一无是用的哭笑声是如何从一个中空的、虚影般血肉消散的躯壳中迸发出来的呢？以前，他可曾想到过自己是这样一个人？……那么，到底是不是他在哭和笑呢？或者，这哭笑连同列车的嚣叫，其实也只是早已备好的录音？像是一个阴谋……进而，他是否真的存在过？而他又是谁呢？

他陷入了凶相的重围，才骇愕意会到，匆匆一生中，连这样的一些基本问题，也没有考虑过要去回答，人就快退休了。

不知过了多久，说是一千年也有人相信……忽然，眼前哗地一亮。啊，站台！一个站台！好像沉船触到海底，咚的一声，列车停住了。

三、世界相隔开

他遽然止住哭笑，马戏团猴子般，整顿腿脚，拉伸脖颈，抖颤着，歉疚地，怯生生朝外看去。的确是一个站台，却全然陌生，他坐了这么些年的地铁，记忆中从未抵达过。站台上不见一条人影。应有的候车人像是早已凭空蒸发。这是哪儿？为什么会在此停下？是谁决定的？他正犯疑难，不知怎么办，就听见一片巨嚣，恍若海啸，远远近近漫卷而起——车门轧轧地自动打开了。

顾不得去想是怎么一回事，他一头冲出去，逃离陷住他的列车——也许它马上又要疯狂运动起来，那他就真的无以脱身了。他没有叫上仍在昏睡的同行者们。这才明白了，不管走多远，大家只是陌路人。这个确凿显明的事实，至此他才幡然醒悟，而以前竟一直昏昧无知。但出去后，他又颇后怕，回望一眼。惨绿的列车果然是一条巨龙——是的，如假包换的真资格巨龙，却不是什么吊睛白额猛虎，直长的铝皮身躯，大模大样卧在站台上，仿佛从来就不屑动弹。车门都讥嘲逃跑者似的，咧开了笑嘴。但除他外，无人能够出来，包括司机。

他穿越一百来米长的站台，是小跑着的，却像跋涉万里。空气中冲来一股膻怪味儿，像乱葬坑中的尸体在腐烂，地面是蓝黑色的，潮湿而阴冷；周遭若有大雾弥漫；污浊腐朽、摇摇欲坠的围岩上，挂满结晶的、人血似的大颗水珠，在丛丛青苔下面缓流慢溢；史前时代一样，看不到人类的痕迹——没有广告牌，也不见任何文字、符号、图示和标识；有一层彗星般的葱绿色炽光，在影影绰绰地微微招摇……好像来到了另一世界。但这就是宇宙飞行吗？他仿佛回到了梦游的岁月。

墙上一台剪纸般的挂钟，垂头丧气地停在了他上车的那个时刻。他慌不择路地朝他认为是车站出口的方向奔去。沿途，看见了像是售票室、站长办公室、派出所的房间，都门户洞开，却没有一个人，屋内似乎长满茂密的、火舌般的丛丛荆棘。他才意识到自己可能就是最后一人了。他活到了六十岁，却被熟识的世界抛弃一般，强制地中断了旅程。他像需要氧气似的，浑身苦涩地皱缩起来……终于快要升至站口了。身后像被打了一记空拳。他骤然停下，扭头看去，却什么也没有。是的，并无人跟上来！然而，真正令他沮丧的是，一道铁栅栏已把地铁出口锁闭。他出不去了。谁关的门呢？谁不让他逃生呢？紧赶慢赶，却还是错过了出站的时间。他凄笑一声，紧抓住冰雕般的铁栏，滑坐在地上。

外面，庞大而嵯峨的城市，果冻祭品一般，悬浮在乌油的肮脏灯火之盏中——却像是一个正在高速飘走的河外星系。午夜才刚刚过去，有卡通一样的车辆在黑色的月亮下浮游。世界仿佛依旧，他却被隔阻在它之外了。他又触触身体。它恢复了实体感，无法穿透了。若说是阴谋，却更像是个玩笑。只剩下泪痕依稀干涸，刚才的确是哭笑过——老婆知道了也许会揍他的……他与原本如若属于自己的世界，那个容他吃喝拉撒睡的世界，只隔了薄薄一层，他像晚期肺癌病人一样用力吸气，仅能嗅到世界那世故的冷绝。可是，他还记得，驻停在地下的列车中，还有人类在咸鱼一样昏睡。他又回头去看。

仍然无人逃出来，成为他的共患难者。"喂！"他朝着打小相依为命的城市，像面对威严的父亲，生疏地低唤一声，忧心忡忡地巴望有人注意到他的存在，走过来对他说：啊，你怎么啦？需要帮助吗？可是无人现身。就在这时，他听见从下面的站台那儿，似乎逸发出了幽微的响动——像是脚步声。他既已对来自地面的救援失望，虽毛骨悚然，却又像蜜蜂受到花香吸引，犹豫片刻，便不由自主地，强撑起来，转身走下。于是，他又看到了沦陷在淤泥般黑光中的站台，列车还化石一样嵌于其中。他不禁又一次热泪盈眶，这才觉得自己其实是打心眼儿里热爱着地铁的。

——有一些东西正从车门里纷纷攘攘拥出来。却不是乘客，而是陌生的、活的形体。矮矮的个子，草绿色的身体，穿着灰色连裤服，用透明胶似的东西蒙住脸，正灵巧地从车厢里往外搬运什么。他赶紧躲到一根柱子后面，在惊惧中，却抑制不住好奇，窥觇过去。

四、怪人搬运工

怪人们只有十岁儿童那样的个头，姿势也像小孩。不见五官。有三四十人，蝴蝶或壁虎一样摇摇摆摆，两人一组，排成纵队，搬运昏睡的乘客。一人拽起两只胳膊，另一人抬了两脚，碎步疾走。乘客睡得死死的，乖乖听话的样子。小矮人把乘客搬运出车厢后，就装进一口口的大玻璃瓶，瓶中盛满绿色溶液，每瓶仅容一人，由一个怪人吃力扛在肩上，另一个似若护持，成双结对，攀下站台，沿着铁轨，往隧道深处走去了。又有怪人负了空瓶，从伸手不见五指的暗窟中，不断冒出，一队队猴子般矬身爬上来，加入搬运的行列……他怔怔地注视着，一动不敢动，就好像多年前，偷看那些打大铁钉的、噩梦一样的孩子。

然而怪人像是并没有注意到他。搬运持续了约一个小时，终于停下。所有的怪人都轻烟一样沿着铁轨，袅袅消失了……死一般的冥静复裹住整个站台。他又等待了一会儿，觉得他们不会回来了，便走近了查看。车厢里已空无一人。连乘客的随身行李物品都不见了。只在一处座位下，他发现了一样东西，拾起来，是一张身份证。上面的照片显示，其主人就是那个其貌不扬、海底生物般的眼镜青年，他恰才还用手把他洞穿。要留取物证似的，他下意识地把身份证揣进衣兜，离开事件现场，返回车站出口。

大门依然紧锁。他倾伏在冰河般的铁栏后，又一次期待有人路过。终于，来人了。他唤了一声。是个下班的小姐，见他变形的脸庞卡在铁栏缝隙间，绿幽幽地闪烁，“哎呀”一声跑掉了。然后是一个醉汉。他倒是不怕他，凑上来像看动物园里的松鸡一样观察他。他前言不搭后语，向醉汉描述他目击的情形，并请求他去报警。

“你，喝、喝、喝多了吧？”醉汉嗤嗤笑着，指着他的鼻子说。

“帮个忙啊！赶紧叫人来啊！”他急中生智，掏出刚刚捡来的身份证冲着对方一阵摇晃。

“可是我怎样才能出去呢？”

醉汉笑得更厉害，都快要岔气了。隔了一道铁栏，醉汉把自己当做在里面，而末班地铁的乘客在外面。然后，醉汉鸵鸟般跑开。再没有人来。城市真正杳寂了。竟连一辆车、一个人都见不到。待到后来，他实在支持不住，睡了过去。

五、白昼的压力

他被沸响吵醒。空气中挤满了早餐奶般的光线。明亮的尘埃像呕吐物在跳舞。地铁车站的大门不知什么时候打开了，两个像是有着芥蒂的世界又有了沟通。缤纷的人群如山洪暴发，轰隆隆漫过他的身体，像在清洗一具出土的骷髅……是赶早班地铁的人们，兵士出操一般，却对躺着的他，视若不见。他悲哀地迷惑不解，怀疑陷入了新一重梦幻。

这就是那个吞噬了他一辈子的名叫“生活”的怪物吗？那么，昨夜的又是什么呢？如果确有多个世界存在，哪个比较靠谱一些呢？他为第一次看见了横亘在昼夜之间的那条巨大鸿沟，而打了一个寒战——昨晚受凉了。这时，他也许想的是走到大街上，赶快从这是非险厄之地逃走，末了却像是被什么力量控制了，僵尸般站起来，随同人流，依稀恍惚，走下大坝般的站台。他没有看到体毛似的青苔和人血样的水珠。

正大光明中，巍然升起了如若崇山峻岭的广告牌，包围住整个世界，令人肃然起敬乃至要下跪涕泣。仿佛演出的另一幕开始了，站台像是施了伪装一样，重新变得浮浪喧闹。报摊上一份份的报纸被满脸焦渴的读者购走，卖早点的亭子前排起了摩拳擦掌的长队，售票员、检票员、秩序协管员、警务治安人员等一干人物，也皆身着华丽制服，威风凛凛地出现了，像是故意要让自己展示在乘客视线中，以炫耀地下世界仍置于他们的掌控。他已有很久不曾坐过早班地铁了，竟羞怯着不能习惯。

步伐齐整的乘客们好像是工厂复制出来的机械装置。他们似乎并不知道出事了，还照常来搭乘地铁，就像狂热的信徒朝圣般。站台上的时钟重新开始了走动。连他的手表也复归正常了……列车，绿森森的列车再次剧响着出现了！还是昨晚那列吗？他身不由己，又像是十分主动地，附随盛装表演般的大队人马拥入车厢，他的手碰到了别人的身体——多么的牢固啊，跟装甲一样……男女乘客螳螂交配一般，一动不动地挤贴着，虽隔了厚重的冬衣，积久陈年的肉感却分外结实可靠，连人与人之间的信任也好像恢复了。

他的确正与众人共享这短暂时光，所有人都紧密地锁连着，浩然一体。虫豸样的生命，由于过分充盈而高压，不停地喷射出内脏中腐败浓郁的暮气，加上源源流溢的湿汗，使车厢内妖雾笼罩。粉墨登场的乘客们统统面无表情，除了地铁龙鸣一般轻蔑而威慑的嘶叫，车内竟人声殊杳。他如同白日见鬼，看着戏剧谢幕前的虚张高潮。

无知的演员，无知的观众。

他觉得，列车像是随时会发生爆炸。

——如果向乘客们宣布地铁已出事了，待在车厢中旅行下去十分危险，一定会遭到严重耻笑的吧。大家可都是急着去上班的啊。若不能在太阳升高之前按时进入陵寝般的单位大楼，那才是最大的危险！而这不正是地铁本来的使命吗？

报警之类的想法，太不切实际了。他怎能把自己的噩梦与无辜者分享呢？一切都会安全的……他自卑地思想着。但并没有一丝的阳光。车厢中耀耀的，是医院重症监护室里才有的那种皂白色聚光灯，是为车窗外永不落幕的黑暗而准备的，真实情况是，漫漫长夜在这里从不曾有过一刻的中断。不过他还是感应到了由白昼才能制造出来的万钧压力，密密匝匝钻透头顶厚厚的混凝土层，挟带着父亲般的浓烈体臭，炸弹一样大团大团地倾泻下来。这是欺负人的势力，却不能在暗夜里保护市民不受无常的侵害。

然而，分庭抗礼着的白昼与黑夜，却又仿佛是镜像，是兄弟，是一唱一和……甚至，它们就是一体的！随即，他沮丧地意识到，自己乘上的，竟是驶往单位方向的地铁。而他本来是要回家去的。

惟一令他略觉宽慰的是，与昨夜不同，像是假惺惺地要给人以希望，晨间的黑暗并不完整而连续。站台隔三差五地浮现了，在幻灯片一样的快速闪光中，面具般轮换着一批批乘客的腐烂脸孔。不一时，已到了昨夜他上车的那个车站。他万般无奈，只好下车。

步出地铁站的瞬间，他努力打起精神，想看看有没有那些怪人们——他们会不会混在上早班的人群中呢？他们会连白天也不放过吗？

六、天机不可泄漏

他什么也没有看到。

只有可口可乐广告牌，依然主神一样，傲视万物，但汹汹烈焰已暂告熄灭。是为了在晚上祭出来吓人，而正在养精蓄锐吧。的确没有别的去处了。晨光中，他只好故作镇静地去到单位——那个经年为他报销交通月票、让他一遍又一遍乘坐末班地铁的不变所在。原来，长期以来，他得以活下去，就是因为了单位的恩惠，像那些靠人类施舍食物而苟且偷生的老鼠一样，竟一直坚持到了地铁出事的这一天……

很快，见到了同事们。他欲一吐为快，却怯惮着不知怎么提起才好。充沛而猥亵的阳光正急着把办公室的空洞塞满。他灰心丧气地坐到自己的位置上。

处长走过来，阴阳怪气地说："你不是上夜班么，怎么白天也来了？"

他想说：出事了，因为出事了，出大事了啊！我要来告诉你们！我要来给你们报信！我要来找答案！但他只是赶紧起立，低头说："因为没事可干，所以来看看。"

"嗬，到底是前辈，工作责任心就是强哇。不像刚分配来的大学生，吊儿郎当。"

处长的语气不知是讽刺，还是赞赏，也许他觉得，快退休的老人了，对单位还是有着特殊感情的，而以自我为中心的新一代人，对公家的事务却只是在敷衍应对。

"既然来了，那就请你把这份表格填一下吧，"处长见缝插针又说，"你最有经验了。交给新人我还真不放心呢。"

"这是我应该做的。"

他躬起身，感激不已地伸双手接过表格，就好像那是一根救命稻草，同时偷瞥了恩赐给他这重要物品的人一眼。

哦，处长本人，正是个仪表堂堂、具有强大质感和气场的年轻人，与末班地铁上猥琐单薄的空心乘客的确不同，在办公室里整齐精干的小青年中，他也是鹤立鸡群。奇怪的是，不少快要退休的老人，一夜间都拼命讨好起年轻人来了。他也未能免俗。就连地铁的出事，也不能阻止这个趋势么？

近些年，单位陆续地进了大批的年轻人。办公室成了他们的俱乐部，人气弥足。新人类在麻雀般叽叽喳喳，比赛着宣讲黄段子，兴奋得不得了的样子，还谈论着下班后去聚餐，去游玩，去看电影，去商场采购。多么的自信和骄傲，却果然没有一人在正经工作，也无人注意到他竟在白天来上班了。

像站在奈何桥的另一端，他远远地观望他们，想要跟他们讨论昨夜发生在地下的事变。是的，得说给他们听，他老了，无所谓了，但年轻人需要被警告——他们经过重重汰选，来到单位工作，觉得人生有了保障，日子一天好似一天，困难和问题都解决了，可是，末班地铁却险峻地发出了信号：不是这样的！你们无法轻松下来！

然而，年轻人是集体乘早班地铁来上班的，他们是白昼的同盟军，怕是要嘲笑他的。而他是一个被暗夜牢牢擒住的老人，说什么都会被当做梦呓。另外，他还想到了那些因为一句话而断送了性命的故事——是的，他这才重新记起了，在多年前那个梦游年代里，许多人不就是因为不经意泄露了“天机”，而死于非命了么？那些家伙如果活到今天，又会怎样呢？铁钉还会照样噗嗤地打进脑门吗？还是会被装入盛满绿液的玻璃瓶？他无意中目睹了一个阴谲的秘密。这个秘密本不该由他来单独承受，至少年轻人应该分担一些吧。但时过境迁，已做不到了。

接下来，他开始填表格。轻车熟路，他很快做完了。趁处长不注意，偷偷去翻看报纸，却不见有关地铁出事的报道，版面上，无非是市长亲切会见外宾，工农业生产取得巨大成就，科学家研制出转基因抗病毒稻种，见义勇为者与歹徒搏斗光荣负伤……

这时老婆打来电话，问昨晚为什么没有回家。他窥视了正在忙碌的处长一眼，迅猛地挺起胸膛，用近于悲壮的口气回答——加班了。老婆挂电话时，他觉出了她的疑心。但仅仅是疑心，这又使他失望了。如果她要追问一下，也许就会打破这让人喘不过气来的顽戾僵局吧。连她也并不关心，那么还会有谁在乎呢？

他又开始急切地等待晚报。晚报赶得上趟。更让人期待的是，晚报通常是热衷登载这一类都市奇闻的。答案也许就在晚报上！但是，晚报并没有来，他这才记起，这城市只出一张报纸！然而，末班地铁不停息地行驶了这么长的时间，满满一车乘客都被怪人装在玻璃瓶里扛走了，千百万人口的城市对此竟毫无知觉么？说起来，城市的运作机器，那可是多么的严整肃然，明察秋毫，一环紧扣一环呀，连行人放个屁都有人监视和报告。也许，报纸的主编得到了某方面的指示，把那条消息扣下了吧……

白天过得飞箭一样快。再捱一会儿就要到傍晚了。他越来越于心不安。他一向是个认真的人。全车的人除他外都被劫走了。想一想，那些蒙面人就活动在地下十米！这种事情，今夜还会继续发生的吧？他思想激烈斗争了一阵，觉得自己是有义务的，就查了黄页，给地铁公司打去电话。那边是一个不耐烦的、年轻女人的声音：

“你要干吗？”

“我是一名乘、乘客。我想问一下，昨晚我坐地铁……”

他寻思着，怎样才能把话讲清楚，又不让人觉得他是故意找麻烦。不过，如果说普通人不知情，那么地铁公司内部一定传扬开了吧。司机不是也被劫走了么？

“地铁？地铁怎么了？嫌太挤，你打车呀！”接电话的人的反应似乎本能地十分强悍。

“我、我可不是这个意思。我是想问，昨晚的末班地铁是不是出事了？”他终于鼓足勇气说了出来，自己也吃了一惊，又微微得意。

“你，什么意思呢？难道盼望地铁出事？你到底是什么人？”对方的声音愈发如临大敌般地咄咄逼人。

“是末班地铁啊……”

“末班地铁，那又怎么了？”女子的语调中透着专横与刁蛮。

“它是不是准点到站的呢？”

“这与你有什么关系呢？”对方无聊地耻笑道。

“哦，是关于司机和乘客的去向问题……”

“喂，你到底是哪个单位的？你的身份证号码是多少？”

这最后一击要害的喝问令他大窘。他锐气尽失，慌手慌脚把电话挂了。向警察局、消防队或新闻媒体报告的念头，完完全全打消。这时他觉得：大概城市里所有人其实都已知晓秘密了，只有他一人被瞒着！他苦恼地抱肩而坐，蛹般一动不动，又想昨夜是不是真的做了一场梦，或者他的眼睛和记性出了问题……但是，也有另一种可能——那就是地铁公司在掩饰真相吧。

是的，这种可能性不能说没有。这城市从建成的那一天起，它的那些枢要部门，就马不停蹄地，在不断制造并隐匿各种秘密。不错，一定是与地铁公司有关。地铁公司的职员与蒙面小矮人串通好了。而且，说不定，刚才接电话的女人，就是怪人之一吧。此刻，就在她的办公桌上，就在她的窗台上，就在她房间外面的走廊上，花盆一样，一个挨一个摆放着填装了人体的绿液玻璃瓶呢，在露水般的灯光下，茂盛地开放，供她和她的同事们慢慢观赏。

紧接着，他甚至想到了奥斯威辛集中营。那搬运乘客的一幕，与书籍中描写的纳粹行径，何其相似……地铁公司是一个盖世太保组织吗？半个世纪前受到通缉的前党卫军战犯，就潜藏于此吗？蒙面怪人是他们的差役吗？地铁公司的职员们，那些司机、车务、技术员、调度、维修工、保安、安检、售票员和勤杂工们，其实都是一些虚假身份吗？他们像上夜班一样，大白天不也蝮螭一样活动在阴冷湿黑的地下吗？很难说他们的心态和生理不发生变异……他们纠结而成的庞大集团，与成天龟缩在写字楼里、毫无主动性并且记忆缺失的单位职员们，大概很不相同吧，早已不是势均力敌的了。

说起来，在地铁隧道里，时间和空间都趋于停滞和扭曲……那么，整座城市已由地铁公司接管了吗？地铁公司业已完成了对世界的统治吗？但即便这一切都是真实的，他又能向谁诉说呢？他就像一颗孤单的小石子，在汪洋大海中无助地沉没了下去。

他忽然回忆起这些年来淡忘掉的一个情节——奇怪，最近总是在回忆，就像是头脑中有一个发条启动了！

那是在他还年轻的时候，梦游年代的防空演习。战争有瞬间爆发的前兆。整座城市或会毁于一枚核弹。遍地是残肢断臂和破碎内脏。但他并不恐惧，反倒兴奋不已，大概是觉得这正是源于陌生殊异而具备了工业现代性的原子能高科技吧。毕竟那时他还年轻，觉得这就代表了进步，年轻人都筹备盛大节日一样，纷纷热议即将来临的新型战争，讨论灰飞烟灭的技术细节，就好像在畅想光明美好的未来。人人有事可做，欢天喜地。当然了，许多人会死去，但另一些人会活下来，兴致勃勃地把来犯者淹没在土黄色的、墩墩人肉构筑的奇观海洋中——这却又是原子裂变所望尘莫及的，所谓的辩证法；然后，放任自己在核辐射下发生壮烈的变异，成为另外一种生物。

跟今天不一样，那时普通人的家庭中可没有什么财产值得保留和传承，怕什么呢。他惟一不放心的，是老婆腹中即将出生的女儿。可是，战争，不正是下一代人应该去经历的吗？儿童还没有梦游过呢！跟死亡一样，未来是属于孩子们的，这一点几千年来从不曾变更过。然而，遗憾的是，不知怎么搞的，战争最终没有发生，通过自我牺牲而变化成为光荣的异种生物的愿望也就没有实现。

只有演习给他留下了深刻的印象。警报尖辣地鸣响时，大家有秩序地出门，镇定地拎着水和食品，来到防空洞前集合。锈蚀的铁门已被人打开了——正如凌晨或午夜的地铁站口，喷吐出胆汁般的绿色雾气，饱含欲望，蠢蠢欲动。人们抑制住激越心情，如同要走进新世界般，争先恐后，鱼贯而入。单位的头头们面目严肃，举着火把和手电。仿佛正是有了他们的带领，大家作为一个集体，才敢于行动。他昏头昏脑地走在中间，身前身后都有数百个起伏跌宕的幢幢怪影。家属们都噤声了。小孩子紧紧牵着大人的手。只是偶尔，打头的人短促地说："小心，石头。""注意，往左。"他听人说起过，沿着这个防空洞走下去，最终可以到达远方的一座山下。那里还有一个秘密出口。那地方，他从未去过，印象中，似乎那里是真正的异域，与他出生并成长的这个世界完全不同。

其时，有通知说，一名通缉中的罪犯潜逃到了本市，并且很可能就藏身在防空洞里，以黑暗为掩护，摸索着地底的路径疯狂逃窜。民兵组织了几次搜索，都没有发现。倒是小孩子们跃跃欲试要去找那家伙，大人都吓坏了，牢牢看管住儿女们。光是那人犯背负的罪名，一听就让人膝软。有一段时间，他常常在梦游中，独自一人来到黑黢黢的洞口前，像看一面有智慧的镜子般反观自己；又仿佛站岗放哨，要防止小孩子没有大人带领就私下钻进去，乐不思蜀地隐匿在深窟中，不知不觉间变化成其他的物种——他们受到的教育还很不够，至少在此时是不可以变化的，他们还要经受地面战斗的磨炼。只是那隧洞，一旦完工，便不再像是出自施工者之手的作品了。

——地铁也正是这样的吧。

说不定这就是所谓的天机。

后来，听单位传达，那个逃犯被击毙在了地底。但三十年后的今天，他却感到，那人目光如炬，正在城市中像鲨鱼般警觉地游动。

办公室墙上的挂钟继续稳健前行，距下一次末班地铁的到来，时刻一分一秒迫近了，就像是大权在握的人，胸有成竹。他一个快退休的小职员，什么也抵挡不了。

滴答，滴答，滴答……今夜究竟会出什么事呢?

七、表格迷宫

时钟像一枚炸弹，“梆当”一下劈响。令人心惊胆战却又充满遐想的下班时间，终于来到了。小青年们有说有笑地走掉了，处长踌躇满志地离开了。无人跟他告别，好像他在这儿，果然只是一个随消随散的影子。冬天，天黑下来的速度让人发疯。办公室虽有暖气，感觉却像掉入冰窟。他没有开灯，撑住腮，肘着桌，迅疾萎缩的身形，被大楼膨胀的阴影吞没，像一个准备制成标本的死婴，大脑却在偷偷而紧迫地思考世界的究竟。不吃东西，也不觉得饿。捱到七时，是上夜班的正点儿了，他才忽然变得亢奋。他抑制住寻找地铁答案的冲动，把注意力集中到要处理的事情上来。

他的工作便是填一堆堆的表格。表格有固定的格式、符号和用语，是填来给很少数的人阅看的，寡则一人，至多数百——俱严肃而神秘地隐身在某种舞台大幕之后。在和平年代，表格是理性的产物，重叠累复，泥石流一样，把他的身体和情感淹没。表格好似迷宫，隐藏着未来的出路，却是早被规定好的，逻辑严密，次序清晰，不容选择。每一个表述和数字的后面，都可能潜伏着一组陷阱，在等待它们的猎物。每一处错误都或会酿成灭顶之灾。这种灾难也许在物质世界里并不实际存在，却能在思维空间中野兽一样生成和长大，最终导致实境中单位大楼的轰然倒塌，乃至引发城市的崩溃，世界的毁灭。这其实比核战争还要厉害。填表人也将被埋葬在表格的废墟中。所以，这才是最重要也最危险的工作。每天晚上，他像老鼠一样，在表格的迷宫中战战兢兢却又热血沸腾地拼死跑着。他以身家性命为抵押，如履薄冰，如临深渊。他深知自己做的其实是一件地下工作——正如地铁，表格也构成了深窟中线路复杂的秘境，完整无缺地来自过去，却又是一个尚在形成中的、脉络繁复的明日世界，并对当下生活展开肆意的入侵，专横地霸占资源，武断地制造冲突，野蛮地破坏格局。他曾经为习惯它的规律而吃过那么多的苦头。直到他不用看钟表也知道末班地铁什么时候要到了，他才真正成为了一名填表格的行家里手。而这本身意味着他与这个世界的合同关系已经临近终结——他太熟练了，掌握了太多的秘密，不得不退休了。不这样，年轻人就没有机会续接上来，单位也就无法长久地存在下去。他才认识到，自己从来只在机械地填空，却没有真正想过如何走出这个黑暗的迷宫，从而抵近未来的光明彼岸——那儿也许是有亮的吧。除了牢牢地记得末班地铁是几点几分到达，他连日常最起码的时间感都丧失了。

今夜，他填完时，心里第一次觉得少了点儿什么。原来，末班地铁，多少年来，都是他身心的慰藉，把他从程序中解救出来，赋予他短暂而特殊的空间：不像家也不像单位。他逐渐习惯了车厢中的无所用心和漠然置之。而地铁正像一个阴郁寡言的男人，有着那么一段连续却不连贯的，在白日里匿声蛰伏着的，却能在暗夜深处猛烈撞击和运行的思维。这是乘坐地面交通工具所体会不到的。至于地铁本身，不也在走着那表格般的迷宫吗？它幽潜地底，却又凌空蹈虚；对人类极尽嘲笑之能事，却又接纳墓碑般的乘客；飘摇着飞掠而过，庞然大物，却了然无形；数字、符号和代码，在驾驶室井井有序的仪表盘上闪烁，令列车完全可以藐视写字楼的存在——虽然，后者正跨骑于上；俨然巨龙化身，乃至对奋羽高翔、金翅大鹏鸟似的喷气式飞机，也能抱以轻蔑态度，从而自成威权的集团派系……

说起来，他最初是上白班的，但为了把表格填得得心应手，主动请求上了夜班——他这一生里真正主动地做一件事，这还是第一次，也是惟一的一次。夜班仅一人值守，更加紧张忙碌，这却挽救了他早衰的生命。每至夜幕降下，一想到末班地铁正像一位严厉的情人，约会一样在准时等待他的莅临，他就感到安慰，进而得意洋洋，仿佛确认了自己还活着。连与女人做爱都没有这样惬意过。他热爱倾听列车的持续呻吟，好像那是在交媾，隧道如性腺悸动，猛烈程度远甚真实的性行为……处长把工作时刻表作了妥当安排，刚好使他能赶上末班地铁，就像是对属下勤勉工作的奖励。因此感谢这位年轻人，他才是他的大救星。在浓烟滚滚的黑色月光下，三五颗凄淡的星星飘摇不定，他离开单位，似乎能听见地球在轨道上挣扎着孤独前行的嗄嘶声，夜空中铺陈着一道身体滚过后的淤血曳痕。于是他获得了报偿。

但今晚，他还有勇气去乘坐末班地铁吗？

然而，他总得回家呀。昨天没有回去，已经很不正常了。老婆那儿是交代不过去的。他永远臣服于她的淫威。于是，禀受着内心的时刻表的引领，他停下手中的工作，又一次按部就班地锁好办公室的门，急切地冲出单位，连步幅和节奏都与昨日毫无二致。但是，在到达地铁车站时，他却反常地没有进去，而是颇不情愿似的，放慢脚步，从那座熟悉的隆垒边绕过。但像是被一股阴风拉扯住，他停下了，看见一对年轻男女，昆虫般勾肩搭背，正情欲炽烈地晃入站口。他们，是他女儿女婿的同龄人。他满怀嫉妒，忍不住朝他们大喊："喂，别进去！"那对人儿扭头奇怪地看住他。他脸红了，蓦然意识到了自己的失态、虚娇和过气。女的皱眉说："别理他。神经病！"便挽着男人，怪兽一样，四足同迈，走下了通往站台的陨星般巨骇的台阶——正像踏上了一幅深不见底的表格。他们的背影变瘦小、变模糊了，像尸体那样，一块块黄渍似的斑斓了起来。他仿佛看到了他们被装入绿液玻璃瓶里的丑态。他刹那间回想起了自己的初恋和新婚，嘴里涨满苦涩。他在心里滑稽而寂寞地呼叫："救援啊！"

但是可口可乐的蓝色火焰又扑打了过来。这回他真的用手臂格挡了一下。他甚至感到了一股灼热，心头蓦地一震。多年以前，有关核攻击的民防知识曾被普及，他心中盈满对冲击波和光辐射的好感，就好像那是女人温暖的怀抱。但大爆炸没有发生，世界也没有定格下来。那个年代早已褪色。红颜少女成了白发老妪。最近一些年里，人们不再钻阴溽潮黑的防空洞了，而是纷纷拥进光灿雄屹的写字楼；至于仅存的警报声，也只是用于驱逐市民疏散，以让要人和贵宾（常常是外国来的投资商）的车队从大街上通过……可口可乐的巨型广告牌森林般成长起来，城市在它的炫迫下，气球般飞速膨胀，数不清的灯火，像球面上的斑驳污点，红移着四散飘去，要把这世界撑大，直到热寂的极限。他一惊，用力拔腿，竟然能够起动了，便满心涣散地逃走。他羞惭地觉得，自己是一个临阵退缩的士兵。他垂头丧气来到公共汽车站。真是无地自容的失败啊。这时他想起来，女儿和女婿正在积极筹划购买私人轿车。这件事情，他们没有跟老人商量。下一代人也许再不用坐地铁了，他们将不再做列车的囚徒。难道这样一来，就免除了灾难么？

他狼狈地乘坐夜班公交车，多少年来第一次由地面的路径回了家。他唉声叹气爬上床，在熟睡的老婆身边躺下。她的呼噜声像狮子吼叫，使他想起地铁一夜夜的喘息。但多少年了，老婆的身体也不曾变做那锋利、沉重而冰凉的车厢。

他悲楚地想到，以前听谁说起过，人生最好不要错过两种东西：最后一班回家的车和一个深爱你的人。但是，唉……

夜已深了。现在，正是那个时候……

他认真倾听床板下的动静，然而，大地却没有丝毫的回应……

——巨龙不再咆哮。

但在这个被人类命名为宇宙的古怪腔体中，必定有什么影响深远的大事正在发生，它远远超出了这片土地上的居民们几千年的阅历，所能推测的情形。他们的经过尚且短暂贫瘠，却擅自制作出了表格或地铁这样的貌似确定的机巧构件。于是，他想把老婆唤醒，与她讲述他的奇遇，但到头来却没有做。他们还在刚刚结婚几个月时，就已如预料中那样，知会到彼此间这一辈子都不可能达成沟通与谅解。要在这么多年后，让她从睡梦中醒转，接受并领会一件由他口说出的事情，这本身就像末班地铁一样绝不可靠。

他失眠了。快到清晨时，才模糊睡去。

他终于逃过了一劫吗？为什么又感到悔憾呢？

但第二天又毫无差池地接踵而至了……

八、地铁是怎样炼成的

次日一早，老婆醒来，见他死鼠一样气息全无地躺在身边，只从鼻子里哼了一声："还是回来了。"

然后，她拿了一根缝衣针，往他眼皮上不停地扎，直到把他疼醒。他怀疑地看着蛾灰色的天光，从窗棂中一滴滴泄漏进来，洒落在女人海狸似的脸上，心里挣扎着想：不行，今天一定要找到答案！

"你知道吗，他们可是已有一个半月没回家来住了。"她说的是女儿和女婿。

"不知道啊……他们的小汽车买下了吗？"

"那个男的，当初我就说了，靠不住的。"她老鼠般恶狠狠地磨砺牙齿，使他异想天开地追忆着地铁车轮与轨道的交错。

"那、那还不是素素自找的。"

"老头子，你也得跟她说说啊，得留个心眼儿！"

"年轻人的事，还是别操太多心吧。我们这种倒霉样子，已经够让他们丢脸的了。他们将有新的生活呢。"

这时，他不知哪来的气魄，决定还是提起地铁。不管怎样，现在——至少现在，他身边只有这个人，能被称做所谓的"亲人"，也是他一生中有过的惟一女人。不知新的一夜过去后，地下的情况又怎样了？他的心像初次见到蛇那样乱跳。

"最近千万不要去坐地铁啊。你要见着素素，也告诉她一声吧。"他像作假口供一般，鼓起极大勇气说。

"说什么啊，你？怎么脸色都变了？"

"呃，到处在传，有恐怖分子要袭击地铁呢。"

"我怎么没听说……我反正也不坐。要坐只坐公共汽车。便宜呀。"

“但是素素他们坐的。我猜，他们的小汽车大概还没有买下。在新生活开始之前……”

老婆狐疑地盯着他，不置可否，却没有揍他，然后，便出门找朋友喝茶去了。他浑身凉飕飕地坐着，心想，女人真让人失望。她不坐地铁，就已经从小姑娘变成老太婆了。好在当初他们订婚之时，并没有互相许诺未来会怎样。年轻的女儿和女婿，却已发誓不再过他们这种生活了。

白天，他一人在家，心里反复地闪现出“答案”二字，老是觉得身体上有个什么东西硌得他很不舒服，才想起拾的那张身份证还放在衣袋里。他就把它取出来，仔细端详。身份证普普通通，不像是伪造的。上面有那人的姓名、性别、生日和家庭住址。看着照片，他有些不好意思了，又回想起末班地铁。戴黑框眼镜的男人就像四亿年前的总鳍鱼那样睡着，他如同一名外科大夫，用填过表格的、沾满细菌的脏手，手术刀般穿过他空如大海的身体。哦，对了，那不也是个年轻人么？他看了半天，觉得沉闷憋屈，便把身份证放回口袋。中午，老婆还没有回来。他决定采取行动了。于是，出门来到位于城市中心的公共图书馆。他困难地查找到了地铁方面的资料，厚积的故纸堆上，落满了灰尘、螨虫和贝类化石。

城市的第一条地铁线是三十年前正式动工兴建的，是城市大规模改造规划的一部分，像一场热烈的狂欢，又携了山雨欲来风满楼的气息。而关于营造地铁的设想及实际勘探、设计等工作，在此之前十年就开始了。由于国内的工程师对地铁几乎一无所知，因此聘请了外国专家来作指导。同时，把一批最优秀的技术人员送出国去学习。但是，对于究竟是把地铁全线像北方邻国那样深埋入地表六十米以下，还是仿照大多数西方国家浅埋至地下五至十五米，发生了争论。总之，这件事情的严肃意义，完全被置放到了国家目标的战略层面。子宫一样巨大、烟雾缭绕的会议室里，决策者的脸庞像积雨云一样低垂。也许，连经验丰富的外国专家也没有料想到会有如此的错综复杂吧。有人甚至说："怎么可能在我们这样的经济落后国家，建成地铁呢？"最后还是由物质条件决定了。根据最新的地质勘探资料，城市地下岩层有较厚而破碎的风化层，地铁的实际埋深将超过原来估算的深度。有的车站埋深将达到一百六十米，而个别的将达到二百米，相当于六十层楼的高度。如此，电梯至少要长达四百米。这样的超长电梯，国内根本无法生产。供电中断怎么办？电梯出现故障怎么办？如果遭到破坏，遇上漏水，就更麻烦了。由于深埋技术难度实在太大，最后确定，施工采取浅埋明挖的方式。然而，由于整个经济发展未达预想，又加上自然灾害的发生，地铁的建设不得不中止了，直到核武器试爆成功的次年，才重新破土动工，这已是世界第一条地铁——伦敦大都会铁路——开通一百多年之后了。紧接着，又有了出人意料的新变故：地面上的人们开始了一场群体梦游，年轻人往老年人的脑袋上打入大铁钉……

他一边艰涩地阅读，一边情不自禁地回忆起多年前的情景——在隔离木板的后面，机器轰鸣不止，灯火经夜不息。入眼的东西都染得经血般潮红。那时月亮还不是黑色的。路中央宽阔的绿化带上，一棵棵高大的树木呻吟着被连根拔掉。挖掘机也暴响着开了进来。挖出的土被一车一车运走。工地旁边甚至建起了一条简陋的小铁道，驶来了输送材料的小火车。不时有梦游者组成队伍，巨浪一样，从附近席卷而过，千人一面地喊出震天动地的口号——那时还没有可口可乐广告，只有朴素而激奋的标语，遮天蔽日地上下翻飞。这使他的心绪变得像洗脚盆中的浑水般谲曲微妙。然而，在环城地铁的沿线上方，刚好便是巍然屹立的古城墙，已历七百余年了。时候一到，说拆就拆，毫无商量，一门心思要为地窟中以新异姿态奔驰的、浑身缀满闪闪发亮金属饰物、缠裹着滚滚电气的巨龙让路。

破了旧的龙脉，却诞生出新龙！因此，与其说地面的行动迟滞了地铁的施工，倒不如说是加速了它。依靠汗水、斗志和科技，地铁仅用了四年时间，便宣告建成，令世人震惊。那正是他们钻防空洞开展演习的同年。一个新世界诞生了。但是，他第一次乘坐，是在两年后地铁正式对外开放时。这对于一个生活在梦游岁月的年轻人来说，是一种全新的经验，明亮的车站，闪耀的车厢，甚至当时还不多见的电风扇，传达出奢侈品般的诡异感，难以名状的现代气息，与那个年代的文化，在格格不入中竟有了奇妙嵌合。他犹且记得，其时城市的街道上，连汽车也还不多，而地铁，则像是天外来客，一种超级梦幻之物，一段未来向现实的意外插入，令他感到了身为国家公民的自豪——就像三十年后的年轻人，看到国产航天器发射时的骄傲心情。更新代的机器龙，从地下一跃到了空中，大气层中飘舞着从龙身上脱落的、数不清的绿色鳞甲，在刺目的红色阳光下经久闪耀，仿佛一个金属打造的仙境诞生了。太空飞行的感觉，就是由此而来的吗？地铁终将破茧而出，羽化为宇宙飞船吗？

他也从图书馆的资料中得知，当时兴建地铁的主要目的，是为了战备，交通只是兼顾，是第二位的。这为的是一旦战争爆发，借助地铁车站，设立指挥部和通信枢纽中心，并输送军队——每天能把五个陆军整编师的兵力，从郊外营地运进城区。如果仅仅是为了满足民众出行的需要，当时全市只需添置两百辆公共汽车就足够了。这正好与年轻人求战若渴的理想统一了起来。所以，地铁的营造，大规模动用了铁道兵，工程是高度保密的，沿线的居民大致知道是在做什么，却都不说，只是心照不宣。最早搭乘地铁旅行的，据说都是一些神秘人物。这让他重新兴奋起来，脑海中叠现了火球、辐射和蘑菇云，朝思暮想的炼狱图画。

这就是他偶然闯入的时代，核裂变，计算机，电子机械，高速交通工具，钢铁制造，化学工业……构成了世界的新的框架。与几千年来的自然观念不同，地铁长二十三点六公里，但它一旦环绕起来，便跟天文学界流行的宇宙模型一样，是有限无边的。然而，十六点零四公里的第二期地铁却用了整整十三年时间才建成……之后的日子就一天比一天过得快了起来，他和周围环境的变化很大、很大。每年，相当于全国人口总数三分之一的人们，在这地下作几十公里长度的封闭式旅行，就好像在无光的深海中潜航。这是几千年来不曾有人想到的情形。说地铁是一个忽然出现的崭新国度并不算夸张，但除了钻牛角尖的个别技术人员之外，谁也没有好好研究过地铁王国的内在风俗。在地面风光发生日新月异重大改观的背景下，这无疑是一个重大的疏忽。

——谁是当今幽冥之府的国王呢？是进化中的电动机或自动调度软件，还是六编组的列车本身？在这一过程中，甚至连司机也只怕是傀儡。

他不安地站起身来，在大西洲遗址般的图书馆里走动。一排书架上，整整齐齐地摆满了《读书》杂志。他抽出一册，打开来，看见一篇文章的标题：《二零五零年城市交通指南：超级地铁逃生术》。但再往下看，却一个字都没有，全是空白页面。

他感到胸口胀烫。他伸手进衣兜，像从大漠上原子武器爆心的余烬中取出来的一样，身份证一片灼热。他仍未找到期望中的答案，就像在地球之外的星际空间难觅生命的踪迹……离开图书馆时，他发烧了，头晕目眩，步履飘摇，回到家就躺倒了。时钟却不管这个，又一次毫不妥协地向黑暗一侧准确靠拢。老婆还没有回来。说不定，她已在横穿马路时被汽车压死了，腐烂的内脏疲沓无力地爆了一地……这些年，他总在这样想……汽车的型号越来越新，速度越来越快，竟与地铁展开了竞争，真让人不知所措……据说那能够被个人独立驾驶、灵活行进的乌龟壳般小玩意儿，才是当今追求自由的年轻人的主体梦想……

快到下午五时了，他还没有思考好怎么办。最后，他还是决定向单位请假。参加工作以来，他都没有请过一次假。处长慈爱地允许了，他反倒开始不安，难受得想把脑袋伸进洗衣机搅拌。在家里过夜，他很不习惯，满怀挫折感。老婆居然平安回来了，身后还跟着脸挂虚情假意、形如始祖鸟的女儿和女婿。真是破天荒呀。四个人石雕般对坐，打了半宿麻将。他不停地大口喝水，一直在腾云驾雾地出牌，想像着是在填一张张的表格，老婆对此十分不满，几次从桌子那头纵身扑过来，揪他的耳朵。他面对她只是龇牙苦笑。就在吆五喝六声中，不知不觉地，末班地铁又一次驶了过去。没有人知道今夜那上面发生了什么。他等待得都有些焦急了。

九、胡同中的秘密

第二天，烧亦未退，他决定去医院。在海底龙宫般的候诊厅里，他又有了置身于地铁站台的感觉，耳朵中灌满金属的灼热嘈杂。医生给他开了感冒药和消炎药。他知道这是城市骗人的伎俩，什么也治不了，但按照化学原理制作的白色药片，那锐利规则的造型，却使他多少减轻了压力。医生的言语都是他熟悉的那一套。乌贼一样的诊室使他认识到了世俗生活的犹存。只除了一点——就连治病救人的医生也是不谈论地铁的，仿佛对绝症视而不见。

回家路上，与去时一样，他失去理智地坐了公共汽车。但在半途，他废墟般的心里像是挣跳出来一个活物，一念之间便匆匆下了车。他掏出身份证，比照着一边走一边问路，最后来到一个胡同前。身份证上标注的地址正是这里。胡同邃长，却并不扎实，像是从老母鸡腹中生抽出来的一根柔肠，浊臭黏滑，自然也没有现代工业感。肠壁的皱褶间，寄居着形形色色的下层生命，古老霉菌一样活动，麇集着焦糊脓水般的、氏族社会一样的生存气息，与时代格格不入，使贸然闯入者的眼睛和气管都要顷刻腐蚀。他走到一半的时候，就看到了那个形近枯朽的门牌号码，周围浮起了靛蓝色的海滨墓园的气象。这时他踌躇起来，分明是进退两难。戴红袖章的居委会大妈审视的目光使他浑身更加滚烫了。他只好问，某某是不是住在这里？答曰正是，进去后左边那间房。他咬咬牙走入。原来是个令人喘不过气的、像是好多内脏堆积而成的大杂院，给他的第一印象，这儿才是积年病灶的中心……

左边的房门半掩，他正准备过去，迎面走出一位女子，抱了一个大木盆，里面盛满高高的衣物，放到院子中央的水龙头下。该是那年轻人的遗孀了，他怀有希望地想。不知怎么的，他觉得以前好像在哪儿见过她。他心情复杂地看她，欲言又止。女人瞟了一眼不速之客，对他不感兴趣，便专注于要清洗的衣服。连洗衣机都没有呀，这儿发生了什么事呢？……她接好水，开始揉搓那一堆小山，丰满的胸脯不停地上下颤动。他看见，都是女人和小孩的衣服。那青年已经有孩子了么？他实现传宗接代了么？这是他的有幸还是不幸呢？他仿佛听见室内传来电子游戏机的声音。是孩子在玩电子游戏吗？但连洗衣机都还没有呀。他脊柱两侧的肌肉发生电鳗似的猛烈抽搐。女人还很年轻，大冬天里，额上沁出了翡翠色的汗珠。他攥着身份证的手，则在口袋里早已湿透了。终于，他不顾一切地上前，欲询问那女子，不料这时又有人闯了进来，先他跟女人搭讪，却并不是列车上戴眼镜的年轻人，而是一个青面秃头、满脸虚汗、眼泡浮肿的中年男人，身穿劣质起皱的黑色西服，下巴刮得屁股蛋般光溜红亮，嬉皮笑脸却又故作腼腆。“死鬼，呼你一整天了，才来。”女人嗔道。男人手捏一张肮脏的游戏卡，涎笑：“呼机没电池了呀。”他们好像在谈论久远的一件事情。女人也不洗衣了，用满是泡沫的手搡了男的一把，跟在他的后面向屋里走去。经过他面前时，略看了他一眼。然后，他听见室内有孩子在高兴地叫“叔叔”。

是这样了。他一半满足一半遗憾地想，从大杂院中退出。这时他又十分不解。他想问问居委会的大妈，但怎么也找不到她了。而且，刚才胡同中还有那么多的人，这会儿都不见了。寒风呼啸，只有一个收破烂的声音在连续浮出，却看不见人。要命的呼唤声像是生锈的烟柱，孤孤单单地漂染出了天空积久的荒凉，这才发现，整个宇宙像是寸草不生的地窟。但那里也有列车在行驶吗？他知趣地抿紧嘴，低了头，小心地沿来路返回，同时觉出胡同是一截开了膛的地铁隧道，连接着一些从未被发掘的殉葬坑般的中转站。真正的秘密，藏匿在那些具有复杂人事结构、形如恶性肿瘤的大杂院的深处，连最优秀的医生或司机也束手无策。他一个填了一辈子表格的人，怎么竟会斗胆到这里来寻找答案呢？他心中的恐惧一瞬间变得纯净清澈起来。他扶住墙，大口呕吐。

从这天晚上起，他都枕着身份证睡觉。这居然治好了他的失眠，持续的高热也出人意料地消退了。同时他痛苦地意识到，自己与地铁，渐行渐远了。

十、新陈代谢

很快他就办了退休手续。几个月过去，什么事情也不曾听说发生。气温回升了。他没有再去坐地铁。他觉得自己恐怕永远不会光顾它了。但每次出门，经过地铁车站时，他还是禁不住贪恋地看上一眼。人潮一如往常地在暗道中喷泄，像是参加某个生物或物理实验的狂热志愿者……梦游时代又要回来了吗？经过车站的次数多了，他越来越被怀旧情绪左右。这导致他竟然有一次买了车票，冲动地下到站台，着迷地欣赏列车来来往往，却迟疑着没有上去。这样做可要不得啊，他告诫自己；少要稳重，老要张狂，怕什么——另一个声音说。正是在后一种想法的强烈驱使下，他终于又一次体验了末班地铁。他到头来还是要回返的。他怎么能够真的离去呢？他早已是地下世界的一分子了。他没敢选择月圆之夜。但可口可乐广告洪水滔天、盛世末日的光芒，仍然避闪不了。他心情微妙地打量周围乘客。这次，他们似乎都精神焕发，斗志昂扬。他不禁又嫉妒起来。

锃亮的站台一个接着一个，科学而规律地呈现。扬声器信心十足地报出站名。乘客们下了又上，不因为彼此陌生就怛然退缩，好像地铁给了他们勇气。很快，到了他熟悉的车站。

担心或期待中的事情并没有发生。一本正经的地铁甚至没有理睬他的大驾光临。他不舍离去，最后一个走出车站，像是松了口气，又颇失望，反复地回头看站口。他又一次被抛弃了。这时他泄了气，坐了公共汽车回家，在车上才开始后怕。我大概真的快要疯了，他想。他或许是要亲近他的母体，但到头来又叶公好龙。那隧道中挣扎的蠕动，使他似乎经历了一次从子宫中的再出生。一股辽远陈腐而鲜活的情欲，在衰败的黑血中热辣辣地泛滥开来。转瞬之间，他又深为羞惭。他固守多年的世界正在坍塌。

他反复地去图书馆。换了一个思路，他把目光投向天外——宇宙飞行的感觉在他的脑海里总是挥之不去。地铁，真的是通向太空的某条管道吗？他借了有关不明飞行物和外星人的书籍来偷偷阅读。接受这样的新异前卫知识，对他这般年纪的人来说，并不容易，但他还是毅然尝试，仿佛再不这样，就救不了自己了。原来，渡过迢迢星河而至的异状生物，选择了黑暗的地下作为基地，这本身是富有艺术性的；而从科学上，也大致解释得通——那就是，这些年里，地铁隧道已在不知不觉中，被来自遥远陌生世界的另类生命体，改造成了连接其他宇宙的“虫洞”。他惊异地读到，图书中也有关于人类被劫持进入飞碟时，要经过一段幽长阴暗的管道的记载。事件的主角在接受催眠治疗后吐露，他们只有通过这样的一条路径，才能到达一间明亮的大房子中，这时，就有一些穿着灰色连裤服的绿色小矮人围上来，在人类的身体上做起了外科手术，据说与遗传实验有关。

这一幕跟穿越地铁隧道到达站台的情形，是多么的相似啊，亦如同他经历过的“生育”或“再生育”。猛然间，好像打开了一个充满瑰丽奇想的新天地。单位的表格中，可是从来不见这样新鲜、妖艳而蛊惑的描述。于是，他渐渐趋向于认为，那些蒙面矮人是外星人。存在另一个世界（或者许许多多的世界）这样的不可思议的谜题，似乎便有答案了。并不是地铁公司作祟呀——这竟令他感到赦免般的解脱——而是代表着先进文明的外星人掺入到了地球人中间，改造着落后的人类社会。方法十分简单：杀掉乘客（外星人大概认为人类都是十恶不赦的吧），然后经过一段时间的试管（绿液玻璃瓶）培育，令自己附体在死者的躯壳上。外星人便能以人形，道貌岸然地出现，取而代之成为人类的复制体，渗透在社会中，而不引起怀疑。这便是无人察觉到地铁出事的缘故吧。他身处的这个世界正像一锅陈汤，正被一点一滴地换掉。这也正像他们这些老人，一个一个被年轻人顶替。崭新的、优质的、看上去更靠谱的生命诞生了，活水重新注满了被污染的游泳池。那么，新陈代谢的方式，在宇宙中又有多少种呢？自然，这本身亦是一场无声的战争。杀伐意味着拯救。死亡标志着新生。只是不知为什么，那晚他们把他给漏掉了。这是有意的吗？他就像《天外夺命花》中的米尔斯·本耐尔医生，孤独地发现了真相，最后站在高速公路上，面对来来往往的车辆，像疯子一样尖叫："你是下一个！你是下一个！"

——不过，虽然是新陈代谢，却感到，有一种东西，还早在地铁出现以前，就一直顽强存在并鬼影般紧追着人了，且并不随时间的流逝而消损。那也许是比外星人更强大的……

说来也怪，退休以后，他越来越怀念处长那宽厚的、表格一样的笑容了。

而他又是谁呢？多少年来，仿佛都已没有人叫过他的名字了。他连自己叫什么都忘记了。

他从图书馆的玻璃窗中看出去，见到黑色的月亮还挂在天上。

夏天来临时，他意外地遇见了一位久未谋面的老同学。他从对方的额头上看到了地底的阴影，心中不禁一喜。

十一、未来与“他们”

两人找了个肮脏阴暗、老鼠群聚的小饭馆，点了酒菜，坐下来叙谈。老同学也退休了，反比上班时更来劲，做了街头气功辅导站的站长，在利用防空洞改造而成的地下训练馆中，教授小青年养身延年之术，据说是当下城市里最时尚的运动；胸前挂上了粗硕的、绿锈斑驳的生铁十字形饰物，满脸耀眼的金色老人斑，竟有越活越年轻的架势，说话嗓门大得吓人。他只是苦笑摇头，为老同学重新拥有了信仰而觉得不知哪儿阴差阳错了。喝了两杯，他少了顾忌，第一次，详细地向外人谈起了半年前经历的那桩异事。

“类似的故事我也听说过。传得很凶哇。会讲这种故事是一种时髦。你是从哪个单位听来的？听你的版本有点像Z部的。”没想到，老同学平静地这样说。

“Z部？”

“是呀，Z部。W部和Y委也有。但据说大学中传得最凶，就好像这是年轻人最喜欢的呀。你不知道吗？”

“是呀，我怎么不知道呢？”

“你这个人，老了嘛，变得稀里糊涂，记忆又不好，还自我封闭起来了。”老同学垂怜地看着他。

他急了：“我负责地讲，那事是真的。这地底下存在另一个世界。那些怪人正利用我们来达到他们的目的，这就跟白天里单位里的情况一模一样。”

“这种事呀，你以后少对别人提。大家心里都很清楚，只是不说罢了。你不知道吧，警方正在拉网彻查传谣信谣的哩……境外敌对势力正利用种种手段企图制造不稳定。搞不好，人们又要梦游了。”

“这可不是谣言。”他并没有太大把握地说。

“也许，你讲得对，但大概只有鬼或者宇航员才知道真相吧。有一种说法是，多年前那些对未来满怀憧憬的小孩子，因为战争最终没有到来，就只好失望地跟随街头打架中失败的哥哥姐姐们，满面羞怯地躲入刚刚修好的地铁隧道，把它据为永久巢穴。也许受到了地下环境中特殊化学物质的影响，每个人的身体和行为都变得古怪起来，成为了与我们不一样的生物。”

“竟有这样的事情？”

难道不是外星人吗？还是……他的心一下揪紧了，好不容易积攒起来的些许底气，又都散逸了。不过，这里面并无矛盾吧。身份上的区分并不那么重要。像是记忆复苏一般，他忽然有了新的想法：并不是战争没有来临，而是战争早已爆发，并延续至今尚未结束。在那场揭幕性质的大爆炸中，大部分人瞬间死亡了。他身在其中，却不记得体验到了组成器官和躯干的原子遭到撕裂的痛楚与刺激，一辈子白过了，到末了也不能醒悟。他也早已被列入遇难者名单了吧……他偷偷地又伸手去触摸自己的身体。你是空的，他对自己说，肝不在了，脾没有了，心脏融化了，膀胱灰飞烟灭了，睾丸成为齑粉了，DNA烟消云散了……但是敌人是谁呢？来自哪里？

“看见那黑色的月亮了吧，”老同学神秘地说，“据说还有战备车站呢，一般人根本去不了，那儿像北极一样寒冷，黑咕隆咚的，少年战士们个个清秀迷人，在地下的露天处用冰砖搭筑起连绵的营帐，等待二次反击的指令下达……听说后来还造出了真实的核动力地铁列车，大洋深处的战略导弹潜艇一样，一气儿不歇地游来游去，持久力和机动性能都极佳，敌人的侦察卫星根本无法测定其位置……偶然窥见秘密的乘客，都被当做间谍给带走了……不过，谁又能说清楚到底发生了什么呢？我们都退休了，历史遗留问题就不要再去管它了。还是为未来盘算盘算吧。”

老同学的神情已颇不自然，才看出来自信什么的都是伪装的。他忽然觉得，多年以前，那群往老人额头上打钉子的年轻人中间，好像就有老同学的身影。

“未来？如今怎么都在大谈这个！”他梦魇一般嘶叫，“死人还在跟着我们呢。”

“你忘记你在过去造下的罪孽了吧？”老同学狡猾地看着他。

“你说我吗？”

“填了一辈子表格，还不懂得怎样忏悔吧……”

“啊？”

“嗯……你快抱孙孙了吧？”

“唉，孩子们说不要孩子了。”

“孩子是笃定要要的。都不要后代，未来成何体统！这件事，你和嫂子须得说说他们。”老同学阴暗地发出枭鸟般的啼声。

“年轻人的事情，老人说多了反而不好。”他的语气也变得固执地强硬了，“再说，未来那玩意儿啊，谁真的在为它操心呢？”

老同学诧异地打量了他半分钟，忽然腾地站起身来，狰狞着面目大叫一声：“喂，你也加入我们吧！”

他难堪地低下头，觉得这饭桌上的对话越来越窒息，而没有顺着地铁的主题深入下去，触碰到实质。但这个实质是什么，在哪儿，甚至存不存在，经水怪似的老同学一搅，更加不清楚了。

人类到底是外星人，还是他们自己呢？

但他为什么要加入“他们”？

老同学做的那些事情，仿佛是迫不得已呀。

老鼠在桌下吱吱地欢叫了，就好像它们才是这儿的主人……

夜深人静时，他莫名感动，用被子捂住头又一次想哭想笑。那张身份证就揣在贴身的衬衣口袋中，紧紧挨住心窝，暖洋洋的，像是亿万年潜伏在海底热液边的极限生物。他知道它要活过来，犹如修行成功的僵尸，置换了一副铝版的新躯，携带着黑暗深渊中霉烂恶臭的机油气息，周身零件叮当作响地爬到上层阳光普照的世界，重新惹起一些什么来。这，就是他自打参加工作后就天天面对，却从没有当真思虑过的未来吧？他不禁对这片土地上将要发生的剧变满怀忐忑与期待。

十二、“吴先生”

一天，他走在大街上，无意中来到了一座教堂前。他又记起老同学说的话来。这是一座历史悠久的教堂，由从遥远西方大陆来的外国人兴建，落成已三百年了。峨然巨室，周遭松竹郁茂，别有洞天，竟不像是在城里。然而，长满翳翳苔藓的哥特式建筑物，以及倾圮的尖塔和避雷天线，让他仿佛看到了郊野的荒冢弃坟。他不禁揣度，如果通过教堂的大门，也是能走入地铁的吧。教堂不就是伪装的地铁车站吗？忽然，从里面吱吱地传出了寻呼机的声音……他一眼看见那年轻人匆匆走出，汇入街上人流。他愣了一下，然后紧跟而上。

“我见过你。”他壮起胆，颠扑到他前面，拦住他，努力以镇定的口吻说。

“你认错人了。”年轻人的眼镜片后面射出了北冰洋似的寒光。

“没错。你掉了一样东西。”一边说，一边哆嗦着递过身份证。

“噢，谢谢。”面无表情的年轻人一把拿了身份证，转身便走。

"哎……"他像是想起了什么，拔腿追去。年轻人没有回头，加快了脚步。说不出是哪儿，他走路的姿势，有些不同于常人——像只两脚直立的老鼠。他眼看着便赶不上了。那人很快消失在了人海中，与城市融为一体，自由放纵的姿仪令人大妒。而他为轻易交出了与另一世界沟通的信物而懊丧后悔。自己都这把年纪了，还那么幼稚。

他到处寻找。他又去了那个胡同，但仍然只有那女人在洗衣。犹豫一下，他终于上前对她说自己是吴先生的一位故交。女人把湿津津的双手交叉抱在胸前，冷冷地说，他父亲早已在多年前的一次梦游中自杀身亡了。

"吴先生是你父亲？"

"对。"

他手中既已失掉了身份证，就再没有向她作论述的凭据，尴尬地只好说：

"那么，以前他是上夜班的吗？他经常坐末班地铁吗？"

"那倒不是。但他是修地铁的。这座城市的第一条地铁就出自他和他战友之手。但你问这干吗？"

女人讥嘲地看着汗流满面的他。这时他想到了地铁公司的电话接线员。他想问的是，当年地铁的修建真的是为了备战吗？你父亲对于战争的态度究竟如何？他果然是铁道兵，而不是外星人吗？末了却什么也没有问，只面红耳赤地吭哧应付了几句，感到空气中莫名的危险在重新集聚。一切饱含了错乱。生活在梦游年代的人，怎么会有身份证？他是怎么重新活过来的？三十年过去了，为什么没有变老？他怎么会在地铁里看《读书》？他仿佛见到，那条从过去一直延伸向未来的、标语或广告之火般的绵长线索，正在收聚成一个长满绿锈的金属十字，像一个有智慧的生物。而整个地铁，不过是它早已凝结成的一道幻影。他一辈子就生活于其中，却不自知。但他失去了追问答案的勇气和信心。实际上他已明白，发生的一切比他料想的更加复杂阴晦，就像险滩冲逆处的逝水一样，他根本回还不了。潜藏在每个人身边的秘密太多了，远远超出想像，平时却注意不到！于是，他嗫嚅着告辞了。快出胡同时，他回看了一眼，一双眸子正在墙角，一眨不眨地盯住他，见他回头，便隐去了。不是女人，而是女人的孩子。难道，竟真的有未来吗？他眼前又浮现了地下的儿童似的蒙面人齐步走动的叠叠身影。一个个的乘客水怪般缄默地安坐在绿液玻璃瓶的底部。他记住了那孩子的眼神：空虚、冷漠、迷茫、失望、怀疑、怨恨、陌生……但他还是去到地铁站口，在可口可乐焚尸般的蓝色烈焰旁静静等待，心中依稀抱有最后的希望。一天又一天。进进出出的乘客们好奇地打量这老头儿，因他又不像乞丐。那年轻男人——女人的父亲吴先生——却始终没有再露面。而被盯梢的感觉这段时间里是越来越明显了。

黑色的月亮又圆了。

十三、胎儿或标本

这天早上，年轻的处长去乘早班地铁上班，发现车站大门紧锁。门口围拥了大群人，神情怪秘地在议论纷纷。“怎么回事？”处长问。“昨晚末班地铁出事了。”有个戴黑框眼镜、穿绿色迷彩服的小伙子侧过头来，淡定地说。处长听了，冷笑一声，扭头就走，改乘公共汽车。公共汽车跟地铁一样挤啊。他浑身臭汗淋淋地自嘲：都快挤成相片了。好不容易才赶到单位，他推开办公室的门，见先他而到的同事们整齐地站成一道直线，面带猥亵的笑容凝视屋角的一样奇怪东西。

是一个大肚玻璃瓶，处长平静地看过去，见那个半年前就退休的下属老王——好像就是这么个姓吧，赤身蜷曲着浸泡在盛满绿液的瓶子里，手和脚都实验室的青蛙般，蜷缩成了棕色的一小堆儿。那瓶子不像是这个世界上能制造的东西，瓶口很小，真奇怪老王的身体竟能被塞了进去。但处长的感觉却怎么是老王亲手把自己装入的呢？不知这怎能办到。难道老王生前是一位魔术师？他平时沉默寡言，影子一样仿佛并不存在，却不声不响弄出了这样不一般的事情来，就好像是在冲谁示威。他有什么好示威的！处长用眼角余光看到未来像一只瞎眼鸟儿在窗外隐然飞翔，一道蓝色火光在它的翅上闪耀，他心想，瓶子又是由谁、用什么方法运送到单位来的呢？这时他就暗暗微笑了。他打了个响指，命令大家各就各位，回去工作，而让玻璃瓶子像一盏探照灯一样，继续摆放在原处。

浸沏着老王的液体极其饱满圆润，闪着大海一般的磷光，似乎富有无穷生命的张力。老王一副心满意足的样子，像一个胎儿，在子宫中安睡。那正是他远古的形态。老王如若一具标本，好像已经死去许多年了。

参加老王遗体告别仪式的人不多。火化结束时发生了一桩怪事：炉膛里除了留下一个十字形的结晶体外，没有找到他的骨灰。“老王是个好人。他圆满地完成了他的末班任务。他一定整个儿地到天堂去了。”他生前所在单位的领导安慰死者家属说。

惊变

一、微妙的狼狈

那个少妇模样的女人，身子紧紧挤贴着周行，气球一样的乳房传递过来一股蜂糖般的黏性。然而，女人却毫不顾忌。

如果在别的地方，周行或会觉得占了便宜，但在这拥挤不堪的地铁上，却只是盼望着快些到站，脱离这尴尬的处境。何况，女人身上还散发出了浓烈的劣质化妆品气息。

因此，周行此时的感觉，或可称做微妙的狼狈。

星期一的早晨，上班高峰时间的地铁就是这种样子。周行好不容易才挤了进去，就如同割据了人生中的一种巨大成功。在灰绿色的车厢里面，人连身子都转不过来，却都牢牢地控制着自己的那一小块领地，分明是寸土不让。四周都是沉重的呼吸声，散发着浊臭味，就像在动物园的熊馆里。

周行也只得随大流这样做，毕竟要坐七八站才到单位。好在因为有了确定而可预知的目的地，所以也能以忍耐和坚持的心情，应对这眼前的态势。这些年，他早已经习惯了。

在列车经停下一个车站时，又有更多的乘客拥了上来。他们像弹丸一样，冲撞着车厢中已有的人，逼迫他们让出领域。周行试图往里边挪移，却一步也动弹不得。已占领了较好位置的乘客用敌视的目光狠狠瞪他。

周行心想，和妻子素素商定好的买车计划，得赶紧实施啊。他们已筹备了多年。虽然因为偿还房贷的缘故而放慢了步伐，但钱也已经凑了一多半，再到银行贷些款，应该是可以的。再也不坐这该死的地铁了！

——然而，跟着便不对头了。明明该到站了，地铁却仍疾驶不停。车厢里的拥挤，似乎正在肿瘤一般长大，向结束不了的局面发展。

一开始，由于坐车的惯性，人们并没有马上意识过来，但很快觉出了异样。的确，外面连一个站台也不再出现，飞掠过去的，都是深海般的黑暗。

乘客们从未见过这样的情况，愣住了，一个个面色惊惶，窃窃私语。刚开始，周行以为是在做梦，慌忙中，掐了掐自己的胳膊，才晓得哪里是梦！他看见，旁边一个男人的额头上淌出了大颗冷汗。在车厢尽头，有个女人尖叫起来。

周行的岳父王先生在世时，曾经谈起永远行驶在黑暗之中、过站不停的地铁列车的事情，并提醒年轻人一定要小心，否则将大难临头。他说："别看生活现在似乎好起来了，但许多方面还都不确定呢。可别天真啊。"周行和素素只以为是老头儿在说昏话。现在，他无奈地心想，微妙的狼狈，才真正开始了。

他有一种被死人灵魂附体之感。

二、没有了解脱的希望

不觉间，列车已开出了半个钟头，也没有停下来的意思，外面根本看不到会有站台出现的征兆。完全不知道，地铁到底开到哪里了。

周行面前的女人蛇一样怪异地扭动身子。周行畏惧地凹胸收腹。原来，她不过是要在人缝中努力地从挎包中拿取东西。她掏出的是一只手机，但她失望地发现没有信号。这时，别的人也有打手机的，却都打不通。

“遇到鬼了！”女人吐着紫白的舌头，低低地咆哮，那样子使周行想到了《聊斋志异》中的妖狐。他不禁在惊诧困惑中滋生了一丝浅浅的幸灾乐祸，同时，也对那些有座位坐着或有车体倚靠的乘客，暴发了些许复仇的惬意。不都在同一列车上么？有什么了不起呢？

他听见有人带着哭腔在说：

“怎么回事？我们怎么办？”

“别担心，会好的。也许是出了点意外，是制动失灵了吧，不巧，外面还停电了，所以我们什么也看不见。”

有人安慰道，那声音却在窸窣地抖颤。

是制动的问题吗？周行心想。这些年里，地铁飞速地发展，两条增至三条，三条增至五条，五条增至……十五条、十六条……到处结网，城市的地下已被掏空了，亿万年的岩层结构全改变了。据说，地铁还要连接其他的城市，甚至通向国际，形成一体化……

世界上最大的轨道交通市场，正在这里迅速形成。亿万人都降入了地窟。他们不再过祖先们千百年来沿袭的生活了——面朝黄土背朝天，而是匿身于厚厚巨石下，成了不锈钢车厢中的居民。然而，传说中，在某些线路上，已经“妖孽丛生”……

周行紧张地扭头看了看，却没有见到试图在地铁里跳钢管舞的新人类。

此刻，车厢里倒是仍旧灯火通明，排气扇在卖劲地哗哗转动，通风和供氧状况尚保持良好，还不至于憋死人。只是，人群的紧张，却如同上吊一般，愈发没有了解脱的希望。

一个男人在叫："我是警察！大家要保持镇静，看管好自己的钱物！"

三、有吃的吗

很快，一个半小时就这样过去了，车外的黑暗依然无际，周行的腿都站软了。他想到了以前看到过的关于地铁中发生突发事件时如何应对的告示，比如列车出轨、火灾、爆炸、毒气袭击、发现危险品、践踏、人不慎掉下站台等等时，应该怎么处置，但这些都跟眼下的情形对不上号。

地铁公司散发的宣传品说，在地铁内遭遇紧急情况并不可怕，可怕的是在事故面前一无所知，张皇失措。只要保持镇定，不慌不乱，了解一定的逃生技巧，就能安全脱离险境。但现在看来，这就跟大言不惭说谎似的。

周行没有吃早饭就出来上班了，现在肚子咕咕叫，竟是一种从未体验过的极度饥饿。这比起无穷无尽的黑暗来，似乎更加要命。加上恐惧、震惊和愤怒，他顿然产生了要把面前的女人掐死的冲动，好像这异端都是因她而起的。

女人脸色像厉鬼，咬住厚厚的两大片猩红嘴唇，硬邦邦地几乎是向周行的怀中倾倒了过来。周行无法接受这种非现实的现实，绝望地预感到目的地正在远离他而去。他怕是无法按时赶到单位了。他又要被领导抓住把柄了。

但最难受的，还是人与人这么长时间地挤靠着，完全没有私人空间，体臭的味道更加浓烈了，脸上肮脏的毛孔都看得一清二楚。乘客们彼此能感受到对方体内器官的蠕动和血液的涌行，给生理和心理施加了巨大压迫。再这样下去，人都快要被逼疯了。这一切，在以前又是怎么日复一日地承受过来的呢？真不可思议。不停车的地铁，说不定每天都在坐吧，只是一觉醒来，就忘却了。

但全车人此刻的忍耐性仍旧令人暗暗赞叹。他们仿佛久经历练，谁都不说话。男人不发表意见，不拿出主张，只有几个女的在压住声音抽泣。

又过了一个小时，才有人歇斯底里喊起来："我有心脏病，我受不了啦！"

又响起了急促的尖叫："有人昏过去了！"

昏厥过去的乘客，不知是什么病症，嘴角直冒白沫，身体抽搐。人太多了，根本没有容他倒下的空隙。车厢一角出现了骚动。

"谁有急救药？"

"赶快掐人中！"

但都是说说而已，并没有人真的出手救援。

周行在这慌乱中感到了滑稽，这正是一种徒劳的可笑，却缓解了他的紧张。他于是下意识站直身子，把扶手拉得更紧了。

面前的女人，脸上浮出了紫绀的气色，小小的胸脯蒲扇般起伏，一对朝天鼻孔间歇地喷出一股股臭气。周行觉得她也快出问题了，而自己或会成为首当其冲的被麻烦者，便小心翼翼地问：

"大姐，你没事吧？"

"不要紧的，只是有些气、气紧。"

"做两下深呼吸，或搞一个下蹲动作，便会好受一些的。"

"谢谢你的提醒。但哪里还有地方下蹲呢？"

"对了，你到哪里下车？"

"学院路。早过了。你呢？"

"闹市口。谁知道它在哪里！"

两人尴尬地笑笑，不再说话，在交流中体会到了温馨的麻木。周行想，他本对这女人充满嫌恶，却在与她谈话时，竟然是一片温柔关爱。这正是男人的虚伪本性吧，即便在这样的时刻，也惯性一般地呈现着。

然而，他更为自己刚才脱口而出的那句话吃惊："谁知道它在哪里！"是啊，外面的世界，的确还存在吗？以前无人思考过这个问题。但仿佛除此之外，并无还称得上是真实的问题。

周行仔细打量女人。她穿着一身皱巴巴的假冒某外国名牌连衣裙，质地粗糙，做工拙劣，大概是从地摊上淘来的吧。她穿着它，多像个绿色的大虫子啊。他烦躁地心想，这女人在哪个单位上班呢？怎么还没有下岗呢？她与他一样，是否也整天为着生计而气喘吁吁地拼争呢？也是地铁的老乘客了吧！无法抵达车站的危机，对于女人和她的家庭而言，又意味着多大的一场灾难呢？她家里还有什么人呢？她老公是做什么的？谁来对她的境况负责？

周行又想到了妻子素素。他认识她，应该有很多年了。他觉得他是爱着她的。生活中点点滴滴的琐事，这时都浮上了眼前。但为什么是他和这个女人的生命线，发生了交织呢？她已怀上了他们的孩子，连名字都预先取好了。女孩的话就叫周孕花，男孩就叫周原吧。但如果他这番回不去，今后娘俩的生活可怎么办啊。太可怜了。但这就是命运吧。一切都早已注定了。

忽而，思绪又奇怪地从女人身上蹿开了去：如果有逃犯在这车上，又会怎么样呢？不明白为什么竟会在这种时候想到逃犯，这竟令周行暗暗兴奋了起来。哦，那样的话，必定拥有了永恒的亡命感，就算犯下弥天大罪，在无法停下来的列车上，也一举免了入狱之虞吧。因此，谁说做罪犯不是最幸福的呢？

这些年里，周行常常咬牙切齿地想，如果有机会的话，自己也会去杀人的，然后亡命天涯……他每天睡觉前，都这么憧憬着。素素根本不知道丈夫竟有这样的想法，她要知道了是不会跟他结婚的。那么，周行要杀谁呢？哦，有很多目标，首当其冲的就是单位的领导！周行每天在领导面前卑躬屈膝，满面堆笑，心里却想着：你快去死吧！有时他甚至也想杀掉大街上每一个素不相识的人。为什么连他也不明白。

在飞驰而去的列车上，周行仿佛终于认清了自己是个什么人。

——不过，话又说回来，这列车牢笼的滋味，又是好受的么？就算在这样的车厢里，也有着警察啊。除了办户口，周行从来没有与警察打过交道，仅仅他们那身制服，就让他看了不好受。平时，能避开他们就尽量避开。

于是，他又感喟了——对于丧失了知觉而本身仍可以在时间长河中不停奔驰的铁甲列车来说，目标只怕是无所谓的。但是，对于寿数有限的单个乘客而言，却产生了巨大的命运落差。这，或许便是那种一条道走到黑的人生的真实写照吧。周行坐了这么多年的地铁，今天终于要看到结局了吗？他仅仅是这人群的一员，而大家作为一个集体，被一件自己完全无法控制的巨物裹挟着，老鼠般瑟瑟作抖地挤成一堆，动弹不得，臭烘烘地，速度一致地永远地向前，却没有停歇下来哪怕喘息片刻的机会。作为年轻的一辈人，周行本以为自己的生活笃定会比父母和岳父母们要好，但现在受困在了地铁里面，才知道并不是那样的。就好像有个千年僵尸般的东西盘踞在身体里，始终摆脱不了。他毕生也逃脱不了灾难派出来的追兵。他以前太幼稚了，竟不听老人的话。但一切都晚了。

就在这时，车厢里有个地方传来了吃东西和喝水的吸溜声。这节奏分明的声音，在周行听来，洪亮无比，产生了淹没其他一切音效的作用，使那令人烦苦的车轮回转，也暂时地成为了一种无关紧要的背景乐声。周行忍不住又问女人：

“带吃的东西了吗？”

“我包里有夹心饼干。”

“好奇怪啊，不知道为什么这么饿……”

“我也是，那种饿的感觉，真揪心呀。只是不好意思当着人面吃东西。”

“都这种时候了，有什么不好意思的！”

女人这才有点勉强地从包包里取出饼干。立时，周围几个人流出了口水，说：“也给我们一些吧。”女人生气地瞪了他们两眼，最后还是把饼干分给了众人。

周行愉快地担当了传递食物的任务，自己也拿了几块。这时候，他觉得女人的化妆品气味已是有了几分悦人的内涵。

四、到前面去看一看

四个小时过去了。

周行觉得饿得更厉害了，像几天几夜不曾吃饭，刚刚咽下肚子的饼干根本没有起到任何作用。而且，还十分的干渴。更难堪的，是早就想上厕所了。这样下去，真不是个事儿。女人说得对：遇上鬼了。

但这个鬼究竟是从哪里来的呢？为什么总是紧紧跟着人们呢？周行至死怕也回答不了这个纠缠了多少代人的问题。

这时，那几个心脏、血压不好的家伙，也都纷纷发病。其中一个，看样子不及时救治的话，恐怕很快就会有生命危险。然而，对此，人们已难以顾及。大家都觉得自己才是最可怜的，是最需要救助的，都盼望着别人来拉一把，结果便是谁也不管谁。他们甚至巴望着有人死了才好呢，不是连吃的东西都不够了吗！

“你说，地面上知道我们出事了吗？”

这回，是女人主动开口了，仿佛是为了使自己镇定下来，而努力找话说。周行心里悚然一动，赶忙应声：

“应该知道了吧。地铁在设计时，就配备了完善的监控系统。地面还有我们的人呐。地铁公司要对这事负责到底。他们肯定正在想尽一切办法开展救援。他们收了我们的车票钱，从职责和道义上讲，不可能坐视不顾的。但是，不知道还来不来得及……”

“喂，来不来得及是什么意思呢？”

周行吃惊地闭紧嘴，没有回答。他眼前忽然浮现的是，救援人员——如果还有他们的话——终于打开了车门，看到了一车厢一车厢站立不倒的浑身僵硬而长满绿毛的尸体。

“到底发生了什么事呢？真的是制动失灵了么？这列车究竟要开

到哪里去？会忽然发生爆炸吗？外面怎么这么黑暗？”女人又母狼般吼叫开了。

是啊，不正是如此么？然而，世界还存不存在这个问题，实在太大了，弄不明白，就先放在一边吧。周行便想，是不是被劫持了呢？他想到了蒙面的、腰上缠满烈性炸药的恐怖分子，却没有说出来。劫持者是跟那鬼魅的力量有着紧密关系的吧，一直在地底潜伏着等待机会呢。但无钱无势的地铁乘客又有什么价值呢？为什么不去绑架坐飞机的呢？很快，他又想到了另一种可能。那就是，实际上并没有任何异状发生，也许，此刻经历的才是真实和正常的吧，笼罩着列车的黑暗，的确是恒长无边的，而这本就是每个人身边的现实。以前大家乘坐地铁，仅仅是在重复高仿真模拟器中的演习场面，每过几分钟便会如期呈现在眼前的一座座站台，不过是生命中昙花一现的诱人幻觉，是由超级计算机一般的智能机器预先设置好的，如同这世界上无处不在、巧妙安排的钓饵，让亿万的人们兴高采烈地朝着一个方向起劲地奔去。所有的目的地，都是虚境中的台阶啊，只是为着映衬高高在上、更加虚无缥缈的宏伟候车大厅，仿佛要给人以一切还在美好继续着的确定感。哦，这才是地铁公司的目的吧。他们就是靠这个来赚钱的吧。周行被自己的奇怪想法吓住了——真的是地铁公司精心策划了这一幕吗？为什么不能够早一些看透，而以平常心对待呢？只是，不知对生活的欺骗通常有着更高追求的异性，能否接受这样的假设。她还是要继续去买廉价冒牌货的吧？却谁也没有想过要去地铁公司做卧底。人们每天把命运交给地铁公司，实在是太轻信了。

周行正在痛苦迷茫之中，这时，有个年轻的男声清晰有力地传了过来：

“我们应该派人到最前面去，去看看司机那里的情况。也许，是车头出问题了。”

非常新奇的建议。大家都紧张地倾听着，谁也不做声。

“每节车厢都是封闭起来的，互相不连通，两端连扇门也没有，怎么过去呢？”过了一会儿，才有人嗫嚅着发表了怀疑的意见。

那个年轻男人说：“不要管它本来的设计。可以砸碎窗玻璃，钻出去后，沿着车壁爬过去。”

“《卡桑德拉大桥》啊。但那是西方。国情不同啊。”有人嗤声道。那部由乔治·潘·考斯马托斯于一九七六年执导的电影中，列车也是停不下来，直奔向死亡的断桥，有人就是企图用翻窗而出的方式前去控制驾驶室，但好像最后也没有成功。

“司机，是无法被干预的。谁胆敢去说司机？谁又能代替司机？”又有人仿佛深谙世故地嘘叫。

“不行。你那样做，是破坏列车的稳定，颠覆公共秩序，是违法的。”是警察，他威严地提高了嗓门。仿佛只有他还牢记着自己的身份。

听到警察说了话，大家又都不吱声了，互相递起了眼色。周行却心情澎湃起来。警察是在暗示成为罪犯的一种可能性吗？他其实是在诱惑乘客们吗？

“事情已经到了很危急的关头。你们不去，我就去了。我练习过攀岩。不过，我也可能会有闪失，如果是那样的话，请大家记住我的名字好了，我叫小寂。”

叫小寂的青年个子高挑，长相清秀，穿着一身合体的深色西服。他说完，飞快地扫视了一下车厢里的人。周行觉得，那眼光中投射出一种深刻的看不起，仿佛全车的人都是怠惰者、卑怯者和猥琐者。

然后，这大胆的攀岩者便左右摆动双臂，撑开两边障碍物般的从从躯体，游泳一样挤出密不透风的人群，来到窗户边。竟没有一个人出面阻止，连警察也目瞪口呆地怔住了。周行有一种感觉，就是这个过程，在耗费着攀岩者毕生的精力。做罪犯不简单啊，不是人人有了想法就都能去实践的。这时，青年用自己的手机真的砸了起来。是的，他用的是手机，仿佛并不信任配备在车厢里的应急斧。

砰砰砰。那声音，使周行战栗。他迫不得已一般，在心里叫："好！"同时感觉到，车厢里所有的乘客，也都在心里叫："好！"却只是睁大眼睛继续看着，石碑般群簇在一起，蜷缩着一动不动。

不一会儿，玻璃便被砸了一个大洞。小寂真的翻出去了，身手使人联想到健康壮硕的古猿，好像他要用本能去捕猎食物。周行目不转睛地看着他岩浆一样耸动的年轻背影，说不上是羡慕，还是嫉妒。他在心里念叨："这个幸福而不得好死的逃亡者！"

一股强劲的冷风扑了进来。有人打起了喷嚏。大家整整衣领，心想那攀岩者怕是已经掉下铁轨，被碾成肉饼了吧。他们想讥笑一下，但又笑不出来。车厢里很快恢复了平静。一些人闭上眼睛假装养起神来。

这时候，周行的尿已经把裤子打湿了。同时，他闻到了从附近飘来的一股大便的气味。

五、在外面

小寂翻到车外，壁虎一般贴在车壁上，瞬间打了个寒噤，有进入阿鼻地狱的感觉。灌满耳朵的，是车轮雷霆万钧的轰鸣，小寂又感到仿佛置身于一个超负荷运转的、超大尺寸的印刷车间。他心想，哦，终于出来了。

他强烈地意识到自己孤身一人了。这种感觉十分怪异，他以前并没有体会过。以前，他每天都是和地铁车厢的人们挤在一起的。是啊，他为什么会这样做呢？

外面的气温比料想中的还要低，似乎两侧都是无际的冰壁。他嗅嗅鼻子，闻到了一股液氮的味儿。隧道似乎正在向着极限低温冷却下去。到处充满一种带血的机器感。列车像是一个高能粒子在加速器中疾进。那么，这会是一场实验吗？

小寂没有马上往前攀爬，而是等待了一会儿，细细观察了一遍环境，远远近近，却都没有见到像是显示站台存在的一丝灯光。不过，他对此本也没有抱多大希望。

他想，列车有可能拐入了一个以前没听说过的备用隧道，而且，是全封闭的环线。在最初设计时，地铁就被赋予了一种人所不知的功能，以便发生意外时及时逃逸。它现在执行的是与正常运行阶段完全不同的程序。

那么，是不是地面发生巨大灾害或者毁灭性的战争了呢？世界末日来到了吗？在剧变之际，地球正在经历一次没有预兆的宇宙跃迁吗？列车是否已经进入了另一个奇异的时空，而那里的物理法则与人类认识到的完全不同？

忽然，一种异样的感觉袭来，就是列车实际上并没有任何的前进，只是它所处的世界在飞速地倒退吧。就连从前，自打有地铁以来，列车也根本没有移动过一寸。所有的上车下车和站台切换，都是一个魔术师用声光电的手法，表演出来的障眼花招，目的是为了欺骗乘客，麻痹他们的精神，好趁机掏空他们的腰包，偷走他们的时间。

因此，这隧道莫不是什么巨型生物的肠子吧？而人类不过是一小撮寄生虫，一粒药片便可以把乘客全部清除干净，之所以还没有下手，是因为那魔术师一般的神秘家伙还需要大家帮助完成肠道蠕动的任务哪。

作为脱离了车厢内环境的观察者，小寂因这种念头而惧怕，一时犹豫了。攀岩只是他的业余爱好，他这样做，真的明智吗？但既已出来了，就不可能退缩，那样会被乘客们笑话的。不，他做这件事，其实并不是他的选择，他面对大家提出主张时，好像有一双眼睛在列车后面看着。他不得不行动。他又告诫自己千万要镇定，一定要想像这列车是在往前走，否则，便会失去勇往直前、面谒司机的动力。而在了解到真相以前，是不可以回到刚才待的那个车厢的。

他开始试探着往前移动。他没有爬上车顶，害怕隧道上端会有异物碰伤头和身体。他还要防备，这隧道既然不再是寻常的隧道，那么它设置了什么杀人的机关，来阻止闯入者，也说不一定。他紧紧抓住窗棂的结构，小心翼翼地朝前一点点攀越。

他花了半个小时，在人们表情复杂的注视下，越过了十九米长的本节车厢，才稍稍舒了一口气。他甚至为自己孤胆英雄般的行动而感到了一丝骄傲。

下面一节车厢，情况也差不多，乘客们像罐头物质一样拥挤在一块儿，情绪不宁，有的人像是已经虚脱了。忽然看到一个男人鬼一样紧贴在车窗外面，大家都“哇”地一声惊叫起来。

小寂向乘客们大声解释着，但隔了玻璃，人们都听不见他说些什么。攀岩者便掏出一支碳水笔，在玻璃上书写到：

“我要到车头去。这里有没有人愿意跟我一起去？”

大家乏味地看了看，都没有理睬他。有几个人露出不可思议的神色，鄙夷地摇起了头。

小寂很失望，但他无法多想什么，便继续往前面爬去。他连续越过了两节车厢，也都没有乘客愿意跟他一道去。

要到达车头处，还有多少节车厢呢？

六、平衡的优胜

“喂，你还有吃的吗？”

周行忍不住又问女人。这时，他感到自己对这位邂逅的异性已生发了一种天然的熟识乃至亲近之心。他进而觉得，面前的这个生物，其实在同类中长得还算是有几分姿色的呢。除了与妻子素素，他还没有与别的女人身贴身地呆上这么长的时间。幸好不是男人。想到这里，他就幸福地微笑了。

“没有了。”

女人轻轻地摇摇头，向周行歉意地笑笑。她的身上也散发出一股尿臊味，这使周行心安理得起来，并滋生了一种平衡的优胜。

“不知道这车里谁还有吃的。”女人又说，咕嘟咽了一口口水。

“吃是一定要吃的。等找到了吃的，女士优先，一定会让你先吃。”

“谢谢你！如果托你的福，能够活着出去，一定要把这段经历告诉我的儿子。他才三岁呢。他吃饭老剩。今后可不能这样浪费粮食了。”女人眼圈红了。

“别哭，别哭。都会活着出去的。我们是谁呀。”周行竟有点心疼了。他又想到了妻子素素腹中的孩子。

女人抹了抹眼泪：“那个人，会让车停下来么？”

“但愿吧。”

周行这么说时，心情矛盾。他希望攀岩者能够救大家，又期盼着他掉下来摔死。这正是因为，他做出了大家都不敢去做的事情。在危险之前，仅仅是这种脱离集体的个人主义冒险行为，就让人受不了。他又担心，会不会因为攀岩者的出现，女人看不起包括他在内的同车的其他男人了呢？

“看周围人的表情，好像他所做的，事不关己呀。”女人果然像是愠怒地说。

“我们又不会攀岩。这种事，只有攀岩者才可以去做。这只是一个能力问题。没有人希望列车再这样开下去。”

“他究竟是一个什么样的人呢？我以前听说的是，有信仰的人才会这么去做。他是救苦救难的活菩萨么？”

“哦，也不一定吧。这年头谁还信什么呢。至于活菩萨之类，如今随便一个什么人都可以宣布自己是吧。招摇撞骗谁不会呀。这方面全乱套了。据说连监狱里都关押着许多自称是佛或者活菩萨的人呢。”

周行不愿意这可疑的对话继续发展下去。这时他才注意到，女人的脖子上戴着一个十字形的、长满绿锈的金属饰物。他忽然记了起来，岳父去世后，在火葬场焚烧他的炉膛里，留下了一个同样形状的古怪结晶体。岳母把它带回家供奉了起来，素素却嫌这东西不吉利，就把它偷走，扔进了路边的下水道里。

“我好累，好想坐下来歇息一会儿呀！”女人忽然直愣着眼神大叫起来，“喂，警察，维持秩序的警察，这会儿你到哪里去了？是不是招呼一下，让大家轮流坐坐位子呢？”

警察根本没有理会，他自己倒是找个座位坐了下来，还下令让几个年轻力壮的乘客手挽手站在他前面筑成了防护圈。周行被女人的失态一时吓住了，又意识到自己其实并不想让女人真的走开。这个起念让他有些不好意思，又微微激动。女人胸部顶着他的感觉，传递来了让人亢奋的信号。周行回忆着饼干的味道，感到吃的不是饼干，而是女人酥软身体的某个部位。他忽然觉得，像是很久没有亲近过女人了。他似乎早已与素素离婚，没有家了。这种感觉此时分外地真切。是他还一直生活在幻觉中吧。他天天坐地铁旅行，其实并不是为了上班，而是试图逃离那段痛苦的婚姻记忆吧。他好像才恍然大悟。此时，所谓的女人的滋味，就像是儿时在妈妈怀中咂到的奶汁，灿烂遥远而引领冲动，在恶心中，携带着一股神秘的甜腥感。

真是一趟无与伦比的地铁之旅哪。出去后，一定要把它原原本本讲给认识的人听，周行满嘴发干地想。但“出去”这个词现在连那模样看上去都是滑稽的。

七、疯了

攀岩者又来到了一节车厢的外面。他发现这儿的人全都在昏睡，脑袋耷拉在旁边人的肩上，像一颗颗切割下来的瘤子。他感到有点不对劲：乘客们面色灰灰的，身体缩了水一样，都皱了起来，似乎，全是老人。而且，好像，已经有人死去了。不，又像是在冬眠。他们仿佛已经完全放弃了被救的希望及自救的努力。

小寂这么想着，心里打鼓，不敢多看，加快速度通过了这节车厢。

下一节车厢也十分反常。主要是不那么拥挤了，有一部分乘客不知哪去了，竟然意料之外地富余出了活动的空间。剩下的乘客就像动物园笼子中的狼一样，疾速地来回走动，仰着头，伸长脖子，大声嗥叫。看到小寂剪影一样出现在车窗上，一胖一瘦两个中年男人猛蹬后腿，跃起在半空中，做爪牙状猛扑过来，结果双双撞上玻璃，嘭嘭两声，摔落在地板上，昏死了过去。

疯了。小寂想。

八、难以满足的欲望

终于，车厢里有人偷吃东西，被边上的人发现了。是一个农民模样的人，他携带的编织袋里装满了玉米棒子。他其实是不准备暴露这个秘密的，但到底还是忍不住了，便假装晕车，蜷曲着身子伏在口袋上，把脑袋探入里面，像只老鼠一样偷偷地啮嚼玉米粒。但还是有人听到了声音，闻到了气味，遂不留情面地揭露了他的自私行径。

“让他吐出来！”车厢里惟一的警察严厉地发布指示。话音未落，一簇簇拳头便已疾风暴雨般地落向农民，就像打一只臭虫，竟然把他当场打死了！

“谋杀！”周行心里惊叫一声，又感到兴奋，眼光已然忍不住投向了被许多双手迅速打开的编织袋。层层叠叠的玉米棒子裸现出来，刹那间，沉闷压抑已久的车厢里燃放开了一道陌生而优雅的金光，那正是一种装饰性的华丽梦幻，在很长的时间里却被人忽略了。原来，活下去的希望就在大家的身边呀。

从死去的乡下男人那儿，在警察的监督下，食物飞快地传递到了每个人的手中，显露出了公平的快捷。而女人却并没有得到曾被许诺的特殊照顾，既没有先拿到手，也没有多分到一些份额。大家群怪一样静谧地噬吃起来。整个车厢里充满了牙釉与舌脉相与磨动的尖锐之音，咒语般十分整齐而响亮，与车轮的轰鸣形成了非凡秩序的协奏。

吃了东西，周行感觉好了些。他看看表，发现时间已过了十小时。该是傍晚下班的时候了。然而，上班下班，这时看来，那不是天下最好笑的事情吗！不知道同事们这一天都做了些什么，有没有人问到他为什么旷工……他困乏到了极点，像是几天几夜不曾合过眼。然而，当着女人的面酣睡，仍然有着最后一丝腼腆，但仅仅是努力撑了一撑，终于还是睡着了。

在睡梦中，他的手却不老实起来，伸过去摸了女人的乳房，又窸动着去搂她的腰肢，慢慢地，左手掀开她的裙裾，右手探了进去。女人脸红了，却没有制止。她绷紧了全身的神经和肌肉，僵直地站着一动不动，仿佛是在用全身心品味一道此生从未吃过的美味佳肴。只过了一会儿，她便一把捉住那只在裙下乱动不停的大手，往里面更深地插入。

梦中，周行忽然射精了。他一下子意识到自己在做什么，想控制住，却来不及了。

他惊醒过来，看到女人紧闭双眼，面色宛若朱红的百合，呼吸如同海潮，温湿的气流正浪花般一股股激喷在他的脸颊上，都要把他融化了。而周行的手还深埋在女人的裙底，已是瘫软得像一朵棉花了。这一瞬间，周行觉得面前的女人具备了令人目眩的完美无缺，而他的身体还在作最后的余波抽动，竟然比真正的做爱还要亢奋。周行也脸红了。

这时，他看看四周，不禁嗤嗤笑起来。好几对男女都脱光了衣服，站立着正在性交，完成着一种当下姿势的正确性。他们发出了动物似的吭哧吭哧声，这种声音，在周行听来，像教堂里的唱诗一般美妙悦耳。

有个七八岁的女孩从人缝里探出头来，好奇地看着这一幕，她细嫩纤小的脸蛋上，稍纵即逝地闪过一道英姿飒爽的成熟美感。

这时，周行又复感到了极度的饥饿。他试图理解为这是站立射精之后的一种必然的沮丧。

九、命运的悬崖

到了第六节车厢，攀岩者小寂觉得这里更加奇怪，整个车厢空空的，毫不凌乱，竟然连一个人也没有。乘客像是全部蒸发了。这却难以解释。也许，是从始发站起，便不曾允许上人吧？是啊，难道不也可以理解为，是为了什么神秘的意图而预留的空车么？小寂却不能知悉其究竟。

紧跟着又是一节全空的车厢，这种空，其实是超越寻常认识意义上的真正的空。小寂的心情更紧张了。他仿佛看见，车厢里有一股淡蓝色的烟雾在轻轻泳动，这正好加剧了空的茂密，使之在局部的解脱中无限幽陷下去。

小寂听见窗玻璃在格格颤响，就像是战栗不止的上下牙床在用力打架。隐约之间，又透出一种如若断续的呻吟，携带着看不见的巨大能量，像要从铁笼中奋力挣出。

小寂明白，这是因为内在空的强大逼迫。空，构筑了某种形而上般的东西。但很快一切动静都消失了。列车一派寂寥幽微，淡然恍惚。

然而，不妙的是，攀岩者猛然间又想到了此刻本不该去想的老套鬼故事，而他以前是从不相信有鬼的。这使他沮丧地意识到，他仍然是个俗人，摆脱不了自古相随的阴影，因此大概并无资格重新进入具备了全新意境的车厢，去开始另一种生命。他对自己感到失望，觉得某些东西早已注定了，心绪茫然，头皮发麻，手松了松，差点掉下飞驰的列车。还好，他毕竟具有攀岩者稳定的心理素质和敏捷的身手，在坠向死亡的瞬间，迅疾地把握住，十指快速地勾住了车窗。他咬紧牙关，含住泪水，重新攀回了命运的悬崖，并加快了移动的速度。这时，他感到十分累乏和饥渴，他拼命忍住。更可怕的，却是不断加重的寒冷，千万根银针一样钉满他的每一个毛孔，直要令他的身体瓦解。他只能坚持往前。他默默对自己说："没有别人可以帮你，你得自己挺住哇！"

在下一节车厢，他又看到了满满的人。仔细一看，吓得一哆嗦。原来，乘客们正挤在一起埋头吃东西。他们拿着的，是人手、人腿和人肝……大家吃得满嘴鲜血淋漓。

十、变老了

周行和面前的女人已经性交了两次。他们不再不好意思，而是觉得这正是他们在此刻一定要干的。他们再不做，就什么也来不及了。而周围的人也都在忙碌着同样的事情。那个七八岁的小女孩，也在坦然承受的姿态中，笑盈盈地接受了群体的轮奸。她的尖叫声在周行听来，是那么的明媚娇艳，就如一轮满月升起，仿佛为列车带来了新的希望。

女人用双手轻柔地托举着周行的脸颊，懒散地憧憬着他濡湿的双瞳，好像周行是一个美丽而惟一的果冻。她久久地凝视着，忽然，像是发现了什么，脸色骤变，失声叫道："瞧你的脸，怎么这么难看！"

周行摸摸脸。他摸到了满脸密林般的大胡子。他记得很清楚，今天早上出门前他才刮过脸啊。以前，他曾经尝试过留髯，有意两个月不刮胡子，也没有长得这么厉害的。面对女人的惊诧和不解，他狼狈而惶惑了。她会因此而拒绝他甚至抛弃他么？他觉得，此时要是没有女人，他说不定会立即垮掉的。

他定睛去看女人，发现她的头发间，生出了大把的银丝，仿佛霜打的冬树；眼角绽出了火星裂谷似的深黑色皱纹；口红和容妆正在雪崩般脱落；她的脸孔已然变化成了一种迷彩掩映下的冰地鬼魅。

周行这才好像放了心，不怀好意地咳咳笑起来，仿佛赢得了毕生最满足的报复。他不禁有了伸手去抚摸或拔除女人白发的冲动，但又犹豫着停下了。

他看看表，发现已到了晚上十时，距他上车，十几个小时过去了。热恋期真正如同白驹过隙呀。深怀厌恶的周行不愿再看女人一眼，把目光移开。他看到边上的人们，也都在老了下去。

他暗自惊诧，难道，现在的一分钟竟相当于一小时、一个月……一年？是什么样的物理学法则，能使时间的流程变快呢？而这全车的乘客恐怕正是凶猛的时间在进食后所消化出的垃圾，正被搬运向一个秘密的焚化场所。

"乱看什么！我又饿了。老公，你得给我找东西吃！"女人狠狠地掐周行的手臂。

这人疯了！天下最愚蠢者，难道不正是女人么？周行恐惧地试图挣开她，却发现根本不可能。不管怎样动弹，他都在女人的掌握范围内。如同刚上车时一样，他仍没有腾挪处。这原是车厢这种存在所表现出来的真实啊。更何况，他已经老了！

周行停止了挣扎，努力想像自己是列车上的一颗迅速锈去的螺丝钉。

“太可怕了。我们很快就会死去的。”一个头发掉光的老头儿说。他上车时还是个黑发茂密的中年人。

“谁来帮帮我啊！”一个十几分钟前才完成性交的女人叫起来，“孩子，我的孩子就要出生了！”

顷刻间，从角落里传来了婴儿的哇哇啼哭声。周行面前的女人猛地睁大眼睛，停止摆布周行，循声去寻找，双目中重复溢满了温情、善良与神往。周行通体一震，预感到了未来奇迹发生的可能性。

有人提议：“赶快把这孩子宰来吃掉吧！好久没闻到肉腥味儿了。”

又有人说：“最大的问题是人太多了。杀掉一些人，大家就会过得好一些。”

警察喝道：“谁在说这话？他还想活不想活了？”说罢装模作样地掏出手枪来。

然而，连警察也变成了一个老人，他的牙都掉了，说话漏风，只让人觉得好笑。

十一、更多的变化

小寂又来到一节车厢外面，发现里面的人已经不多了。地板上有一摊摊的碎骨和污血。有几个老婆子坐在椅子上，颤巍巍地敞开胸怀，露出皱巴巴的奶，乐呵呵地在给新生儿哺乳。有几个老头儿跪在她们身边，像是眼巴巴地等待着。另外几个老头儿在有气无力地一下一下砸车窗玻璃，却砸不开。

“看来，终于有人产生了联系外界的想法！”见此情形，小寂由衷地感到高兴。

他停下来，朝他们大声呼喊，并从外面帮忙砸，但玻璃毫不动摇，连一丝裂纹都不再产生。仅仅过了几个时辰，玻璃已变得金刚石一般坚硬。这实在是太不可思议了。

企图逃脱樊笼的乘客露出了绝望的神情。有个老头儿吃力地用笔在玻璃上写字给小寂看。是方块字的模样，但小寂一个也看不懂。另一个老头儿着急地把写字的人扒拉到一边，自己来写，写出的也是同样的奇怪文字。

——那些字像是西夏文。小寂想，很可能，这里的人们发展出了新的文字系统，希望以此来达成与外界的沟通。但是，怎么这么快呢？为什么不是流行的英文呢？

小寂感到从未有过的恐惧。他想，太迟了，他们已经没有办法拯救自己了，甚至，连外部的努力也抵达不到他们这里。他们早干什么去了呢？

毫无疑问，列车此刻正在发生某种新的变化。或者，不是列车的变化，而是车厢中的人类社会在变化，也是整个物质世界和环境在加速变化。但谁也不知道这里面的究竟。

无助的小寂离开无助的人群，泪流满面，独自继续前进。他看到，列车顶部不知什么时候漂浮起了一层一尺多厚的白色雾霭，麇集着一股股幽灵般的阴森。白雾中有些小东西在游动，像是蜘蛛。

借着这迷雾泛射出的淡淡辉光，他第一次看清了前途：列车一眼望不到头，哪里是原来以为的长度！

十二、技术带来的希望

能吃的东西都吃光了，只是勉强忍住还没有吃人，这大概要归功于这节车厢里还有警察的存在。那起群殴致死农民的案件，已使他很恼火了。他好像并不希望人都死掉。他还需要有人来听他吆喝和支使，需要有人来伺候他。但就连警察也不能阻止人们飞快地衰老下去，不能阻止人们无节制地性交。

像蜈蚣摆动的腿一样，时间的节拍越来越急促。更多的孩子在呱呱坠地，引起人口爆炸。车厢里越来越拥挤，这样下去，肯定是要撑破的。大家焦急地议论纷纷：

“攀岩的那家伙怎么还没有让车停下来呀。”

“他其实是想自己逃跑吧，哪里是要救大家呀。”

“这个骗子！说不定，早掉下去了。”

“也许，让司机杀死了。呵呵。”

“哪里呀，饿也饿死了，渴也渴死了。”

这时，响起了一个不太一样的声音——

“别说风凉话了。即便是在车厢里面，也必须要想出法子自救。再无动于衷下去，便真的晚了。”

有些像攀岩者，却又不同。这带有苍凉味儿的言语使乘客们立时安静下来，默默地想起了心事。大家觉得，仿佛回到了从前的时光，那是一个极其遥远而幸福的年代，车厢外面永远有站台不停地出现，引诱人们走进虽然货架空空却不见盗贼的商店，或者尽管一贫如洗但恩爱无尽的家室……

刚才说那话的，是缩坐在角落里的一个干巴枯瘦、脏兮兮的老头儿，戴副黑框眼镜，眼中冒出一缕缕稀罕的猩黄色亮光，他有点紧张地又说：

“我有一种办法，大概可以试一试。”

“什么办法，怎么不早说哩。”

老头儿结结巴巴地说：“我、我在科学院工作，我们的研究所最近研制成功了一种便携式能源转换器，能够把一种能量转化成另、另一种能量，比如说，把潮汐的动能转化为人体能够直接吸收的化学热量，用来支持人的新陈代谢。这本来是为了解决吃饭问题而开发的项目。可是，研究成功后，社会上谁也不感兴趣，说是无用，因为，温饱问题不是早已解决了么？粮食不是年年丰收么？他们不相信未来还会有灭顶之灾，不相信预言中的大饥荒将要来临，不相信世界会重新陷入黑暗混乱……我今天恰巧带了一台，是拿到一个部门去游说投资的。但是再一次失败了。而我也大失所望地连自己也不愿意相信它了，正准备等列车一到站，就把它扔到垃圾桶里呢。但是，现在，或许正好派、派得上用场吧。”

一边说，一边从提包里，取出一台熨斗似的绿色金属机器，上面还附着一个数字盘，有一些旋钮和插孔。好像太阳从地底出来了，立时，车厢里炽烈地骚动起来，离老头儿最近的乘客，都伸出脖颈来围观这所谓的高科技带来的最后一线希望。他们平时并不怎么关心“科学”或“技术”之类的事物，这时却都装出很感兴趣的样子。

“可是，怎么使用呀？”有人冒失地问。

“是这样的，这列车不是停不下来么？这就好了。我们得想办法把整列火车滚滚向前的动能，转化为单个人体需要的热能！”

老头儿有点儿害羞地解释，仿佛自己也刚从一场大梦中醒来。虽然能够支持生存的热能还没有真正产生，但车厢里似乎又开始洋溢着热情了——虽然，它是肤浅的。不知为什么，周行忽然觉得，这老头儿神情中某个地方，有点儿像是离开车厢而去的小寂。他们之间，有什么亲缘关系吗？

这回，大家不再拿出对待攀岩者那样的态度了，而是显得很谄媚似的，异口同声地争相说："太好了，幸好是在这节车厢里，遇上你，实在有福气呀！我们能够活下去了。我们的孩子也能够活下去了。还有比这更重要的吗？"

"废话少说，赶快开始干活吧，还需要设计一套连接和传送装置呢。"老头儿不安地催促。说着，在提包里摸索了半天，掏出一本《读书》杂志，打开来，才知道是能源转换器的使用手册。

"这是难得的机遇，要抓紧时间哪。"警察挥舞手枪，在一旁口齿不清地叫嚣，好像扮演起了监工的角色。

老头儿又向大家解释了一番操作细节，并挑选了一些人，组织了一个小型的团队来开展工作。

周行这时却不愿意轻信任何的美好方案了。他想，活下去，就这么简单么？人口越来越多，却也是一个问题啊，这可不是技术能够解决得了的。他们想得太容易了。他们在做一件违反规律的事情。根本的东西是无法改变的。另外，整趟车的动能都变做热能转移到乘客的身上去，每个人是好了，但车子却冷了，这会不会反而造成列车的停滞呢？虽然都期盼着这一时刻的到来，但一旦成真，却不习惯啊。列车可能会巨型爬虫般停留在这黑暗隧道的中途，而站台仍旧遥不可期，到那时，车厢里这群因为吸取了过多热量而浑身烘燥得快要爆炸的乌合之众，能够把持得住么？到时候连警察怕也控制不了局面吧。说不定，会出现更大规模混乱的。他们这是在试图改变地铁的结构，意想不到的情况随时都有可能发生，或许连牵引变电站和不间断电源也因此会停止工作吧。而丧失了前进动力的机车，最终也就无法继续为乘客们提供能量了，结果仍然是崩溃。更要紧的是，活下去是为了什么呢？这个问题没有解决，其他问题统统解决不了。出生在车厢里的婴儿们，他们将怎样面对一个全新而陌生的世界呢？对此大人又能告诉他们一些什么呢？这时，周行觉得，乘客们之所以搭上这趟列车，就是因为从前造下了罪孽，而来接受审判的。这个惩罚是怎么也逃不过去的，不管大家怎么挣扎着努力。

周行看到，面前的女人，已经苍老得像一团皱纸。她似乎等不及了，整个人干枯得连眼泪也流不出来，就像千年古树再也无法分泌树脂。老婆子白骨精一般死死地抓住周行的双臂，把散发着酸腐臭气的狰狞头颅贴靠在周行的胸脯上，无牙而流脓的嘴里嘟囔着什么，周行却一句也听不清。

但是，忽然间，他却明白了她的心思，那是一个垂死女人所应有的念头，气泡一样挣扎着从枯死的泉眼中翻冒出来，最后一次燃放了对逝去青春的绝望追念。

周行立即想到了自己的末日，那分明已不再等同于见不到妻子和孩子的切肤悲伤，而是一种真正意义上的万念俱空。他嗓子一腥，哇地哭出声来。

这时，有人在叫："成功了！连接上了！"

周行的脑子里哗啦一声涌进了一片片闪亮纷繁的信号，皮层化作了一大堆滴滴答答解冻中的冰雪。他顿然明白，自己也能够与周围的所有人进行思想交流了。说话太耗费能量，而读心术，却要简便和省力得多。

不知道为什么，人类退化的远古本能，自行恢复了。

十三、新生态

小寂继续前行，他庆幸自己没有上到车顶，因为，上面的确爬满了不知从何而来的大群蜘蛛。这是一种十分奇怪的蜘蛛，个头有越野车轮胎那么大，黑色的、长长的脚沿着车壁甩落下来，摆动不停，有的差点碰到小寂的双手，迫使他快速地闪腾躲让。他想，这些家伙的身体上一定有毒吧。

蜘蛛是彻底不同于人类的生物，它们排列着整齐的一字队形，正逆着小寂前行的方向朝车尾移动而去，发出咯吱咯吱的机械声音。小寂觉得它们是从某个车厢里逃逸出来的。它们一定合力咬破了车顶蒙皮。但它们为什么要选择一条与人类相反的路线呢？它们会不会是这异端的始作俑者？

蜘蛛的出现，使小寂畏怖，却又兴奋，觉得像是遇上了同道。而封闭的列车里竟会滋生出这样带有叛逆气质的生物，一定是大出司机预料的。这其中的惊人奥秘，现在已无时间去探究了，剩下的惟有赌博般的行动。

蜘蛛过去后，隧道里仿佛变得暖和了一些。小寂精神一振，又攀到一节车厢外面，吓了一跳。

原来，里面几百名乘客排成了好几层同心圆，人挨人面朝同一个方向站着，每个人都由后向前伸出双手，用掌心紧紧捂住前面那个人的两侧太阳穴。姿势都一模一样，聚抱成了一个大团，牢不可分，那集群构成的整体形象，就像一棵千年大树的根系。

这是小寂历经长途旅行，见所未见的奇景。他看了半天，才想起来朝他们招招手，乘客们却一动不动，就跟植物人似的，除了个别人的眼珠转上一转，看不出任何表情。

小寂看到，车厢天花板上安放照明器具的位置被撬开了一个洞，里面的电线被牵引了出来。靠近此处的一位男乘客，把左手臂高举着伸向那儿，五指与电线缠接在了一起，甚至可以说，电线便是五指的延伸，要不，就是五指是电线的继续，从外观上，完全看不出分别。这个人已然是死了。但是，电流却从他这里传遍了全体人群。似乎，以一种奇妙的方法，他被改造成了一台变压器。整个车厢里的乘客，可以说，通过电流，已经与列车牢牢地联结为一体了，从车体这浩然的块垒中，吸收着物质世界的微薄养分，维持着最低限度的能量代谢，从而以一种古怪的方式存活了下去。

小寂想，这里的人类，形成了一种新的生态系统，从而打破了列车的固有规则。退一万步说，就算是规则并不曾被破坏，那么，人们也是利用了规则中的漏洞啊。

他不知道他们是怎么想到并做成这件事的。小寂感到，在危机的关头，人类的潜能的确很可观并且也很可怕。

但是，如果这电忽然断掉了呢?

十四、诸世界

气温在继续回升。小寂又经过了几节车厢，他看到，有的车厢，乘客死绝了；有的车厢，却有人类在活动，他们生机勃勃，秩序井然，蟑螂般窜来窜去，把车厢里能吃的东西，包括椅子、纸张、橡胶和广告颜料，都吃掉了。

有的人在车厢里用死人骨头构筑了奇形怪状的小屋子，栖身在其中。他们的身体结构也变化了，总的来说是向小型化和原初态发展，有的看上去像是两栖类，有的像是鱼类。

还有的车厢里，诞生了新型的社会组织结构，推选出了首领，建立了类似“朝廷”一样的东西。有的则以车厢中线为分界，乘客分成了两群，拉开了打仗的架势，要通过决斗，产生他们的领袖……

小寂根据不同情况，朝车厢里面的人打招呼，做手势，却再也无人回应。他觉得，局势正在发生新的变化。

此时，他能看见车厢里的人，但车厢里的人却看不见他了。小寂作为惟一能看清乘客境况的人，感到了孤独。这是深刻而巨大的孤独。以前经历过的，比如，为了几块钱的加班费而工作得吐血进医院呀，在单位被领导不分青红皂白骂得灰溜溜的而回家向父母撒气呀，因为奖金发放中受到不公正待遇而一气之下递交辞职信呀，与女朋友因为一点儿小事而大吵大闹要分手呀，与现在面对的相比，再也不算什么了。说到做人，以前在那样的环境下，为什么不能淡定一些呢。但以前的环境就是以前的环境吧，何况现在回想起来也并不可靠和真实。

小寂对所依附的坚硬车身满怀感激，却又产生了极度的憎恶，忽然间，失去了前进的勇气，宁愿一松手坠下去，与这世界彻底划清界限，一了百了。但在关键时刻，他又一次咬紧了牙关。

因为，经过三天三夜的攀援，他终于来到了车头处。小寂为眼前的情形而大吃一惊。

十五、回到出发原点

不知过了多久，疲惫不堪的小寂又爬回了他的出发原点。他此时已打心眼儿里知道，无论走了多远，他最终是要回来的。这正是他作为乘客的宿命。

他看到，在他曾经呆过的车厢里面，乘客们全都赤身裸体，失去了人样，成了一种奇怪而陌生的生物，类似裸猿，有着樱桃色的薄薄皮肤，瘦骨嶙峋而纤弱无力，皆四肢着地，缓缓爬行。

初见之下，小寂心中一懔，以为是外星生物入侵——他曾料想这是实现解救的惟一可能。但很快，他辨认出了为数不多的几个熟悉面孔，包括警察，才知道就是原来的那帮乘客。他们竟然顽强地活了下来。只有小寂这样有去到车厢外面经历的人，才能理解这其中的不易。

警察也就是能够依稀认出，因为他还戴着一顶破烂污浊的警帽。他须发斑白，老态龙钟，身上一丝不挂，性器因为使用过度，已经完全萎缩不见了。他盘腿坐在一座用可口可乐空瓶堆垒起来的假山顶上，有一群“裸猿”在恭敬地伺候着他。

小寂目睹这奇妙之景，不禁对自己的存在产生了怀疑，低头看看躯体，发现还保持着人类正常的形态，才稍微放了心。但是，相较之下，他却成了少数的异类，又未免有些忧虑。如果大家还要对这列车或许留下的遗产进行一翻争夺，他的道统是否足够胜任？

小寂大着胆子从窗户上的缺口滑入车厢，听见脚下传来惨叫，低头一看，才发现还有比“裸猿”更小的生物在爬动，也是人类的模样，但是，个头只有昆虫般大小。另外，还有比“裸猿”小却又比“昆虫”大的家伙。

他直觉到这些也都是人类的后代。他的感觉是，由于体型较小的人类的出现，车厢的空间因此相应地增大了，能源的消耗也随之而减少了。

乘客们以一种小寂无法理喻的方式，解决了自己的问题。他们适应变化的能耐，颠覆了任何一种想像。人类的后代看见小寂进来，吃惊不已地交头接耳，但小寂根本听不懂他们说的话。

他震颤而困惑地向警察走去。警察是这里的庞然大物。小寂又比又画，激动地对警察说：

“我去到了车头处，才发现列车原来正在一个充满星星的弯曲隧道中前进哩。就在我们的正前方，展开了由无数新星系诞生而吐蕊的万丈霞光，美妙极了！我们是在往那里着急地赶路啊！”

警察用被眼屎糊住的双目茫然地看着小寂，不耐烦地吐出一长串句子，小寂一个词也不懂得，却直觉到，警察好像是在说，晚了，这代价一点也不值得。

小寂疑虑而壮烈地想，他为什么必须得回来呢？难道真的没有别的办法吗？

这时，小寂看到，一些长着人头的蚂蚁般的小家伙正从警察的耳朵、鼻孔和眼眶里爬出来，它们正把细小的肉粒从里往外搬运。血丝从警察的窍穴中一缕缕渗出，老人却似乎毫无知觉。

忽然，小寂感到自己的肝脏和肺叶一阵剧痛，皮下和血管中仿佛有什么东西在游走。他恐惧地转过身，艰难地朝车窗走去，还没有到达那里，便一头栽倒在地。

四周爬动着的生物飞快地扑上来，顷刻之间便在攀岩者祭品般的头颅和躯干上覆盖了密密麻麻蠕动着的一层。

十六、新起点

站台终于出现了。奔驰了许多光年的列车戛然停住。

这是一个灯火通明而喧嚣的站台。候车的亿万生物形态各异，看见车门打开了，便争先恐后地挤进列车，而车上残存的人类后代也纷纷下得车来。

他们以蚁的形态，以虫的形态，以鱼的形态，以树的形态，以草的形态……成群结队、熙熙攘攘朝不同的中转口蜂拥而去。

在无数的站台上，一组组的列车，正整装待命，预备向不同的世界进发。

这些世界，都是从一个不可言状的大脑里面，构想出来的。

符号

一、实验

小武在大街上拼命走着。有许多东西，朝他迎面扑来。

有些像蜜蜂一样的，是飞行的微成像监视器，上面有纳米雷达，与市场数据调查公司的超级计算机相连。

电磁波也金枪鱼一样扑过来。可见光是黑色的，是城市的基本色调。大白天一如黑夜。城市里所有的光，都是人造的生物光，包括看不见的合成光——紫红外线，阿伽射线——医保企业买下了它们的频率，用于治疗居民们的性无能。

暗红的雨丝也扑了过来，是掺了工业色素的酸雨，没日没夜地下，是城市中最潮的主流艺术。在腐败的雨露的浇灌下，在布满痰迹、废纸、精液的街头，生机勃勃地长出了奇花异草，是经过基因重组的热带植物。

小汽车稀稀拉拉，小鬼一般排队慢慢行走，由于石油短缺，而乙醇汽车、电动汽车和生物能汽车又很不经济，车后座上就置放着一个差转蜂窝煤炉，长年不灭，用作动力，并兼照明。煤炉噗嗤地释放出二氧化硫，再转化为黑沉沉的生物光。

人类像生活在大海底部一样。有钱人往脸颊上植入了麻疹一样的假鳃，以过滤污浊有毒的空气。

城市叫做 S 市。一场实验正在城市中进行。

小武不知道自己出生在哪里，不清楚为什么，小武以前的记忆统统没有了。

他也不知道自己是什么时候、是怎么来到 S 市的。

城市中的一切都不属于小武。他只是一个人静悄悄地走着。

S 市，是取了英文 submit，sustain，survive，succumb 的打头字母，翻译过来是：顺从、承受、幸存、屈服。那时，人类的语言还分成许多种类，英文独尊……

据小武考证，以前 S 市还有过一个响当当的名字，后来，不知为什么，改叫了 S 市。作出决定的人或许认为——这样更有面子一些。

人们在传说，一场毁灭性的灾难将要降临这座城市。

小武戴着一副黑框近视眼镜。他困难地仰望弥漫在天空中的、在上面机器恐龙一般缓缓爬行的高楼。天空是四十五度倾斜的，像一座震倒的巨大废墟。

下面的黑暗深处，闪耀着 C 饮料的霓虹广告。这是一种滋养城市一百多年的、由糖浆和碳酸水混合成的外国饮料，制成树状，管状，螺旋状，烟雾状……为年轻人最爱。

沿街有许多人举着手电、打了五彩斑斓的雨伞在排队。他们是在买船票——准备乘坐 M 国人的飞船，参加外星移民，以逃脱预言中的灾难。随处可见的，是 M 国国家航空航天局（NASA）的临时办事处。

另外一边，也排着长队。那儿有历史悠久的地铁车站。小武往地铁车站走去。地铁票比飞船票要便宜得多。没有钱去到太空的人们，都在准备搭乘地铁，要藏身到地底的岩层下面。

小武每天也坐地铁旅行，却不知道是为什么。

人行道上有很多两腿直立的老鼠在走路。它们是实验的副产品，染色体经过改造，与普通老鼠不同。

老鼠的身边，水母般飘行着一群群的漂亮女人，小武却不认识。看上去没有一个是会跟他发生关系的。

地铁风亭边，是绿岛咖啡厅。

咖啡厅破碎的玻璃门窗上面，耀射出一位消瘦的金发美男——不，一位艳冶少妇的剪影，似笑非笑，神情恍惚。她对面的座位是空的，好像在等人。她高贵非凡，但在等谁呢？她为什么没有坐飞船离开地球呢？女人色彩缤纷的眉目之间，夏日湖泊般倒映出一座有着一串尖顶的建筑物的斜影，却仿佛倾圮了，蒸腾出烟火缭绕的尸臭。

小武看了一眼，着迷不已，心旌摇曳。却又颇觉自卑，不敢再看……

忽然，行人跟着老鼠跑动起来。伴随战神来临般的喧嚣，像是空降而下，大街上骤然云集了无数的无人驾驶警用车、防暴车、救护车和救火车……它们带来的巨大热量把酸雨汽化了。一个独角龙状的金属怪物飞过来，是新闻信息聚合器。

脚下的大地四分五裂开来……

很多人像开花的竹子一样从地底冒出来。有的已经死了。水银般喷吐着好多的残肢断臂和内脏器官……

一个黑乎乎的脑袋撞到了小武的裆部。他把他揪起来。一个乞丐模样的男子，浑身下水道的臭味。

“出了什么事？”

“地铁爆炸了！”

小武听了，便咯咯笑起来，把腰都笑弯了。他笑得趴仆在地上。他把自己的脑袋笑进了人行道的石缝里面……

小武一边笑，一边流泪，战栗着从口袋里掏出身份证，看到照片上那个男青年，长得并不像他本人。

我的名字叫小武哇。小武心里悲切地这么想。

这时，他看到一辆工程车驶过来，伸出一把钩子，捉虫一样，把那个乞丐般的人拎到半空中，抓走了。他的双脚还在暗红的酸雨中抽搐。

二、深井

第二天一早，小武又来到街上。他发现路面已经长好了。伤口飞快愈合了，自动修复一般。死人什么的全不见了。

小武，感到恐惧。

人们仍在排长队买票。小武朝地铁车站走去，就好像在重复昨天。他不知已经这样多久了。

经过绿岛咖啡厅，他探看了一眼，不见那个女人。他松了口气，同时也很失落。

地铁车站纹丝不动，仿佛什么也不曾发生。

污血一样的雨雾中，它宛如健康向上的剧毒蘑菇，挺腰舒臂，在诱引蚁聚的市民。从铺满绿苔的站口延伸下去的，好像不仅仅是地铁隧道。

也许当初掘凿此窟的时候，不小心把另一世界挖通了。小武想。

像多少次做过的那样，他哆嗦着迈入站口，好像木偶匹诺曹被鲸鱼吃进了肚子。

还有很多人也在沉默地走。小武混在人群中，拼命而孤独地走。

他以貌似复杂的之字形路线，穿过家乐福超市、麦当劳餐厅和LV专卖店，使出吃奶的力气，往自动售票机投入硬币，钱一落下就响起了灰暗的音乐声……在机器鬼哭狼嚎的掩护下，他警惕地环顾四周。身材高大的巡警携着狼似的警犬在游走。面无表情的安检人员在防爆桶前站成一排。他们身后的墙上挂满蛞蝓般的防毒面罩。放射性物品探测系统在哗哗地工作。人脸识别装置和生物识别装置也紧张地运转着。地铁安全宣传片在无数的电视屏幕上反复播放……老鼠躲在角落里，正目不转睛地打量人。乘客电子束一般喷涌而出——“在人群中这些面孔幽灵般显现，湿漉漉的黑色枝条上的许多花瓣”，好像是哪个死鬼吟唱过的诗句，早已无人记得。

乘客，只是电子。

小武像是要走到一个地方去，但他又说不出那是个什么地方。他拼命走着。

小武上了列车。他每天都来坐地铁，随波逐流，如一株不合时宜的水生植物。

不久，竟已来到人民广场站。直觉告诉他，应该下车了。他有可能在这儿预先找到灾难到来时的逃生路线。这难道就是他要去的目的地吗？但换乘者太多，把道途都占据了。小武反而无路可走，便被人流推动着，拥入这里那里，无从过问具体去向。众人榨果汁一样，把小武挤至一处自动扶梯。小武以为是通往地下商场。他无钱购物，但也只好随同人流汹涌向下。

地下比地面要明亮得多。周遭事物如蜃景变化，人影一会儿模糊，一会儿清晰，最后都纷纷消失。原来并非商场，而是辽阔得如同高原大湖的地下车库，闪耀着淋病、房产、赛车、基因治疗和太空移民的全息广告，映照着地面上一摊摊红色、黄色或紫色的呕吐物，却杳无人迹。汽车后备厢的缝隙间，倒是能见到青郁的尸块。很快，连车库也隐没了。

小武又往深处走去，见到在立柱与墙角处，缩头缩脑蜷曲着连续不断的灰绿色干尸，都是年轻女性，早年的城市失踪者……绕过她们，忽见一口深井，井口直径约有五米。一台电动旋梯，呼呼地转得让人眼花缭乱，滚入井下。意外的发现令小武惊喜交集。这口井像是一个战略导弹发射筒。刚开始，小武以为是正在施工中的某项工程。据说城市实验的主持者正在规划建设大量新的轨道交通线，以形成神经系统一样的网状功能性回路。这便是一个入口吧？小武似有所悟，欣悦地循旋梯回转而下，很快觉出了土石的异样。它们有着韭菜般的金属色泽，像是一具具凝固的电磁波的尸体，又夹杂了黑血般的光晕。他提高了警惕。

光线渐渐稀少了，景色变得墨绿，像坠入大洋深处，井口之灯再难照入。小武抬头看看，见无人跟下来。他成为了地下世界的真正外来者。又过了一会儿，乘客倒是复现了，但人影皆在上方极其高远处渺然浮动，像是荷花水面的艘艘划艇，而小武已然深潜而下，感受到了愈重的气压，以及浸骨的寒意。也许，在底部，沉船一般，埋葬着不明交通工具的残骸？某座沉没的古代城市？人类所不知的待解之谜？……无与伦比的美啊，虽然有几分阴诡。

小武想，我的名字叫小武哇。我为什么要来这里呢？其实连这也不知道啊。但比起在地面上，要踏实多了。他于是滋生了探险的兴致，仿佛将在这里回忆起忘掉的一切。他是谁呢？以前是做什么的呢？他的家乡在哪里、亲人又在哪里呢？不久，他下到一个台面。有些累了，便石头一般蹲下。慢慢地，感到了窒息。有一股带血腥的臭味漾起。他想趁还没有昏迷，叫出声来，但又担心惊动以岩缝为巢穴的不明生物，就没有吱声。虽然有旋梯在侧，小武却没有回返之意。他宁愿一动不动地呆在这儿，好像终于找到了安全的所在。对此他实在有些耽迷。虽然是深潜于下，且危险随时会来临，却又有攀爬珠穆朗玛峰的壮美酣畅，好像要从一个意想不到的方向，逃入太空，却不用花钱从M国人手上购买船票了。他一生都没有这样的惬意呀。

慢慢地，小武变得像是一个不言不语的龛中塑像了。这时，他仿佛觉察到，一些肩扛瓶子的矮矮黑影，正从四周围拢过来。小武的神志渐渐模糊……不知过了多久——说是千年也有人相信，上方响起一个不甚清晰的声音。小武冬眠之蛇般缓缓睁开眼，见到好像是一个女孩，正母鹿一样，作吃惊状朝下窥视，脸蛋如若洗脸盆中摇曳的金鱼倒影。

"你在下面做什么呢？"她的声音像开水一样咕咕作响。

"我……"小武不知怎么回答。

"快上来吧，末班地铁就要到了。"

"是末班地铁啊……但我上不来了。"小武忽然嘻嘻笑了。他受宠若惊，因为从不记得有过女人跟他搭腔。

"试一试，就能上来的。你难道不是男人吗？你身边不是有梯子吗？"

原来，恰才昏沉之际，小武的确忘了此物。这才重新注意到旋梯的存在，而它已改变了运动方向，在转圜着往上走了。但小武爬了一格，就莫名其妙地重重摔下，像是全身的骨头都在地心的吸力下酥碎了。女孩不免着急，向下俯身探手，却远远地够不着小武。两人相向而成的姿势，就如同古典芭蕾舞剧男女主角的定格造型。小武嗅吸着瀑布般泻下的女性气息，头昏脑涨，就挣扎着又爬了一次，才稳定住了。与降落时不同，是真正漫长艰辛的路程，仿佛从地球去到月球。女孩一直在井上耐心等待。小武终于爬了上来，像是臣子登临宫殿，来谒见他的女王。小武是个矮小瘦弱的男人，女孩比他还高出一头，身如挺拔的桦树，手足处露出来的肌肉部分鼓鼓的，好似体操运动员。穿墨色长筒靴，草绿色的虎皮短裙，灰色的衬衣上印着立体英文字母。五官像是用小刀刻过，眼睛微翕而迷蒙，像一对飘飞的鸽子，文眉并化妆，幻影感颇强，却不像是画出来的人儿。满脸急切与关怀。小武一懔，心想，为什么是她呢？但孤独的他却感到了温暖。

“刚开始这么看着你在下面，我吓了一大跳。”女孩说。

“不好意思啊。”小武装出满不在乎的样子，使劲拍打身上的泥土，它们闪烁不定，古尸穿的丝绸般一层层掉落。

“你为什么要一个人待在下面呢？”

“我也不知道……这世界真有意思。”

“刚开始觉得你大概是地铁施工队的。但仔细一看又不像。工程人员不是你这种样子嘛。”

“什么样子？”

“也就是蜷缩在下面的洞子中，好像那种包着糯米纸的糖人哪。”

“不是龛中塑像？”

“不是。”

“所以才喊了我一声？”

“是在喊你，但不止一声。已经喊了好一会儿了。你睡着了，是吗？连我也不作回应！但你怎能离开整座热气腾腾的城市，独自一人睡在这种海底荒原一样的冷湿地方呢？”

“啊，原来，是海底荒原呀！那我要问：现在，几点钟了？”

“晚上十一点半了。”

“天，我已在冷湿的海底荒原上独自呆了十几个小时了！”

“要不说不可思议嘛，你竟如此能够吃苦忍耐。这样的男人如今已很罕见。”少女掏出一根香烟点燃，一边吸一边沉思着打量小武，好像他正是她久久觅寻的同类，“听口音你像是外地人啊……很奇怪我来之前，也没有人叫你上来。”

“现在的人，都不愿意管闲事吧。”

“我可在上面等了你好半天呢。那个地方很危险！”

“啊，不好意思。谢谢你搭救。”

“不用客气。搭救倒谈不上，主要是好奇。”

此时小武才有些后怕了，便对女孩满怀感激，觉得她跟那些S市居民不同——灾难面前，都人人自危了，她却还在助人为乐。但转瞬他又为过早脱离异域而后悔。他为了谒见这位女人，离开了那地底的幽冥所在，返回到地面的正常世界，逃逸也就中止了。他再度毫无防备地暴露在即将到来的灾难面前，嗅到了死神的体臭——是女孩带来的吗？但她分明是健康、神武、英勇而聪慧的模样，体内暗蓄邪气，犹如一位伫立在喷火毒龙身边的剑侠少女，是现实与虚幻世界交接处的异状生命体，像是受什么神秘组织的派遣。她可是越过同类的干尸之阵前来搭救小武的呀，又怎能说欲将小武置于死地呢？小武想与她多说几句，但末班地铁真的来了，她就像精灵一样，转身飘进车厢，隔了树脂车门玻璃，还在担忧地注视小武。

小武僵硬地微笑着摆摆手，意思说请你放心吧，我不会再孤身一人误入险境了。地铁一走，小武若有所失，又折回去，看那口深井，但没有再下去。它像一面苍凉古镜，映照出小武只是一个空空腔子。由于有女孩佐证，这大概不是幻觉。不过，女孩本人，不也如海市蜃楼吗，只留下了C饮料般浓烈迷人、勾魂摄魄的余味。末班地铁开走许久了，小武还怔怔站着，思念远去的、不明身份和来历的女孩，对于自己是一道幻影，还是一个真实的人类，都无所谓了。

浓浓地，木乃伊的臭味又从四周蒸发了出来，让人意乱心迷。然后小武出了地铁站，凯旋般大声唱歌，徒步踏上归程。赤色的酸雨下得仍旧不依不饶，把一些路基都溶化了。街头站满做了易容手术的皮条客，还有好多树精体格的幻彩女郎，挥舞着绿手帕朝小武热情召唤。但除了直立的老鼠常常挡道外，一路无事。灾难没有降临。城市的实验仍在正常进行中。

三、别扭

第二天，小武又来查看现场，但除了女尸还在，却再也找不到那口深井了。一切恢复了正常。他又难过起来，不知所措。他回到站台，石头般伫立着怅望。

他又一个人了。

一列列地铁飓风一样从面前刮过。

他失望得很。不禁蹲在地上哭泣起来，把膀胱都要哭破了。

之后，他每天都来这里哭上一阵。而灾难仍然没有到来。

有一天，他忽然看见了那个女孩，穿一身飘逸的白衣白裤，正对他幽幽地笑。

“是你啊！”忽如其来的亲近感，火钳一样捅穿了小武弱不禁风的身体。不，这甚至是一种约好相见的命定！

小武欣喜地抹去眼泪，试探着问：“吃饭了吗？”

“没有啊，不知去哪里吃呢。”女孩冷静地、浮舟一般友好地浅笑着，倒像与小武是老相识。

“我请客怎样？”小武大着胆子发出邀请，声带抖颤。

“好啊。”她仿佛早已在等待小武这么说，就像是又一次要从万劫不复之中搭救这走投无路的男人。

“那就去绿岛咖啡厅吧。那儿有快餐供应。”

小武平生第一次，斗胆引领女孩来到原本以为可望不可即的绿岛咖啡厅。伸头看看，不见那少妇，才放心进去。

没有咖啡，也没有快餐，卖的全是C饮料。“要什么样的？牛肉味还是鸡肉味？”服务员阴郁地问。小武无法选择，就要了两杯。

女孩拿起来。她不是在喝，而是在啃噬杯子。是的，她歪着头，猫儿嚼骨头一样，用所有的牙齿响亮地咬动着，一边咧嘴像是惨笑。小武觉得这笑容似有深意，便忐忑地问：

“你笑什么？”

“感到亲切嘛。见你居然还活着。灾难还没开始，好多人就已经死了啊。”

“哦，正是！我们居然还活着！太意外了。”

“但那天你狼狈不堪，好生危险。我上车后还一直担心呢。”

“再次感谢你的搭救——还有好奇。”

小武担心地看看四周，以为那个诡黠的少妇会游进来，像一条食人肉的海鳗。但什么也没有发生。

“你做什么工作啊？”小武问。

“还在读书。经济学专业的研究生。找不到工作，就只好继续念书。你呢？”

“我没有工作……你除了啃纸杯，还有什么爱好吗？”

女孩双手举过头顶，做了个小蜜蜂的姿势："我对天上飞来飞去的小东西很感兴趣，比如说航空器。"

"我也是。"小武说。他这时想到了M国人的飞船。但难道不是地铁吗？他困惑了。

"嗯，我其实是研究飞碟的，这有点儿像是志愿者，"小武的脸涨得通红，像刻意应和女孩似的，对她说，"不过专业一些来讲，最好称其为不明飞行物，也就是UFO嘛。飞碟这个术语，它的意思是'受智能控制的交通工具'，往往特指外星人的宇宙飞船。从名称的细节上，你就可以看出这里面的专业性。我研究不明飞行物，这也算是天上飞来飞去的小东西了……其实，我国正在完成宇宙化的进程，而外星人很可能已经在近地轨道上建立起他们的基地了。"

"我们都对地上的东西不感兴趣啊……"

"不过，还是一言难尽呢……"小武叹了口气，脸上浮出苦楚表情，似有难言之隐。也许，他其实对自己无法飞上天，深感痛恨。但他这时想与女孩探讨一下灾难的事，便不舍地问："喂，提到宇宙，你想到了什么呢？"

女孩暂停了对满嘴纸杯碎屑的咀嚼，略微想了一想，吐出一个词：

"别扭。"

"什么？"

"别扭。"

女孩朝小武瞪大不置可否的眼睛，也许觉得这个问题很好笑。小武心想，别扭。没错。可是，别扭也有多种形式。不知她所说的别扭，属于哪一类型。

女孩又慢条斯理叼上一棵香烟，像是小武腹中的蛔虫，补充道：

"所谓别扭，就像是错穿了别人的内裤嘛。哈、哈。"

"但这就是确切无误的宇宙吗？由于错穿了别人的内裤，那些巨大的常数才拥有了确定的值吗？我们才因此活着吗？"

他张皇失措地说着，忽然，意识到了宇宙的性别问题……小武这才难堪地想起，他和女孩至此时还没有互通姓名。他双手掩面，咯咯笑起来，就好像自己那无所谓有无的生活，终于在这一刻获得了回报。他有些激动，嘴里的饮料也喷了出来：

"你说得很对，很对！别扭，这个概括，绝妙不过。我也老琢磨宇宙是怎么回事。有人说它和谐质朴，有人说它宏伟庄严，有人说它荒谬绝伦，有人说它惨无人道。可是怎么也没有想到就是别扭哇。真是太贴切了。到底是经济学专业的研究生啊。"

"只是随便说说。至于与经济学专业的关系，另当别论。"听到小武的赞誉，女孩却并不显得高兴。她鼓起苍蝇般的眼睛，尖嘴朝小武脸上吐出一个很大的烟圈。

这时，周围的食客都掉过头来，奇怪地看他们。小武感知到女孩的认真里面，匿藏有一层影绰的恐惧，相当于躲藏在厕所墙壁深处的白色蛆虫那样的一大片惊悚意境。两人飞快地交换了一个意义不明的眼神，然后沉默下来，有些不好意思似的，把饮料大口吞进，再沿咽道滑入腹中皮囊，不安地体会这个怪异的生理过程，觉得宇宙中居然进化出了张嘴就能吃东西的肉唧唧的蛋白质实体，还不别扭么？为什么一定要活着呢？即将来临的灾难是什么性质的呢？这时小武看到，女孩的吃相的确不是很像人类，但无法联想或回忆起是什么生物，说是猫科动物也不完全符合。他又注意到，女孩胸前垂挂着一个橄榄绿色的十字形饰物，上面凝结着一个年轻男人的、小肉瘤般的金属头像。女孩见小武看她胸口，便停住进食，装作难为情地说：

"喂，待会儿你坐地铁吧？我们可以一起走的……虽然说是飞碟什么的，但你是不是只有呆在地下才会感到安全些呢？看得出来，你也是矛盾中的苦恼人。”

“……”

喝罢肉羹般的饮料，小武打起精神，陪女孩下到地铁车站。哪里还看得出爆炸的些许痕迹呢？死难者的血污、肉渣和骨殖都废纸片一般，被实验室派出的勤杂机器人清理得一干二净，扔进了垃圾焚烧站，再转化成维持城市运转的再生能源。幸存的乘客一旦被锈迹斑斑的电梯输送入黑云深处的蘑菇状五彩写字楼，反应最快的脑子也再不能想像出地底曾发生过机械特征强烈的暴行……不一会儿就有刷成邮局绿的地铁准时来临，好像是画廊中的系列展品。

女孩带着小武，没有去找那口深井，而是模仿出乘客的正常姿势，走进车厢，感应到了传说中的默契。车门“哇、哇”地关闭，冷美人般屏蔽了外界，列车霎时化做了一个孤立系统。行不多久，忽然发现，世界仿佛空寂下来。说是空寂，其实就是不再与外界交换能量和信息的意思。小武和女孩周围的乘客，似乎在电动木马般大力旋转，即刻又变得纸人纸兽一样。正是陷入了同一个机制罐装物体之中。列车里所有的广告招贴都如同遭遇了电磁强暴，悉数脱离依附，低声惨叫着开始了空中漫舞。万钧地铁则剧烈颠簸、上下跳跃，像被扔在了坑坑洼洼、布满骷髅的地面。似有拧紧的力量在往地心拉扯列车。仿佛来到了一个极大质量的星球。难道是灾难提前来临了吗？连这里也不安全吗？乘客们都把对方抓紧。小武的手忽然被女孩一把握住。那是一只冰凉苍老如马王堆女尸的手，却有电脉冲一样的反射，在臭虫般一跳一跳。整个车厢刹那间漆黑了。

断电忽如其来，无任何先兆。小武想，很多经典的不明飞行物事件中，都有断电现象……会是外星人吗？他们要干什么呢？他感到空前的无助和为难，全身涨满衰败的情欲，当着女孩，抑制住不要哭出声来。他的手在她的手中，也变得凉乎乎了，如若冻鸡爪，快要分崩离析。这却是热平衡的结果。整列地铁像是快要瓦解成碎片。慢慢地似乎只剩下了小武和女孩两人，即将踏上具有全新坐标的时间穿梭之旅。那用来铺路基、作路标的，不是农历，不是公历，也不是佛历、藏历或玛雅历，更不是伊斯兰历及希伯来历。总之，不是他们所知的任何一部历法。他们在地下旅行，是去赴死，还是前往新世界投生呢？车窗外面，万籁俱寂，无一星光亮。连地铁的行进声都好像被一块橡皮擦得干干净净。仿若有什么一直沉默窥视着的怪物就要破窗而入。渐然地，有一种绿荧荧的东西开始闪烁。那好像是女孩胸前十字形饰物上的头像，睁开了成熟男人狡猾而浑浊的眼睛。

四、“没有历史深度的技术型国家”

现在，不仅仅是小武一人了，而是两个人在街上行走，拼命地走。他们是小武及他新认识的女孩。她的名字叫做卡卡。小武才觉得自己变得坚强了一些。他有一种重新做人感，有一种死而复生感。他像是害怕掉队似的，紧随女孩疾走，有时一路小跑。他们走了一程又一程，犹如行进在火星的干涸河床。酸雨啪啪击打路面，偶尔也有小便般的阳光沥沥而下，在黑暗中激荡起阵阵红色微尘。打着手电、撑着巨伞排队买票的人越来越多，他们脏兮兮的裤脚和裙幅，拖曳在了潮湿打滑的地面。

“好像 T 型台呀。”女孩看着前方无穷延伸的道路说。

“我们又不是模特。”小武说。

“喂，把你的身份证拿给我看看吧。”

小武就掏了出来。女孩看了看，又打量了下小武，哑然失笑。

街上的车队强作威严地支着煤炉，黑烟滚滚地碾压过来。一眼看不到头的商场橱窗阴暗地映射，卡卡眉目间，鬼一样耀闪出一层金属的光焰，空花般灿然，不可捉摸。然而，除了监视器在死盯，所有商场里好像并没有人，连售货员也不见一个。小武和卡卡像是走在被遗弃的史前文物陈列馆前。难道，这已是一座空城？人们都逃难去了？都死掉了？小武觉得，跟着女孩，还是不知道要走到哪里去。

于是，只好再去坐地铁。

一个多月前，小武第一次与卡卡一起搭乘地铁，忽然，灯火尽灭，天昏地暗，地铁像火箭升空一般开始了陌生的震荡。乘客仿佛都消失了，最后只剩下他们两人。小武感觉到一个生涩的物体噗嗤一声投入怀中。接触到的部分像是柔软的皮毛。他嗅到一股腥湿恶臭的母兽气息，扑鼻而来并十分刺激，不禁想到刚刚生育了孩子的家猫，不，比家猫更重、更腻、更大。但这仅仅是身体局部碰触所引发的感受。小武骤然勃起了——不经电磁波的治疗，他竟然恢复了功能！但不是时候呀，地铁正行走在出事的边缘呢。他剧痛地又想起了绿岛咖啡厅里的女人。但这时一切又亮堂起来，灯火复明，往下拉扯的感觉消失了。车厢里依然大大咧咧坐满若无其事的乘客。他们已在这里筑了永久性的巢，像小武一样，把地铁当掩体了。

卡卡满脸通红地从男人怀中炮弹退膛般砰地抽出身子。小武的面孔上像喷满了辣椒渣子。唉，他又变软了。他似乎很后悔。总之，本以为要出什么事，但没有发生——不要误会，小武真诚地以为是浴火重生般的整个国家宇宙化的重大进展，当时，便想到或许有外星人在插手地铁的运行——而不是女孩有可能会在黑暗中趁机亲吻他一下之类。小武之前或对异性有过这样的奢想，但在作为公共交通工具的地铁列车上，滋生并放任这种情绪，本身就很不礼貌。然而，并不曾在车厢里见到异类生物。无助感渐行渐远，小武怅然若失。于是，他和卡卡都不再说话，松开相连的手，而去拉住扶杆，面面相觑，体内的心脏等器官在纷乱撞击。

其实卡卡的衣服并不类同于动物表皮，只是她的嘴唇上方靠两侧的位置略有金色绒毛，这才使她的面部犹如年轻母猫的柔软腹部，散发出腥臊性感。然而单凭这样的特征，还是看不出她的人生来历和家庭背景——这方面，卡卡从来没有提起过。因此他们两人这样待在一起，很是奇异。不久就到站了，他们的神经才松弛下来。小武和卡卡各自返回，互留联系方式，依依不舍地告别。

之后，小武就常约卡卡出来。他们一趟趟地乘坐地铁。也不说话。凉透的手又重新紧紧握住了。有时，小武想问：你有家吗？但不敢问。

地铁中有很多广告。都是C饮料。广告词是四个字：洗心甘泉。这令他们嘴里咸湿一片。

“听说过‘三朝三暮’吗？”卡卡忽然对小武说。

“没有。”

“说的是坐船在峡江中逆水走了三天三夜，却看见黄牛山仍然在眼前。人在船中，穷极无聊，为打发时间，就一首接一首地写诗填词。”

“那是古人吧……要在地铁里面，恐怕就不行了。”

“如果一直不停下来呢？”

“不知道啊。”

也许，回到古代，要好些吧？彼时，四维时空已然形成了，但还像诗像词，没有被数字化，也不涉及光障什么的，所以不需要外星人干预。因此，据说只是在像M国那样没有历史深度的技术型国家里，外星人才会现身。按照巴利·索南菲尔德的推测，从二十世纪中期开始，在任一指定时刻，地球上总是生活着一千五百名外星人，但大部分集中居住在纽约曼哈顿。如果飞碟总是降落在印第安纳州的土地上，那么你又何必在恒河流域建立一个世界通用的大使馆呢？所以，直到那个疯魔迷醉的梦游时代结束之前，一切都与小武和他的同胞们毫无关涉。他们，或者他们的父母、祖父母，像在桃花源里天真无邪地生活着，从不去构想未来的灾难。而这个世界已经足够大，南北东西均相距五千余公里，真的像T型台一样，让人闭着眼睛，随便地走来走去，也是无碍的，再增加上下五千年这个尺度，其实就连爱因斯坦的多维连续时空观，也早早包含了进去。当然它也是设计出来的，却找不到精密机床加工的痕迹，而是手工作坊的产品那样，很贴己的，很自然的。

但是现在，外星人应该是来了，而且可能不止一个，他们相约着成群结队来了，像是对这个曾经与世隔绝的、好似河外星系的古老文明，发生了兴趣，要若观众一样欣赏新搭好的表演台上的走秀啊。小武对此充满期盼。他觉得自己好像也已反反复复地活了五千年，就为了等待这一天。但外星人是来做什么的呢？他们与即将到来的灾难有何关系呢？城市的实验又是为了什么目的？……

看到小武又苦闷起来，卡卡便像哄孩子似的宽慰他："难道不可以说，我国也新近加入了无历史的技术型国家的行列吗？它的可供确认历史其实只有……噢。放心吧，一切会好起来的，我们不会灭亡的。"

但小武想，人类的确又一次来到了崩毁的边缘。

啊，快出事吧。怎么还不出事呀！小武心情矛盾地暗暗叫道。

五、新型地铁

小武和卡卡经常去到地铁站游玩，就好像这是他们的青春乐园。他们探讨了奇怪深井的问题。结论是，S 市的地下大概是中空的，已被征用于正在进行的实验了。卡卡说，过去一年之中，是第六次了——运行中的地铁列车与地面实验室里的中央控制计算机发生联系中断，没有任何先兆。她说，她以前的男朋友是交通大学研究运输系统的，因此她多少知道一些内情。

“关于地铁事故，有一种解释。圈子内都晓得，曾有新型地铁在运行中忽然消失。在修建更多轨道交通线的同时，工程人员一直在更深的地下，暗中试验高速地铁列车，是非传统的类型，据说也是整个城市实验的一部分。其运行常常很不稳定，最终影响到了位于其上层的旧式地铁，致使其失事。”在熟悉起来后，卡卡有一次向小武透露。

“你什么都知道？莫不是万事通？”小武这才明白，S 市反复发生的地铁事故，大概有别样的隐秘原因。他幸亏结识了卡卡。

卡卡不好意思地说：“哪里。只是朋友间私下里互通信息。好像你，把最不可思议的飞碟故事告诉我了。这种事别人就不一定知道。在 S 市，每个人都是无法替代的铁的信息源哪。在这一点上，大家是平等的。笨蛋，你以为真的能从报纸、电视和互联网那样的渠道弄到可靠的消息呀。每个人都掌握着关于世界真相的机密，只是平时里人家因为缺乏自信，或者从安全角度考虑，都烂在肚子里不说罢了。”

“哦。具体而言，新型地铁是什么样子呢？”

“没有亲眼见过。但简单来讲，据说线路由两个直径为五米的管子组成双线，隧道内处于局部真空状态，气压值设定为零点一个大气压。车厢外形与波音七 X 七飞机类似。列车采用磁悬浮导向，避免轮轨之间的机械接触，消除了隧道的维修问题。推进系统则引入了原产欧洲的线性电动机。管理方面，由地面实验室中的一台并行计算机实行强人工智能[注]的中央自动控制。因此就列车本身而言，也是无人驾驶的。”

说到这里，特别是明确地指出新型地铁的外形“与波音七X七飞机类似”时，卡卡脸上浮现了尿渍般的、如若爱意的深情，令小武大吃一惊。他觉得，列车本是龙的形态，此时却被赋予了鸟的特征。然而，新型地铁忽然与地面控制中枢失去联系，并连带导致普通地铁发生爆炸，小武毕竟还是第一次听说，顿时惶恐起来，觉得有一种强悍者的逻辑存在，身体中的要害部位，被一片极地般的死血淤堵了，氮冰一样吸走着人的元气。难道实验最终是要让人们觉得生活在这城市里是安全的吗？就不会被那场灾难毁灭了吗？就不用太空移民了吗？这就是实验的目的吗？然而，也不一定吧，并不像喝C饮料那样简单哩。小武不禁对卡卡予他这个外地人的信任，倍感珍惜。也许，卡卡才是难得地拥有着笃定人生目标的新人类吧。她是来搭救男人的。

卡卡说，当联系信号消失时，地面所有监视系统也立即失效。随后，派下去的调查人员亦都一个个失踪了。新线路全线停驶。怎么也找不到失踪的机车和乘客。这样的消息自然是不让公开的，媒体不作报道，所以广大S市民并不知悉新型地铁发生了严重事故，他们还每天纷纷拥到地下来，把这当做避难所。

“新型地铁已悄然试运行了将近一年。内部的消息透露，一共载有八千人的整整六列地铁消失了，另外还有两千名候车者失踪。”

小武听得浑身燥热，不禁想到，大概正因为出自对地铁事故的关切，卡卡那天才注意到了他陷落深井之中。她是否误以为他就是失踪乘客呢？说不定，女孩也是一名自为其主的调查者吧，她接近小武，

[注] 强人工智能：能推理和解决问题的智能机器，被认为是有知觉，有自我意识的。可以分为类人人工智能和非类人人工智能。

其实并不是来救援他的，只是像间谍一样为着刺探情报，查找真相。她也是一个隐匿了真实身份的人。小武不禁感到烦闷。但这样一来，他由于想着要报答卡卡搭救之恩而滋生的心理压力，也减轻了一些。灾难到来之前，许多人都开始了暗中活动。卡卡或许是隶属于某个秘密组织吧。这才是城市里一道隐蔽的风景和战线。

不知为什么，小武心中徘徊着这样的莫名想法。

但她不是只对天上飞来飞去的小东西感兴趣么？真是很矛盾呀。

但小武还是离不开卡卡。

卡卡领着小武，试探着寻找新型地铁的入口。卡卡说，小武那次无意中进去的，就是新型地铁一段未完工的隧道。要找到这样的所在其实不难。在一些转换站台，就能看到施工中的不明下行通道，挂着“未经允许，不得入内”一类黄底红字的纸牌。

“大概是又出事了，他们才这样写吧。在探险过程中，那些畏惧权力的胆小鬼就这样被阻止在了真相之外。”

卡卡像是蛮有把握地说，丰腴的身体弹性地悸动，一副跃跃欲试的劲头，显得更加的英姿勃发。小武却步履迟疑。卡卡便如母兽引领幼仔学习觅食一样带着小武，趁无人时，悄悄把牌子移开，便看到后面铺设有自动扶梯，但已停运，只见着它探入深邃的地穴。徒步而下还是可以做到的。

卡卡说：“由于实验的缘故，城市大概变成了通往另一世界的入口。你想探索那个世界吗？”

小武想，女人也这样认为呀。他重新怀有了期待。于是，顺扶梯而行，他们开始了新的一番勘查。这回，小武才如若觉得生命中有了较为确定的目的地。

不久，小武和卡卡到达了一个平台，又见到电动旋梯，而不是直下式的，一道道如琵琶骨制成的呼啦圈在飞速翻滚，要去争夺吉尼斯世界纪录似的。循其下行，头晕眼花，如坐过山车，这回的距离漫长得仿佛从太阳系至河外星系。人像是死生了无数回。

卡卡轻蔑而迷恋地打量着这一切，说："新型地铁在距地面八十米至一百二十米的深度运行。"

耐心地走了好一阵，果然见到了站台。有站牌显示，为麦克脱路站。正是新线。车站设施均完好无损，照明系统还在工作，但视线所及，空寂无人。小武直觉地朝应该是轨道的方位看去，吓了一跳。紧挨着以金属、塑料和混凝土为质材的站台边缘，打捞出水的千年沉船一般，展露出一段无底深谷，有如天坑地陷，灯光自是照射不到底，却没有见着铁轨的一丝影子。

"失踪的列车是不是就从这里一头栽了下去呢？这也难说啊。"卡卡像是拉住快要栽倒的木偶一样，把魂飞魄散的小武用力拽住，海妖一般哦哦低吟，"这种景象，我也是第一次见到。我的关注重点本为天空而非地下。但列车却在外形和速度上，呈现了飞机的特点！天和地还能严格地区分吗？……经济学什么的，严格来讲，只是打掩护用的，这样一来，在探索世界的过程中，就不会被监视器发现而遭到城管的抓捕了。对于我们两人来说，地底就具有了乐园性质——完全跟鲁迅先生的百草园一样，没有什么比来到这里，幸福指数更高的了。但这里也的确是城市中极其陌生而隐秘的领域，所以，可要小心一些哦。"

小武哆嗦着应道："总、总算见着与地面城市不同的另一番实景了，真、真高兴呀。就是啊，天地具有相关性，或能殊路同归。不能再用传统眼光来看待世界了，世界也不一定就是我们一直认定的那一个。你真厉害。但如此规模的断裂，却没有被任何一台监视装置测知，消息也受到了严密封锁，毕竟难以思议。乘客到底到哪里去了呢？他们的家属在什么样的压力下方能长久地保持沉默？沿线究竟有多少的断裂，才可以陷下整整六列机车？这一切到底遵循什么样的逻辑？”

这时，他隐约觉出了这场实验的悲剧性。

但它到底是什么呢？

而且，外星人扮演的角色，也还没有弄清楚。不知他们是否也下到了地底……

卡卡像是三言两语也解答不了小武的问题，便点燃香烟使劲吸起来。

小武想，在强大的酸雨也难以侵入的地铁隧道里，一切貌似已游离了地面居民的个人主观意愿。他到底该不该来这儿呢？这是去寻找安全的所在，还是冒着生命危险，进行所谓的工业探险呢？

他不禁想到了但丁的《神曲·地狱篇》，以及《尼克拉·克里姆的地下之旅》——这部作品在整个十八世纪的欧洲相当流行，在它之前有基歇尔[注]那部沉闷的《地质学》，另外还有佚名的英国小说《在世界中心的旅行》，认为地球中心有一个乌托邦社会，由尊重动物的素食者组成……

但卡卡还是只吸烟不说话，像陷入了独立却乏味的思考。她又变得像是一个非人的生灵了。

小武怯懦地扶了扶眼镜，又看过去，见深谷恰如被激光切割，整齐划一，岩壁上不见任何层理、裂隙及风化痕迹，没有一处支护却异常稳固，绝然有异于人工钻爆开挖之结果，更不像是自然力作用下的岩层坍陷或土体位移。忽然，卡卡眼中投放出了野兽般的绿光，她欠起上身，伸长脖子，口喷浓烟，朝着一个方向连连嚎叫。小武强抑住

[注] 阿塔纳修斯·基歇尔（1602—1680）：欧洲17世纪著名学者。出生于德国，曾在维尔茨堡任数学和哲学教授。他兴趣广泛，知识渊博，是一位“百科全书式”学者，被称为“最后一位文艺复兴人物”。

下体撕裂般的剧痛，不敢直视变了模样的女人，手足无措地往前看去，见到断崖边生长出一条银白色小道，盘曲而下，新鲜清丽，如三十七岁携画具持手枪自杀的梵高随意描绘出来的一笔，但又有着可疑的悬空漂浮余味。

“下去看看？”卡卡啪地吐掉烟蒂，扬起头来，挑战般说。

“会不会很危险？”

“不应该，但也不一定。你到底敢是不敢？”

“没、没问题。”

在由实验主管部门审定的新型地铁施工图中，是否原本就有这样的设计已不得而知，但此时的直觉还有几分可靠呢？不过好在，一切充满了向下的彻底诱惑，对无钱购买宇宙飞船船票的人们构成了吸引力……只是，与那次一动不动呆在井底有所不同，也与调查UFO着陆事件不完全是一回事。要说小武不害怕，这不是事实，但他不能在女伴面前尿了裤子。另外，在一层朦胧的幻觉中，渐渐地，他好像觉得自己真的是为着寻找某种东西而来的——究竟是自我来历及身份的线索，还是失踪乘客的下落呢？就二者而言，他似乎都有将之引领回安全地带的责任——这正是此刻小武心中情不自禁浮起的可笑妄念，就像他试图说服人们相信飞碟真的存在一样。一想到像他这样一个卑怯的人，也有可能成为见义勇为的救援者，小武全身的血液就往下体集聚了起来。他偷偷摸了一把自己的腹股沟，感到那儿湿滑一片，鼓起了一个石头般的小包。于是他的行为仿佛因此而具有了难得的目的性。他好像在做一件不可能的事情。这让他觉出了手淫过后般的虚弱无力，却又难以自抑地沉湎了进去。于是，他颤抖着拉住卡卡的手，两人一前一后，向下走去。

后来，两人又下去了好多次。他们每一次返回原路，或非原路返回，爬上地面，就会丧失掉地底旅行的有关记忆，就像是不再记得前世的生活。他们便如强迫症一般，又再次下去，一定要找回点什么。

“实验到底是什么呢？”小武问，好像，这就是他要通过地下旅行发现的真谛。

卡卡冷笑一声，直直地盯住小武躲闪的眼睛，没有回答。

再后来，小武都有些倦怠了，卡卡却愈发兴奋，乐此不疲。真是个意志坚强而一往无前的姑娘啊，阴柔中凸显阳刚，冷静中飞转疯狂，代表了滞留陆地不走的、异类的、竭力恢复着内在自信的新生代市民，对亲身参与实验充满狂热。这感染了小武。多么的了不起啊，这场实验本来把他们排除在外了，但两人却不顾危险，主动地努力挤进来，要去寻找列车失踪的答案。就这样，喜欢飞行器的女人，把失去记忆的男人导引入了一条繁复诘屈的地下暗道，黑湿而促狭，微微蠕动。小武这才领略到，被称做“人生”的那个玩意儿，好像的确是存在着的。

至于宇宙的“别扭”，如此才有了着落或依附吧。

六、“地铁之友”

这天，卡卡带着小武前进，深入到保密状态的S市新型地铁隧道中，沿着幽回的银白色小道下行，暂且算是明确了方向。这多么的难得啊。小武不禁猜想，实验的主持者为何要设置这条道路呢？不，或许是地铁失事时，不愿束手待毙的逃生乘客开凿的吧。但他们怎能在短时间内完成如此了不得的工程？他们为什么仍然保留了想像力和创造力？这两样稀罕的能力，不是早已被地面的新闻信息聚合器和纳米市场监视器给摧毁了吗？

这帮往相反方向逃掉的家伙，可是没有买星际飞船船票的哟。

——但买了地铁车票，可真有意思呀。这样说来，大家还算是一路人吧。他憧憬着早些与失踪乘客相见。

卡卡说，她的前男友曾告诉她，实验的目的正是为S市居民的未来着想，而这也许是要在灾难来临之际，与M国人的星际移民飞船进行较量，争一口气，赌一赌谁能幸存下来，也就是为了面子吧。小武听了，像是受到鼓舞。不过他又略微有些不舒服。凭什么要相信她的前男友说的？那是个什么样的家伙？他就悄悄地把自己的手，从卡卡的手中，慢慢脱落了出来。卡卡嘴角嗤了一声，过了一会儿，又母亲一样强硬地把小武捉回。

路径的规则程度不可思议，脚下不断荡漾开来金属波浪感。每一级阶梯如斧凿般锐利，弥散出全光谱人工明焰，却找不到光源和电气管线。不久，看见前方有几个晃动的人影。土质感颇重，像是告别了地上世界，习惯了在地底生存的幻影生物。是失事列车的幸存者吗？这么快就找到他们了吗？近距离接触之后，发现他们分别为侦探、记者、农民、学者和外商，还有一位身份不明的年轻女性，带了一个三四岁的男孩。但她显然不是绿岛咖啡厅里的女人。

对于在地下的邂逅，大家均感到意外惊喜，遂作了自我介绍。外商，是来自亚平宁半岛的Y国人，似乎参与过S市新型地铁的风险投资竞标；侦探，正在追缉一名犯罪嫌疑人，后者亡命天涯，已经多年，据说，正在乘新型地铁旅行，令自己变成“一辆难以被测知准确位置的战略导弹机动发射车”；供职于外埠媒体的新闻记者，是要对传说中的S市新型地铁列车失踪事件做深度调查，写出轰动全国的报道，去拿新闻大奖的；学者，是因为论文造假，受到追究，为了避风头而逃到地下来的；女人，是带了孩子，来寻找离家出走的老公的；而农民是来做什么的呢？他自己稀里糊涂，一时也说不清楚。总之，除了农民，众人大致记得来此的目的——却没有一人明确是来搭救失踪乘客的。而他们本人亦并非遭遇不测的列车上人员。这多少有些让人遗憾。又判明了，除了女人有 S 市户口，其余几个都像小武一样，是外地人，现在，却也似乎成了 S 市地下世界的新移民，踩着这片黑暗下陷的土地，不歇气地走动，就好像在觅找通达未来的新方向。当然，也是为了解决他们自身的问题。

不管怎样，在目前境况下，有伴侣同行大概还算是一件好事，他们成了集体，有事也好商量，互相照顾，增强力量。特别是小武和卡卡加入后，就形成了一支看上去较为齐整的九人队伍（含小孩）。小武再一次感到了温暖。

渐渐地，眼前出现了旱地植物一样半柔性的灰绿色菌株，层叠绞缠着爬满了暗铜色的峭壁，呈现出腐恶状，犹如枯木朽株。“是‘地铁之友’。”外商凑过去，用毛茸茸的手爪内行地挖下一些，炫耀般地举在大鼻子下使劲嗅闻，用生硬的本地话说。

据他介绍，最初，地铁施工人员在地下一百二十米处，接触到了这种生物，见其形状如若蕈类，实则是聚结成团的大量孢子，其丝带状的根索则广泛蔓延。此种生物依靠岩石中铀原子的衰变而生存，个体寿命长达千年。而其整个族类已在地底存在三十二亿年了。新型地铁试运行后，有人看到，该生物也附着在了列车外壳上，这引起了人们的恐慌。地铁公司采取了多种措施予以清除，连强离子分割机也用上了，但效果并不理想。不过后来很快发现，它们是温和的植物类生物，并不对乘客构成侵害，也不妨碍列车正常运行，于是听之任之，反倒促成了一道奇异的地下风景线的诞生。列车呼啸而过，金属车身上缀满异形生物，在乘客看来，恰是新潮的装饰性图案，又像一座斑斓花园，在暗黑的深窟中辉煌腾挪，与地面城市历经百年积聚而成的阴郁繁复场面形成奇妙呼应，同时又有对抗竞争的意思。在漫漫长夜中滚滚穿行的列车，也具有了纵深旅游的情趣——不，不仅仅是旅游，仿佛还在古老生物的保驾护航下，获得了空前的安全感，真正可以逃避灾难似的。一年过去，乘客们逐渐习惯了与这异物的共生，遂命名其为“地铁之友”。现在，闯入者也终于亲眼见到了。

“那么，地铁的事故，会不会与‘地铁之友’的某种不曾查明的特性有关联呢？”新闻记者端出本行的架势，武断地提问。

“根本没有关系。瞧，它是‘友’，不是‘敌’，不搞破坏的。”外商像是很专业地抢着回答，做出一副很了解本土文化的样子。

小武十分讨厌外商对话语权的占有，也觉得这里面或有问题。但他对地下情况不熟，加上本来见了外国人就紧张，只好愧然而沉默地听着。卡卡比他要强，知道一些内幕，此时却一言不发。小武觉得，卡卡在陌生人面前，表现得太聪明了。或许，这样她就可以在万一有事时保持主动？他这才觉出这救过她的女人的魂魄中，隐藏有一种可怕的禀性。她也许真的别有企图吧。

再往下行，就看到，岩壁两侧仿佛被腐蚀了，在“地铁之友”的丛丛掩映下，透出了大大小小的洞窟，似乎尚未完工。在一些毛茸茸的阴潮穴口，隐约插入了坚硬的奇形机械，那是虬龙般的盾构机[注]，仅外露出刀盘的部分。机身上印有C饮料标识。外商见着这个，顿时呆住，像变了个人似的，眼神中流露出近于耻辱的失败感。原来，他在工程竞标中，就是被C饮料公司击败的。从此C饮料公司成了城市实验的主力投资商，并参与到新型地铁的施工中。其余人这才像是

[注] 盾构机：全名为盾构隧道掘进机，是一种隧道掘进的专用工程机械，涉及地质、土木、机械、力学、液压、电气、控制、测量等多门学科技术，要按照不同的地质进行“量体裁衣”式的设计制造，可靠性要求极高。

获得了重大胜利，心里取笑着外商，打捞溺水之人一样拉着可怜的他下到更深处。一边走，大个子的 Y 国人就一边娃娃鱼般不停哭泣。他远离祖国，独自一人来到 S 市从事商业冒险，试图投身到一场伟大的实验中来，不料却受到排挤，被边缘化了。他试图忘记这件耻辱事，却未能办到。有证据表明，外商的祖上三百年前就来到了这座城市——却是气宇轩昂来传教的，受到了当地民众的追捧。如今却是此一时彼一时了。

看着红毛绿眼的外商，小武又想到了外星人。但他现在有些吃不准了。就算是外星人来了，也不一定能搞定这地下的复杂局面吧。他求援似的把目光投向卡卡。她这回却没有理睬他。她被眼前的奇异景观吸引住了。

危岩千仞，虽奔猱飞鸟不得而上。没有任何衬砌或被赋以承受荷载的设计，这样的空间结构是如何对抗地底的巨大应力的呢？一行人担心着氡、苯、甲醛等有害衰变物及挥发物的侵袭，但似乎有某种看不见的通风设施在工作，维持着封闭环境中合适的氧浓度，连微生物的污染也没有发生。然而，没有见到活人或尸体，更没有发现坠入万丈深渊的地铁列车，不知神秘莫测的谷底究竟在何处。但这却是城市本体延续着的一部分吧。莲花色的峭壁是难以想像的光滑，如若镜面，其实嵌有某种合金，而毛茸茸的“地铁之友”成了它的蓑衣。异类生物的庞大王国，幽昧而萋寡。妖姬般的色调一派浓郁，好像隐藏着一个慢慢蒸发的黑洞。

卡卡如若沉思中的灵猫，巧捷无比地进入了重瓣花的园圃，如鱼得水，好奇地四处打量，像要寻找自己真正需要的，不再处处照拂小武。两人的手已有一些时候不曾拉在一块儿了。这令男人感到委屈。他就平地往上一跳，拍了拍比他高出半个身子的外商的肩膀：“伙计，你们那儿见不到这样的风景吧。”外商自卑地苦笑起来，像一只功能退化的山鹰。小武为自己罕有的大胆咋了咋舌头。

“地铁之友”犹如皮肤疱疹般密密麻麻，孢株上挂满了难以尽数的杂色昆虫，大都已死去。小武叹了口气，心想，他自己为什么不是这样的生命呢？那样就简单多了。这一切是由什么决定的呢？最初或不习惯这个，但慢慢就都认同了吧。对于这九人来说，要告别旧生活，开始新生活，无非就要首先亲近“地铁之友”，与这陌生而古老的地下隐居者结缘。但多了一个外商真是别扭。小武才意识到，在这种情况下，查找自己的来历，可能并没有太大意义。惟一能够尝试去做的，是尽量找到乘客，或许才能弄清到底发生了什么。但他们可能已经死了，甚至比昆虫还不如，不会有尸体存下。这儿毕竟离地面太远了。说不定，“地铁之友”作为一种极限生物，已被实验的主持者改造成为有机物分解工了，专门用来处理尸体。想及此，小武便注意着不要触碰它们。但他看见，侦探掏出一面放大镜，在“地铁之友”上照来照去。小武忍住了才没有笑出声来。那上面难道还会有指纹么？侦探难道也在追求专业性么？职业病吧。

但到底是谁修筑了这魑魅之途一般的石质／金属小道呢？

他们这一队人又是要走到哪里去呢？

七、交通病理学

在地窟中走累了，九人小组便作小憩。侦探、记者、外商和学者，兴致勃勃地打起扑克，轮流讲黄段子。农民站在后面，双手抚膝，流着口水，伛腰学习，像是初次接触到了文明，乐得咯咯直笑。

男孩被女人绑在一块石头上，呼呼大睡，面容可怖，当妈的则在一边呆呆看着。小武和卡卡抵背而坐，有一搭无一搭地聊天。他们聊的却是看不到的天空！卡卡这才向小武透露了她的来历：她本是S市民间航空爱好者联谊会“空中礼花”的成员，之前做过空姐——怪不得对“天上飞来飞去的小东西”感兴趣呢。对于“空中礼花”这样的亚文化社团，小武是知道的，性质上跟UFO研究会比较接近吧。随着灾难的脚步声渐近，此类民间组织像雨后春笋一样，越来越多地出现了。

“联谊会里都做些什么呢？”小武找话来说。

“事情很多啊，”循着充满体液的身子传来了肉感的话音，和着女孩纤细如鸟的中空胸骨振动，“比如，讨论国产第五代战斗机的电子系统火控系统发动机系统，爬上高楼冒着酸雨进行伞翼飞行，自制新一代遥控飞行器及热气球，集体旅行到M国纪念碑山谷观看世界特技飞行比赛，寻求企业赞助研究能飞到大气层外面的空天飞机[注]，等等，都是前人没有做过的事情。自然，也热议空难这样的在一般人看来是恐怖的话题。”

说到这里，卡卡的孔窍中溢射出一股特别的味道，像是迅猛的深海电鱼，夹杂着催情芳香剂一类的气息。

几年前，小武遇到过一位姓周的老先生，来自北方城市，患有精神障碍。他向小武谈起了他从岳父那儿听来的上一辈人的故事，比如梦游岁月的群众组织什么的，成员们热衷于往老人的额头上打进大铁钉。他讲着讲着就会大哭失声。但UFO研究会也好，航空爱好者联谊会也好，都不会做那种事的，那技术含量也太低了。然而，卡卡的话语中却仿佛夹杂着钉子钻入骨头的清脆如破竹的声音。

卡卡，非比寻常的现代都市少女啊，令小武着迷而惊骇。诡异、

[注] 空天飞机：既能航空又能航天的新型飞行器。像普通飞机一样起飞，以高超音速在大气层内飞行，加速进入地球轨道后，成为航天飞行器，返回大气层后，像飞机一样在机场着陆。

敏感而另类，躯体也像锐利干净的飞机头，带有男性般的机器特征，冒着酸雨不打伞前行，衣服湿透，身体表面的细节凹凸出来，看得一清二楚。如今，潮冷的地窟因她的驾到而变得生机盎然了，有了一股热乎乎的味道，好像真的展现出通向未来的新路径。小武想，正是依靠对曲折复杂的飞行装置的信仰，卡卡一直在与自己内心的原始消费罪恶作着殊死搏斗吧？如此她才没有成为地下的木乃伊女尸？他崇敬地看着她，问道：

“那么，关于空难，如何探讨呢？”

“与地铁事故形成了阴阳匹配。说起来，种种类型的空难就像暴病，会在世界的机体中忽然发作，没有先兆。但一般来讲，如果天空中长时间缺乏动静，就要考虑这种事情了。不觉得很刺激吗？乏味的世界因为机器的运动及毁灭而新意迭现，学生们也就从经济学理论的压迫下喘出一口气来了。这里面或就有灭顶之灾的线索。我们所做的一切不都是为了应对这场灾难吗？”

“属于交通病理学吧……”

“正是，正是！自一九零三年以后，天空就癌细胞似的扩散开来了，鲜花般喷发出真正凄美的气息。这并不是负面情形——疾病是一种平衡，像地铁一样，能帮助机器的驾驭者在幽暗复杂的环境中找到运行的正确轨迹。这就是死亡的辩证法。事故深刻显现了每一颗铆钉之间的内在联系。多么的激动人心啊。只有进入实验的核心圈内，才能对灾难的本质，有直观的体会。这正是当代生活的最大主题啊。”

“如此讲来，交通疾病的暴发，便是即将来临的大灾难的前奏吗？这个，大致也能明白。似乎是事关人类何去何从的大主题呀，以前只是外国人才会去思考的。现在轮到我们热烈地讨论它了，还为它作起了准备！”小武瞥了一眼正在一旁皱着眉头咬手指的外商，好像有些意会到他来到地下的真正意图。

“你这样说也不错，但是，本该大谈特谈的话题被有势力的大人物把持住了，结论只由他们少数几个人来作；在地面，广大的人群其实缄口不语，装作那事与己无关！要逃也都偷偷地逃……所以，像我研究经济学什么的，其实只是扯淡。去他妈的亚当·斯密！去他妈的克鲁格曼！你是搞UFO的，对此更应该有所感触吧。我们要谈，只能像这样躲在地下悄悄谈。噢，这才是一定要不顾一切前往黑暗隧道的缘故吧。”卡卡的脸上忽然涌起了不耐烦的表情。

“若讲到飞机失事，与列车的爆炸大不相同吧？”

“表面上看，正是如此——千分之一秒内，冲击力就达到了数千吨。肉身与机体，顷刻化作齑粉，天女散花一般，降落在广大的地域。这个瞬息万变的过程，大脑神经纤维若不经过生物工程的改造，完全反应不过来。”

呆在地窟深处，卡卡侃侃而谈天庭之事，没有忌讳，放得很开。她在讲到乘客的尸体陨石雨一般穿越漫漫长夜般的天幕，哗哗坠落时，语气痴迷，像在完成一个实验报告。她仿佛热烈地憧憬着整个天空山岳一样坍塌下来，完成与深凹的地窟的交合。

——女娲当年做的，并不是这样的吧？

“当然，另外一种情况，就不一样了。比方，被恐怖分子用武器比在脑袋后，经过一段时间生不如死的飞行，最后噗嗤一声像青蛙跳入池塘那样，跟着飞机一起可劲儿撞入摩天大楼的那些乘客……”

说到这里，卡卡便让小武回头看她。女孩迷人地微笑着，用右手比作手枪，对准自己的太阳穴，两眼紧闭，嘴里啪啪作响。地窟深处传来了岩崩般的回声。

小武“哦呀”一声。这种场面，他很不熟悉，而且不又跟打钉子差不多了吗？他未来的妻子，会是这样的吗？她是在暗示，地铁也是被恐怖分子劫持了吗？这样，天上和地下，就完全一致了起来。他于是又害怕了，鬼鬼祟祟地，觑望着四面八方围聚上来的“地铁之友”，眼前复现了遍地春笋般的女尸，冲动地想着，要把卡卡杀害在这里，再奸她的尸。但这个念头一冒出来，人反而疲软了，手脚动弹不得。他暗暗吃惊，那样一种残忍而亢奋的想法，好像并不是此时才产生的，而似乎已积蓄了五千年，说不定是因为“地铁之友”的诱惑吧，才在压抑之中禁不住喷发了。没有办法啊。

——我为什么叫小武呢？小武负罪般地想。

而且，他进一步感到，飞上天空的努力看来并不成功。最终，还是被拉回到了地下。金翅大鹏鸟在与巨龙的竞赛中，输掉了。到底是后者老辣。

卡卡说：“我的前男友也是‘空中礼花’的一名成员，他一直在调查一起神秘的坠机事件……与星际移民的版本不同，有迹象表明，城市的居民都被装进了大批波音飞机，而不是宇宙飞船，放逐到天空中，环绕地球不停地飞行，永远不得着陆。没有一个人能够去到被许诺的外星移民地，都上当受骗了，只有下到地铁的人们逃过了此劫。对此，我能哭吗？前男友总是悲愤地说：‘难道，地下的生活，才是大家真正的目标吗？灾难面前，不要相信全球化哟。’……这也许就是他最后自杀的原因吧。他死前调查到，有一天，其中一架飞机，不明原因地忽然坠落了，也就是五年前发生在S市郊区上空的‘一二二四’空难，从中或能获得与惊天骗局幕后真相有关的线索……访问了坠机地带的村民，他们皆振振有词，称听到了飞机的声音，却连飞机的影子也没有见到。空难，正跟地铁事故一样诡秘！本质上，不也一样吗？有一张网，从空中一直布到地底！忽然天上雷鸣一声，但并不见机体坠落，没有看到火光浓烟，也不曾目击怪婴出世。”

“什么是怪婴？”

“也就是雷震子一般的青面獠牙人物。雷震子是活动在三千年前的另类生命体，被周文王姬昌收养为第一百子。肋下生翅，在雷霆震响之后降生于大地。他就是当时的救世主。”

“会不会是外星人呢？”小武的呼吸变得急促。

“但是，调查表明，那位名叫王明的机长，是空军歼击机飞行员出身，怎会是雷震子转世啊。”

“疑点重重哪。这令我想到《罗生门》，而不是《封神演义》。”

“也许跟《弗兰肯斯坦》更接近吧。别多想啦。”

“你好像挺盼望世界末日早一天来临似的，”小武羡慕地说，“那么，五年前，你就是‘空中礼花’的成员啰？”

“不，五年前，我还没有加入。那时我还在航空公司做空姐呢。我是去年加入联谊会的。主要目的就是为了查明‘一二二四’空难的真相。我在那起事件中死去了。”

小武想，那架飞机说不定是最终识破了真相，而自杀的吧。发现天空中没有出路，它就一头撞向大地了。但他没有把这想法告诉卡卡。

卡卡说，她的人生目标，就是探寻自己是怎么死掉的。她为什么会恰好在这个节点上活过并死去？她究竟是谁？她到底遭遇了什么？她的记忆亦都丧失了。她一开始是与男友一起调查，但不久后，他就自杀了，她只好一个人做这事。所幸后来遇到了小武。她无法在地面查找到天上的答案，就决定到地下来。这就像在新的科学体系中，结果才能决定原因一样，天上之风云突变反倒是由地下的纠结扭曲支配的，二者形成了镜像。小武想，如果她真的弄到了答案，是不是就可以挽救那些同机死亡的乘客，甚至她本人呢？进而，人们是否就可以既不上天，也不入地，而找到“第三条道路”来避离灾难呢？

卡卡向小武透露，她已经获取了一些线索。

五年前那起空难事件的善后，是由C饮料公司承包的。C饮料公司与民航部门建立了战略协作伙伴关系，签订了国内航线飞机失事善后工程合同。

C饮料公司也是波音公司惟一航空柴油和机上饮料提供商。没有它，所有的飞机都飞不上天。

C饮料公司同时还是S市新型地铁的投资商。

这中间或有不可告人的秘密联系。

卡卡对小武说：“你别那样一副表情嘛。并不像你想像的，就是外国势力的入侵，主权的丧失什么的。不，恰恰相反。像所有的西方大公司一样——包括NASA，C饮料公司也已经被我国资本控股了，最重要的是，它被改组成了一家生命来世再造公司，开发出了基于信息湿化的全息量子转生技术，这才是它今天的核心业务呀，使它跟上了时代的步伐。M国人已得出了结论：未来是湿的……而C饮料的C，其基本含义已根据我国国情，进行了重大的拓展和提升。它就是control，contain，caculate，circle，亦即控制、包纳、计算、圈子或循环的意思，以与S市的S相匹配，形成美妙的生命进化双螺旋图形，涵盖了天基、地基和海基。在一个因为实验的不确定性而充满死亡的新兴市场上，前景可观啊。这个过程非常神奇，就跟梦游一样——他们让意识在经典状态和量子状态之间自由转换，并按照单一性和明确性的原则，重新进行编码……小武啊，我还要告诉你的是，C饮料公司的现任总裁很不简单呐，是个变性人，英文名字叫做Chou Yun-Fet，前世做过电影演员，德艺双馨，扮演黑社会老大也扮演圣人，是信得过的自己人哩……这位杰出人士在此生中，早年从事克隆器官和核原料生意，与S市政府关系密切……五年前在C饮料公司收购麻省理工学院媒体实验室、谷歌实验室和迪士尼乐园的过程中发挥了关键作用。在对C饮料公司进行脱胎换骨的改造后，自告奋勇让自己率先充当实验品，自杀之后，其克隆体通过全息量子解码器也就是俗称的非线性子宫转生，重活一回，好来做他——哦，她的大事！”

“我好像也知道这人，”小武若有所思地说，“甚至有可能见过她。”

他眼前又浮现了绿岛咖啡厅窗棂上少妇的幻影。然而，小武从卡卡的语气中听出了她对变性人的隐妒，便问：“你怎么知道这些的？你怎么能确定是真的？”

“一个死人，还有什么不知道的？”

卡卡冷笑，张大惨白的嘴巴，却不再谈C饮料公司了。透过一排锋利逼真、机械鲨鱼般的牙齿，小武看到一只浅绿色的粗糙舌头，在人工盐湖一样的黏稠津液中，干扰节律器一样不停拍打。的确是已然亡故的女性吗？却是多么的不甘心啊，一定要再活一回……小武想像着自己与这张死人之嘴接吻，携有遗传物质的细胞，纷纷从口腔黏膜上刮擦下来，被半空中浮来的一个玻璃瓶子收集走，身体这才复硬了；又觉得，卡卡怕就是C饮料公司的目标客户吧？死亡后，她的大脑记忆被复制到机器基片上，再植入流水线上早已预备好的人工义体，转世至此。这却不一定是她的自愿，而是一种强制行为，她却误会为自己的人生目标。小武觉得，卡卡也很可悲，但他没有说出来。

在地下百米深处，想到自己一直由死人带领着，又一次，小武情不自禁地咯咯笑出声来，把脑袋插进了岩石。他的手碰到了衣袋里的身份证。它像一张芯片。他很想知道，卡卡头盖骨的里面，有没有被称做“脑浆”的那种东西呢？但不管怎样，他现在离不开她。

两人根本没有休息够，但血脉中激情澎湃却又一片淤塞，便决定起身，继续往隧道深处走去。

他们需要不停地走才行。否则就完蛋了。

其余人急忙收起扑克跟上。只有农民还站着发呆，侦探恶狠狠地对他吼道：“快走！还等什么？以为自己是老大？”农民客气地点点头，笨鹅似的迈开步子。

行进了一阵才发现，外商不见了。他没有跟上来。

八、窟中峰顶

这让大家很紧张。空气中有一种不祥感。“是否要等一等老外呢？”队伍中，带孩子的女人停下来，面有忧虑，像是放心不下地说。这是她第一次开口说话，即针对老外。她与他有什么不可告人的关系呢？这时，小武才注意到，女人身穿像是航空服务员的蓝色制服，已是褴褛，绽露出桃红色内衣和柠檬色肌肉，纠集缠绕，污秽丑恶。这是一个新情况。小武和卡卡匆忙交换了一个眼色。卡卡以手掩口，似格外惊愕，百思不得其解的样子。小武想，卡卡有可能从这女人的身上，像看镜子一样看到了自己。然而，难道带孩子的女人也在航空公司做过事么？她会是卡卡从前的同事吗？这太奇怪了。不可思议的隐秘，随着人们在地窟中渐行渐深，一个接着一个，果然越来越多地呈现了。小武嗅到了危险气息在悄悄聚集。

“等外国人做什么呀！那种人哪，是最自私自利的，说不定早沿来路逃回去了。”农民呸呸地大声说，泥塑的猩猩一样嚯嚯猛捶自己胸脯，衣服深处喷出一股股土腥气。

“是呀，别看他在这儿老实本分，一回国就尽说我们坏话，真卑鄙呀。”学者的评论似乎更加深刻。

“如果我们中间有一人死了，那才有新闻价值呢。其余的都没有意义。”记者厌烦地挥手驱赶烟尘，小型猞猁般猛舔嘴唇。他为至此还没有发现乘客尸体而遗憾。可能是专门负责地面交通新闻报道的记者吧，所以并没有谈论有关飞行的事情。

“不要等外国人这种狗屁不如的东西了。他只会给我们带来麻烦。我们自己的事情还没有办好呢。”侦探用力收缩肥大的腹部，闭上眼睛，用下巴缓慢而威严地扫视众人，好像他才是对这个世界负有监管责任的。

小武想说，那可是欧洲人哪，创造过文艺复兴，与技术型的M国人不一样。但话到舌尖，却咽了回去。他的眼前，外国人金刚般的身影挥之不去。在深深的、什么都不知道的地下，少了一个人，总之是不太好。

侦探的话，令大家心中升起敬畏，于是，都自觉地不言语了，一齐束手弯腰挺臀，中规中矩地继续前行。

小道往下，刺葵一样前探而去，一行人却大喘其气，每一步，都走得笨拙艰涩，仿佛是在向险峻山峰登陟。而“地铁之友”倒像是山野中丛生的荆棘，那后面隐藏着什么，无人知道。至于是谁修的这条道路，已不重要。众人亟待需要熟悉新的环境。另外，他们都跟得紧紧的，生怕再走失了。

“听，什么在响？”农民忽然毛骨悚然地颤声喊道。

大家停下来，果然，听到了好似翅膀扑打的声音。他们朝前看去，见洞窟深处，若有暗红的磷火闪烁，幢幢黑影浮动，在巨大的喘息声中，令人作呕的臭气扑面而来。

“吸血鬼！吸血鬼！”孩子发出欢乐的啼鸣。小武却想到了《星球大战》中的黑衣勋爵达斯·维达。

像是感受到了危险，一群老鼠吱吱叫着，从岩缝中蹦跳出来，慌张地逃逸而去。

但很快影子消失了。

也许是幻觉吧，他们战栗地想。停歇了半天，观察了一阵，见没有发生什么事，也没有新的人失踪，便又迈开腿，满腹疑窦地走下去。不久，到达一处平面。果然不是谷底，而是上到了峰顶的站台，不是麦克脱路站，而是庇亚士路站。他们明明一直在往下走，但实际上却是在上行，来到了地窟中的一处高高山巅！这颠倒错乱的路径，再加上刚才黑暗中的怪影和气味，使他们感到更大的不祥。

“真、真是美妙啊，实验太了不起了！它哪里是为了逃避灾难而设计的，它完全就是创造了一个新世界嘛！犹如进入了彭罗斯楼梯[注]。谁说我们缺乏创新能力呢？地面世界人人奉为圭臬的定律，在地底已不用遵从！”像是为了打气，学者做出轻松的样子，举起枯枝般的双臂欢呼。大家也都跟着热闹了一小会儿。

他们伫立在山头，似乎看到，有一片广袤的发暗光的大陆，冰原一样在脚下延展。整个地窟像是一个巨大无边的世界。细看过去，却似有灿然的稻田连绵不断地铺陈开来，远处仿佛还有无数的水车在运转。

庇亚士路站的站台设施基本完好无损，但仍然不见人影。看样子，地铁的运营一时难以恢复。记者提出，大家一定要保持冷静，做好思想准备，根据他的调查，这次事故，拖延的时间或会比较漫长，地面的中央控制计算机，大概也感受到了空前压力。

“这实验本意是要创造一个新世界，把灾难阻隔在它之外，但它可不是随便就能建成的……”记者煞有介事地宣讲着，好像要显示自己具有与别人尤其是与天真的学者不相同的见识，“我认为有这样的

[注] 彭罗斯楼梯：著名的数学悖论之一。由英国遗传学家列昂尼尔·S. 彭罗斯和他的儿子，数学家罗杰尔·彭罗斯发明，后者于1958年将它公布于众。荷兰画家艾舍尔曾在其石版画《攀高和下行》中充分地利用了“彭罗斯楼梯”。

一种可能：计算机为了逃避人类的问责，说不定自作主张，把列车和乘客制作成了数字幻象，一次又一次地投入实验的熔炉。这样一来，就不用投入成本恢复营运啦，实验也就可以在虚拟的状态下，继续进行下去喽。于是，再也不用担心灾难啦。”

其他人觉得记者说得真是矛盾而怪异，有一种电影似的欺骗感，都不去理睬他。大家都不相信自己是虚拟人。

“但实验到底是什么呢？”小武不合时宜地又问。卡卡嫌他多事似的瞪了他一眼。

大家满脸不高兴地沉默下来。

这时，女人抱着孩子，噔地一屁股坐在地上，却没有要哭的样子。寻夫的使命，在如此白白兜了一圈之后，仿佛轻而易举地完成了。也不用担心会哭倒长城——这里只有隧道、峭壁、峻岭和荒原。本来就是逢场作戏吧，不仅泪水准备不足，而且小市民的精神世界更加空虚。小武鄙厌地心想，居然穿着航空制服，还不如那些买船票参加星际移民的人哩，下到地窟来做什么呢？到这儿来，可是要做大事的哟，像卡卡那样！但这女人以前究竟是不是当过空姐呢？那可不能怠慢啊。他又看了一眼卡卡。卡卡却一脸阴霾，有气无力，好像在竞争对手的一场出人意料的打击之下，变得虚弱了，需要呵护。小武感到卡卡在变，变得令他不认识了，却束手无策。女孩没有想到危险会来自这个方向吧。她们两个好像形成了竞争和威胁的关系。小武这时很害怕被卡卡抛弃。

寻夫的女人冷静地掏出一块动物饼干来喂给孩子吃。孩子猛地伸头一口咬住。仔细看这小家伙，五官不清晰，隐隐约约，似有若无，只是雾气般的、淡淡的一些略可分辨的凹凸形状。他嚼食的模样颇为凶残，状如鳄鱼，弄得连他那火力发电厂烟囱一般的模糊鼻孔以及耳孔里，都是杂色的残屑粉末，大股大股地往外喷溢，就好像他才是这场活动的主角，并兼女人手中的武器。

侦探目不转睛地盯着儿童，看了半天，也不安起来。他想了一下，说："也许犯罪嫌疑人已经逃回了地面。"

"就这样什么也不做就回去么？"只有农民，浑身像有使不完的力气，在城里人苦无对策之际，却找到了用武之地似的，左右跳脚，蹿起落下，NBA 篮球明星般跃跃欲试。

"你表演什么？这里没你唱戏的份儿。"记者恼羞成怒地指着农民的鼻子说，学者在一边看着，连声叹气，不停摇头。

农民就又捶起胸来，委屈地号啕大哭。哭声越来越大，似不是一个人，而是千百个、亿万个人在一起恸哭，天翻地覆。大家都捂紧耳朵，弓起脊背，翘着屁股，把脸埋向石坑。谁也不再提起被落下的外商。只有吃得半饥不饱的孩子，不惧声音的巨浪，双手十指如蜘蛛般胡乱扑腾一阵，挣出母亲怀抱，嗷嗷叫着，向前一头冲去。这才终结了农民的哭闹。

四周寂静得像闪电划过后的夜空。一行人心有戚戚，在孩子后面慌乱跟进。很快发现了嘭吱嘭吱运行的自动扶梯，如数百条蟒蛇绞缠纠集，不停翻腾。大家争抢而上，竟然如履薄冰。待到达地面，不禁大吃一惊。

九、新世界

一行人不期而至，回到了地面，连自己也不敢相信，竟已不是下来之前的那个 S 市了。高楼大厦一幢亦无，遍地都是废墟瓦砾，城市似已被一场巨大灾难夷平。这荒凉的景象托载着磨盘般来回旋转的深夜，却不止一个夜，一眼看去，像是有许多重黑暗彼此叠压，砥砺往复，纠缠不已，仿佛从宇宙的最深处发出悲鸣。一只黑色的球体悬挂在红色的天空中，是“月亮”吗？他们仰头痴望。

没有了酸雨，四周沙漠般干燥得一时让人难以适应。废墟后面的辽远地平线上，有几座环形山，浮升起来，已然触到“月亮”底部。地球上不可能有的环形山，却在这里藐视众生地雄峙。浮槎一般飘零的星座均结构陌生。他们像宇航员登临外星球。奇怪的是大家不但未有死去，反而能更顺畅地呼吸。大气成分似与原先无异，却由于没有污染，质量似乎恢复到了工业化前的优质。仿佛，传说中的新世界，已通过实验，顺利地制造成功了。虽则是噩梦一般的景观，有着阴阳两分的阴怖，但大家还是认为，应该会逐渐习惯的，只要仍旧记得顺从、承受、幸存和屈服的那几条旧规。他们祖祖辈辈，几千年来不是早已辗转经历过各种不同的世界了么？

这时，记者一眼看到机车，抚掌乐了。正是人们一直在寻找的失踪机车，卧停在环形山下的废墟中。他们也还依稀记得原本下到地底的使命。但只是高速机车的飞机状头部，及少数几节车厢，死掉的蛟龙一样，耷拉着脑袋，千疮百孔。大人们还打不定主意，儿童已迈开脚步，雪兽般连声吼叫，朝它蹦跳而去了，仿佛是他丢失已久的心爱玩具。小武忽然觉得，这孩子才是救世主！其余人便由记者率领，跟随而上，做出一副“看看热闹不也可以吗”的表情。还没有接近，便看到地面隐然敷设着一条钢质抛物滑道，但已在瓦砾堆中断裂成了无数截。破烂翻斗车一样的车厢里，没有料想中的乘客尸体，却满满地盛载着“地铁之友”，整个来看，像是等待借助电磁力的作用，要发射上天。那么，是不是可以推测，还有巨型的运输飞船，停驻在太空中某点等待接应呢？“地铁之友”完成在这颗星球上的任务后，就要集体转移了？……这是小武的想法，又一次，他似乎嗅到了外星人近在咫尺的气息，却不见他们的踪影。

接着，发现钢轨周围散落着一些足迹。人类的鞋印和老鼠的脚印凌乱交织，没有方向感，兴许，是灾难来临之际逃生留下的，乘客们说不定还活着吧。机车锈迹斑斑的外壳上也爬满了“地铁之友”。他们蹑手蹑足走近车头，来到驾驶室的位置。损坏的气闸门敞开着。记者先爬了进去，大家也跟入，内部设施令人难以置信，复杂地布满了他们从未见过的仪器仪表。

“看样子不是地铁啊，而是一架最新研制出来的、我们梦想已久的大飞机，哦，不，一艘新型宇宙飞船哩。这也是实验的伟大成果吧。我国的科技进步令人自豪哪。果然再不用搭乘M国人那不靠谱的破火箭了。嗖，直接就到新世界去喽！”学者虚荣地说，做出一副博学广闻的样子。

“但NASA不也是由我国资本控股的么？”小武声辩一般小声说，心想，天与地的转换，难道竟如此轻易么？一切都极不自然，但逻辑就在其中。他为自己的UFO研究者身份感到窘迫，在所有人中，他好像是最无用的。

记者掏出照相机，上蹿下跳地拍起来，又装出很审慎的样子。孩子的母亲死死地盯着眼前的器件，动情地抚摸，泪光闪烁。好像她早年在此间呆过，现在终于一睹旧物。卡卡一言不发，皱眉沉思，担心地瞥视着另一女人，过了一会儿，对小武使了个眼色。小孩则像司机一样，熟练地爬到驾驶座上，喜滋滋地坐好，玩弄起了操纵杆。

小武想，哦，不管怎样，毕竟亲近交通工具了，这所谓的地铁，也许就是外星人的飞船吧。但他们究竟在哪里呢？他觉得这趟旅行越来越暧昧了，却减少了在地底时那样强烈的危险感。但这也许是假象。他们是一群就要咬饵的鱼。

“这一切到底是怎么回事？”侦探受伤的老虎一样拧着眉头。

“虫洞。我们刚才显然是通过了一个虫洞。”学者装作行家，又一知半解地抢着解释。

侦探拉下脸：“什么是虫洞？”

学者讨好地笑道：“就是太空构造中由强重力场或强磁场造成的裂缝，连接着另外的时空。”

记者怀疑地问：“这难道就是实验的结果吗？”

学者朝记者哼了一声：“能不是吗？这个虫洞肯定是我们凭借自己的科技力量，独立自主人工制造出来的。不靠M国人，也不靠外星人。”

记者冷冷地击了一下掌：“那么，可了不起哟。正如《哈姆雷特》中的台词：天上地下有许多事是我们做梦都未想过的。听上去，果然是至理名言。哈，哈。”

地铁隧道已在不知不觉之间，被改造成了连接其他宇宙的人工虫洞吗？大家来到的，是未来，还是过去呢？“地铁之友”的真实面貌，又是什么呢？是那些在这颗行星上建有秘密基地的外星人的共生生物吗？工程的设计者是怎么在宏观空间中实现挖破和扭曲的呢？要制作出这种规模曲率半径的虫洞，又需要多大的能量呢？小武心中浮起一连串的问题，他觉得这一切不是普通的实验者能够做到的。似乎，有种力量在刻意向他们展示“神迹”。他记得，来自北方城市的周老先生曾经说起，他们那儿的上一代低速地铁在行驶过程中，有的机车会一直停不下来，没有发疯死掉的乘客最后遭遇了怪物，他们自己也变身成了怪物。当时，小武以为是老人在发病呓语，现在，他仿佛明白了，那是怎么一回事——地铁在经过虫洞之时，乘客们的生物钟会急剧提速，在很短暂的时间内，人类会繁殖许多代，而每一代人，都将产生惊人的变异。等到地铁终于到站时，拥出车门的是各种各样的无法想像的怪物，那面目不正像是外星人么。当然，用脚趾头想都能想明白，这样的变化只会发生在男女混合的地铁车厢里面。所以，为了维护人类的纯洁性，在S市，地铁在设计时就特意安排了女性专用车厢……说起来也能够理解，作为金融和贸易中心的S市，其地铁并不像北方城市的那样，从一开始就是为着备战而兴建的……不过，他们目前虽然男女混组编队，又经过了所谓的虫洞，却还没有变成怪物。但接下来呢？

“关于实验是什么，我听说过一些情况，”卡卡终于冷静地开口了，“没有什么虫洞，但据说是要在局部空间制造出一个六维世界，在那里，有两个时间存在，涉及特异的数学结构和多重量子叠加态，的确是一种用来逃脱未来灾难的技术。”

“这么说，地铁还是诺亚方舟哦？”记者敏感地对准卡卡拍了一张照。

“但现在看起来，并没有逃脱。实验未能成功，预言中的灾难已经降临了，城市就在我们下到隧道时，被毁灭了。什么高科技的办法都避免不了。但不知怎么搞的，我们竟成了幸存者。”卡卡面无表情地替大家说出了那个黯然的结论，此时的她，就像个邪恶的影子一样不甘心，要从中捣乱，竟像是为着空难复仇一般。她骄傲地扫了另一女人一眼。地下的飞龙似的列车刺激了她吧。学者不满意地瞪着她。小武的心抽紧了。

侦探点点头，说：“科学方面的，我懂得不多，只好面对现实了。一点也不奇怪，这片土地本就多灾多难，虫洞也好，两个时间也好，六维世界也好，其他什么也好，我们只是行走在灾难的延长线上……但犯罪嫌疑人呢？逃入另外一个世界的犯罪嫌疑人，很可能就不服从原来那个世界的法律管辖了——这才是最大的危险！”

侦探充满使命感的话语使小武听了不好受，他看看学者，不明白他为什么会不高兴。不管怎样，旧世界覆灭了，他可以得意忘形了，没有人来说他抄袭论文的事了，谁也奈何不得他了。是啊，白纸一张的新世界，画什么图画倒在其次，最紧要的，应该是无法无天吧，这难道还不令所有暗藏犯罪潜意识的人们心驰神往吗？此世界的物理法若与彼世界不同，则必然要诞生崭新的社会、哲学、法律、道德和宗教观念吧。那厢的一切罪恶，在这边或皆能赦免。小武忽然意识到，这么些年来，自己其实一直暗暗向往着的，不正是这样的逃逸吗？他的良心受着既定律令和准则的谴责，又因为天花乱坠的享乐预期而激动不已——那些准备搭乘M国人的星际飞船远赴他乡的移民，恐怕也正是这么想的吧。说什么个人自由哪，生命尊严哪，都是假惺惺的——但这或许跟所谓的安全，还沾点儿边吧。他悲哀而欣慰地觉得，自己与他们殊路同归，至于其他的信誓旦旦的承诺及目标，都是胡说八道。

侦探却不知道，他本人正处于危险之中——在新世界，如果人人都是罪犯，他可对付不过来。侦探作火眼金睛状，严厉地观察大家，好像随时准备出手制止众人的非分之念和悖逆之举。小武又看了卡卡一眼，见她只是在冷笑。

“那个逃犯究竟犯了什么罪呢？”他大着胆子问。

“是个造假币起家的，堂而皇之注册了一家合法公司，什么都伪造：发票，钞票，电视机，手机，计算机，汽车，器官，男人，女人，山川，城市，国家……后来据说狂妄得还计划伪造整个世界甚至整个宇宙哟。谁挡他的路他就把谁杀死。”

侦探恨恨地说，却像是在嫉妒。忽然，他看小武的眼光凝住了，变得狐疑，小武心虚地低下头来，却暗暗对自己说，怕他做什么呢，这已是新世界。就算是伪造出来的，历史上不是也没有人能够做到吗！

“他爸呢？”带孩子的女人对有几个世界并不感兴趣，公式化地冒出一句。这才似乎解了小武的围。

记者不留情面地呵斥：“这个时候，还想孩子他爸哪。如果真是传说中的虫洞，则已构成此行的一大重要发现。其他的都可以暂时放下了。”

当记者的果然没有人味，不去考虑有多少人已在此变故中死去了——这座城市可有两千万居民！小武不去管侦探怀疑的目光，心头浮出森森寒意，却又不得不对记者服气。他还记得，一直以来，是媒体每天提供着有关世界的解释。学者又悲切地摇起头来。而那小孩正对准小武恶狠狠地龇牙。

记者又说：“不管怎么说，就算是疑似虫洞，那也是轰动的独家消息呀，要上头版头条的。灾难也许的确很糟糕，但等待了这么久，毕竟来了，不正是爆炸性新闻么？至于死多少人啊什么的，只在报道的结尾部分作为背景提一句就可以了。总之，必须在第一时间把重大发现向全世界传播出去，才能争取舆论主动呀。”

“但没有人来救援我们，对吧？而我们也不晓得要到哪里去呢。原本热热闹闹的花花世界，什么都没有了。”农民终于说话了，面不改色，脸上闪过一丝不无恶意的浅笑，就像在进行一场蓄谋已久的反击。

“我们可以沿着那条小道，再走回去的。他爸也许在那边等我们呢。”带孩子的女人着急地建议。

卡卡鼻子里哼了一声，还没来得及说话，记者就嘘道：“果然头发长见识短啊。你要想想清楚，现在什么才是关系到民族利益的头等大事。我认为，应当立即开展现场采访！”

学者忽然眉飞色舞起来，大嚷：“他这番话倒也说得没错。就算是发生了灾难吧，但这一次，新世界终于是我们率先发现的了！”

由于产生了直面未来社会的强烈愿景，学者的腮部像斑鸠一样胀出了一群刺绿色的颗粒。

小武朝卡卡看了一眼，便知道两人此时的想法基本一致。他重新心怀感激。卡卡，还是他的人。他们两个，在思考同一问题：哦，如果真的要把这个重大发现（在另一个世界中，S 市已经毁灭了）宣告于世，那么，首先就要回到原来的那个“S 市”去。因为，在眼下这片荒凉的土地上，又哪里有读者、听众和观众呢？但他们得找到一条新路。而且，这里还有另一种可能——如果这一切跟实验有关，那又有什么好对外发布的呢？如果实验的主持者没有在灾难中死去，说不定还要把他们按泄密罪论处呢。这就叫做两难吧。他们的生命虽短，但也见识得够多了。

小武和卡卡在紧张地思虑着这样的矛盾命题，好像他们潜入地底的最初企图，终于有了收获。

由于在去向问题上发生了分歧，这一群人最后对峙起来，像是要发生激烈的打斗。

侦探这时说：“大家都把身份证交出来吧，由我统一保管。”

记者顽皮地看着他：“为什么呢？”

侦探瞪了他一眼：“你说呢？”一边端出了掏枪的姿势。

大家想了想，相视一笑，做出听话的样子，把身份证拿了出来，递到侦探的手上。小武又最后看了看自己身份证上的照片，心里竟有如释重负之感。

十、三位一体

他们最终没有折返，也没有打斗。这是因为，在由灾难废墟组成的新世界里，作为三位一体的新颖结构，机车—飞机—飞船内部温暖如春，象征着天—地—人的和谐，适宜生命存续。而且有大量的含蛋白质C饮料，像是专门为幸存者预备的（但也可能是前面一批到达的乘客，吃不完遗留下来的，或许，真的是方舟呢）。众人又累又饿又渴，在诱饵面前，丧失斗志一般歇息下来。他们最想要的，还是安全。吃饱喝足后，纷纷躺倒在舱室内呼呼睡去。有人（不知是谁）梦到了自己在太空中航行，看到了陨石、彗星、中子星和类星体。

一觉醒来，天色已明，废墟之上，像是“太阳”的圆形物体冉冉升起，却跟昨夜的“月亮”一样，是漆黑色的，状态飘摇，像是随时要掉下来。遍地都是“地铁之友”，突破瓦砾的封锁，乱糟糟地长出了短促而灰绿的发茬，茫茫无际，好像蒙古大草原。见此景象，记者闹嚷着要外出采访。侦探却认为，危险随时会来临，为安全计，应该呆在驾驶室里，哪儿也不能去。记者与侦探大吵一架，愤然而出。侦探才意识到，他已控制不了局面，又怕众人笑话自己没有勇气，也临时改变主意。出去时甩下一句：“我感觉，犯罪嫌疑人也上来了。我得保卫新世界呀。”他又瞟了小武一眼。

小武言不由衷地赞道：“真是别开生面的追捕。”

卡卡点燃一支香烟，漠然而尖刻地说：“显然，他还在依照旧世界的定律做事。这很难骤然戒断。他能保卫得了新世界么？我看他自身难保。”

小武心想，那就好了。

最后昂首挺胸出去的，是女人与孩子。“他爸没准儿在这里摆上了一个臭豆腐摊呢。”女人自豪地说。儿童冷冷地撇嘴一笑。

剩下小武、卡卡、学者及农民，呆在机车—飞机—飞船里。几个人面面相觑。小武觉得大家的表演痕迹过重。现在，仅仅是一个中场休息，也许，不久将会出现更激烈的剧情。他体内的脏器都寒凉地折叠了起来。

“你知道太阳为什么是黑色的吗？”学者坐了一会儿，感到没意思，便与农民聊天。

“不知道。”

“这真的不一定是黑洞哟，”学者笑着眯缝起了眼睛，“但有可能是虫洞的副产品。我国科学家在开凿平行世界的同时，还制作出了一些装饰性恒星，不，也不是——准确来讲，对既有的恒星做了变性手术，通过操纵介电性质，使其边界的光速为零……”

但这也许就是世界毁灭的导火索吧。小武心想，实验失败了，学者又一次高兴起来。他像小孩儿一样反复无常。

农民像看外星人一样看着学者。学者兴致勃勃地接着说：

“你为什么要来这里？”

“我终于记起来了。三个月前，我们村里来了一个怪人，自称时间旅行者，名叫威尔斯。他告诉我，城里人都逃光了，他们已全部搬家到其他星球上去了，剩下一座空城，乡下人可以大大方方住进来，穷日子从此就要彻底改变了……不料我在飞机上睡了一觉，醒来后发现，不是呆在城里，而是到了地下。城市是建在地下的吗？现在听你一说，才晓得世界毁灭了，天下大同了。”

“不，是新世界诞生了！不过，你这样做很危险的。你一个乡下人到 S 市来！”

“倒没有这样想过。你很奇怪，凭啥觉得乡下人到城里来就会危险呢？”

学者耐心地开导他：“知道为什么叫 S 市？”

“不晓得呀。”

“那我告诉你吧。就是取了 suicide 打头的字母。”

“你说什么哟，我不懂呀。”

“那我再告诉你——就是自杀。这你懂了吧？很多买不起船票的人从西西弗斯塔那样的高度跳了下去——并非低空跳伞。大概他们早就知道世界要毁灭了。你倒是胆大。但你知道什么是新世界么？坐飞机怎样，没有出事？”

小武心头一颤。他看了一下卡卡，见她只是无事人般，闭眼吐烟。

小武想，卡卡经历的空难是否与黑太阳造成的时空弯曲有关呢？这场实验比想像的要复杂多了。大概只有外星人才能做到。

“……不晓得咋个搞的，居然这辈子第一次坐了飞机，在上头还吃了排骨汤呢……是不是威尔斯安排的呢？结果上了飞机，就像钻进了一个银子打的棺材，这里也不敢碰，那里也不敢碰，生怕把这鬼东西给碰坏了，咋个赔得起哟。还是坐火车好。”

农民动情地回忆着，像看亲人一样扭头去看卡卡。卡卡忽然把脸别了过去。小武难过地想，似乎，现在谁都可以欺负她呀。

学者叹道：“毕竟，你对农村之外的诸世界还不熟悉。”

小武心想，学者也许对农民充满了厌憎的怜悯。这个人真多余呀。他根本无法理解黑太阳光耀下的新世界在科学上的重大意义。

小武接着想到，黑太阳的存在，显示出宇宙中有许多个世界，那些世界中也有其他生灵栖居，比如外星人。那么，这就会否定人类苦难的独一无二性，同时（或许是永久）贬低了信仰的价值。据说，人类在灾难中被拯救，这是一个独一无二的奇迹事件。但是如果人类只是宇宙中的智慧众生之一，那么其他智能生灵是怎样的呢？他们是否也被他们自己的科学所救赎？人类世界的科学还那么伟大吗？还是科学并没有给他们提供救赎（这将把科学描绘得非常冷酷无情）？

然而，他们不久前却在地窟中看到了金光灿烂的稻田……

中午时分，侦探最早归来，一无所获。随后是女人与孩子，没有找到男人。但他们都很欣悦，走路的样子像在表演祭神舞蹈。记者最晚返回，也是一脸喜色，把拍下的数码照片展示给大家看。还数记者走得最远，接近了一座直径七八十公里的环形山，山的南面有一个巨型湖泊，湖里游动着龙一样的庞然大物，岸边生长着高耸入云的龙卷风形树木，山麓是一片广延的原始森林，里面潜伏着一座影影绰绰的大都会，却是完整无损的，从照片的细节分析，像是他们还依稀记得的 S 市。又是另一世界吗？但看样子还是我国领土呀。大家才稍微放心。

十一、未来之城

晚上，小武做了一个噩梦，梦到自己杀死了侦探，切开了他的肚子，发现里面长满了绿光闪闪、腐臭糜烂的“地铁之友”。他从机车—飞机—飞船中惊醒，浑身冷汗，心想自己怎么可能杀死侦探呢？这在平时是想也不敢想的事情，到底是“新世界”啊。这时，他听见外面有动静，便摸了眼镜戴上，凑近舷窗，看到一队奇怪的生物，正在废墟上游荡。是一些穿灰色连裤服的蒙面小矮人，肩上扛着装满绿液的玻璃瓶子，与脓水般四溢的昏黑月光，混淆为一体。

——这就是外星人吗？小武忽然惊惧地觉得，他们并不是因为对五千年文明感兴趣才来的……五千年和一百五十亿年（宇宙的历史）相比，差距太大了……但他们的目的究竟是什么呢？他又犹疑了：在这个一切都颠倒而莫测的世界上，真的有外星人吗？他们是设计实验的外星人，还是实验制造出来的怪物呢？骤然间，他不能确定自己的期望和想法了。他似乎见到，其中一个玻璃瓶子中，蜷曲着一个生物模样的东西。哦，正是学者，大张着嘴，却发不出声来，只小孩一样，投出哀哀的求救目光。小武怕被怪人发现，就急忙把脑袋插入一堆仪表中。过了好半天，外面的声音才消失。这应该是小武作为UFO爱好者，第一次亲眼目击不同于人类的异形生命体——却并没有预料中的兴奋万状，而是心如死水。这令他十分难过。他渴盼了那么久，时刻真的到了，却失却了激情，甚至要躲避，要当逃兵。这就仿佛好不容易飞上了天空，却又拼命地往地下跳。他才有些理解了卡卡的痛苦和无奈。他偷偷朝室内的人看过去，见大家都在昏睡。卡卡的胸衣不知什么时候解开了，侦探棕熊似的一只肥厚手掌伸过来，覆按在她白玉般的乳房上。

天终于还是亮了，黑色的太阳继续照耀，谁也没有注意到学者的失踪。兴高采烈的记者像一头公猪，两腿作蛇形分叉，把生殖器垫在小腹下，身体弯曲着趴在窗户边不停拍照。小武看出去，见“地铁之友”已长成茂密森林，遮住了黑灿灿的阳光。那座伫立在S市废墟之外的像是S市的城市，则用肉眼也能看清轮廓了，甚至能识出西西弗斯塔这样的地标性建筑物，塔顶竖立着C饮料的巨型广告牌。机车—飞机—飞船变得簇新，一夜间，铁锈都消失了，破损的舱面也都自动修补好了。侦探又出门去寻找犯罪嫌疑人了，但直到傍晚还没有回来。担心缺失了侦探这把保护伞——这时，大家才觉得他重要——记者就发动小武和农民一起出外寻找，而把女人和孩子留在舱内。小武不情愿，但也只好去了，却连侦探的一根毫毛也没见到。但他们在那个有龙状动物出没的湖泊岸边，发现了一块残破的、古旧的合金牌子，上面的两行方块铭文依稀可辨：

S 市建城纪念

公元二零五零年一月一日

他们如获至宝。这才知道，呈现在眼前的，大概还是未来——损毁后的未来。众人不禁羞愧难当，便默默地掉头回撤，看见机车—飞机—飞船，通体灿烂锃亮，像是刚刚出厂。外壳上刷了几个漆色未干的、鲜淋淋的红色文字：鹦鹉螺号。地面断裂的钢轨，也都被无形之手焊接上了，晶光熠然地延伸向地平线。小武寻思，“地铁之友”除了扮演有机物分解工的角色外，也许还执行着纳米维修机械师的任务，它们悄悄地完成了对机车—飞机—飞船的修复。也许，不久，这庞然大物真的就会被弹射走……把灭亡的世界也好，新生的世界也好，统统抛弃在身后。

他看了一眼卡卡。两人之间，经过这一夜，好像已没有什么话要说，早先的默契悉数流逝。小武只好把自己的想法告诉记者，想请他写成新闻，却掩过了昨夜目击疑似外星人的一节。记者摆摆手，说这种敏感的消息需要送审，不能随便写的。他已经从争抢时效、迅速报道、占领舆论制高点的立场上退却了。也许这与侦探的失踪有关吧。

这打击了大家的士气。不管怎么说，众人都意识到某种危险的变故正在重新来临。想到昨夜现身的肩扛玻璃瓶的小矮人，想到搭在卡卡胸上的侦探的胖手，小武心灰意冷，对新世界失去了兴趣。没有谁愿意再去管顾侦探的下落，至于学者，大家连想都没有去想他。现在人人自危。

一行人决定重入地下，由来路逆向穿越所谓的虫洞，重返他们熟悉的那个旧S市。这种归去来兮，因为携带了另一个世界的全新信息（他们是这样觉得的），或可有希望使大家残余的人生从此不同起来，可以对别人夸耀他们的历险（如果人类还存在的话），乃至增添生活的亮色，获得继续生存下去的勇气和信心。

他们鱼贯来到地铁站口，大惊失色，发现它几乎被汹涌而出的“地铁之友”堵死了。

十二、“教堂”

是的，再晚来一会儿，便无法进入了。“地铁之友”像具有了行动的本领一样，正在泡沫一样大股膨胀出来。原来它们并不是安静呆着的植物。以前的乘客，也许就是这样耽误了脱险途中关键的回程期吧。好在他们几个作出果断的决定。幸亏侦探失踪了，不然还得听他的。于是，剩下的六人排好队形，手脚并用，分开菌株，强行挤入站口，趺趺撞撞复下到站厅，才宽慰地见到了那条银白色的小道仍在。孩子又撒欢起来，率领大人前行。他们舒了一口气。

一路走着，却没有体验到经过螺线管时的负压和张力，或是预言中的平行宇宙的诸种奇异特性。所谓的虫洞，好像只是一个最普通不过的洞穴，这又令大家困惑。他们是否作出了错误的判断呢？他们不会是一帮蠢蛋吧？自己却不知道。世界的真相越来越扑朔迷离……走不多久，道途便中断了。再也找不到从前的路径。他们慌乱起来。光是找路就好像要耗费毕生的精力。

电影银幕般的峭壁上，呈现出千百个洞穴，蜂窝一样隐伏在“地铁之友”的花团锦簇之中。像是钻进了一个老年人的头颅，小武嗅到浓烈刺鼻得让人欲呕的脑浆腥味。这个半死的东西，好像才是地下世界的中枢，大概已昏睡了亿万年，现在经过震荡，正在慢慢苏醒过来，从垂亡的边缘挣出，自恋地修补它的腐烂部分。或许是实验主持者在地下搞出的一系列技术性动作，无意中打穿了它的爬虫复合体吧。而高速列车循其神经触突的行进，到头来甚至把新皮质上的自动修复装置启动了，真是机缘巧合呀……不过，也很像是古代秘密教团的地下居住系统，足能容纳几十万人、上百万人在此避难……世界的复杂性和多样性令小武目瞪口呆，难的却是找到一条道路。就算找到，如何走下去仍是难题，旧路新路都不好走哇。外商、学者和侦探都掉队了，生死不明……

记者又嘀咕起来，认为应该选择一个洞口进去，不同以往的路径必然在那里，说不定会有惊人发现，获得真正的独家新闻。但为着确定走哪一边，记者和农民发生了争执，这回真的动起手来，记者被打得满嘴吐血，遍地找牙。他瘫软地坐在石头上，哼哼唧唧，红着眼睛，不服气地盯着农民。最后，大家决定各走各的。小武、卡卡与记者的选择相同。农民犹豫了片刻，跟上了女人和孩子，而其实后者并不想带他。

小武这一队选择钻进的洞穴，灯火通明，“地铁之友”爬满岩壁，形如外星文字，地面则散布着碳素钢丝和铸铁管的碎片，以及废弃的光存储器一类装置。又一次出现了银白色的小道，像蜿蜒的毒蛇诱惑这三人。一路上，小武与卡卡，陌生人一样无话。他们闷声不响地疾走着，就像是没有了生命的组件。忽然，又隐约见到了闪耀暗红色磷火的像是扑腾着翅膀的影子，但只是从百米之外匆匆而过，并没有侵犯他们，只在空气中留下奇臭。小武恐惧地心想，这些藏身黑暗深处的东西，或就是灾难的使节，是来报信的吧……不觉间来到了劳神父路站。

一排涂画着明星老鼠的C饮料广告牌，沉寂地布在一侧。其下有横列的热力管和排水管。没有见到失踪的乘客。续行一小时，一个百米见方的甲凝环氧树脂浆液池，挡住去路，浸泡着彘一样的几具死尸。池边凌乱地散布着崭新的光端机、控制机和通信电缆，及数台不知年代的加法器。

绕过池塘，便又到达另一车站，整体呈玻璃花般的气泡状，是英大马路站。月台上挤满十几米高的“地铁之友”菌株，呈仙人掌造型，千万朵叠压累积在一起，搭建成阴气重重的塔林，并不全然笔立，有的缠裹回复，曲折不尽；又像是枯萎的阳具，表层青筋毕露，向上铮铮而茂盛地旋转伸出，有争夺生存空间之意味，散发出糜烂咸湿气息，躯体上布满了晨星般的昏晦光翳，仿佛那个黑太阳转入地底作婉转的暗燃，要给这个新世界提供廉价的再生能源。

小武怀疑此处使用了由石英玻璃纤维或丙烯酸树脂塑料纤维丝一类产品组成的光传导系统，却依然没有发现实验主持者的存在痕迹。他认为，地铁世界很有可能已被改造成了一个广延的人工生态体。在塔林深处，朽烂的“地铁之友”绽放得最璀璨的地方，有一座碳化物方形座台，周遭凌乱地堆砌着绿白色的绢带，形成厚积的莲花般景象。在覆层的花瓣中，隐约凸显出一尊半跪的石质人像，呈钢灰色，周身赤裸，体态优雅，健美运动员一样肌肉线条分明，却认错似的低垂着猩猩般的头颅，双臂像鸟翅一样向两侧展开，背靠一个闪闪发光的十字形金属柱状物。这是一个表情痛苦的年轻男人造型，小武觉得似曾相识。男子的脑袋上，一只大灰鼠两脚站立，见到人来，嗤笑一声，转身跳下，疾跑无踪。

“大自然的奇观啊。”记者举起相机，邀功一般赞叹，好像在说，瞧，我选择的道路是正确的。

卡卡目不转睛，紧盯石像，阴郁地说：“不，不是大自然。这里从没有诞生过大自然。”

“咦，那又是什么呢？”

“是核反应堆吧。”小武自作聪明地说。

“是教堂。”卡卡说着，倒退了两步。

记者把目光投向女人胸前的十字形饰物，“咦”了一声。小武吃惊地发现，那上面的男人头像，竟如同碳化物座台上年轻人石雕的拓本。

记者阴险地问：“教堂？你去过教堂？”

但在此关键时刻，卡卡却不言语了。像是自我保护一般，缩起肩，默默抽起烟来，又像是在积蓄新的力量。也许是缺少了外商这个重要的证人吧，毕竟，他的祖上当过传教士。但真的是教堂或者教堂的废墟吗？是谁把教堂建造在了地下？还会是为人类的忏悔而设立的、独一无二的去处吗？小武颇不自信，也对卡卡产生了更大的怀疑。他看了一眼石像，脑海中浮现出投射在绿岛咖啡厅玻璃窗上的少妇脸上那歪斜而邪恶的、有着一串尖顶的建筑物倒影。淤塞的心灵如秽臭的千年池塘，被蛤蟆哗地跳破，泛起几道污浊不堪的神往。那女人其实就是化了装的 Chou Yun-Fet 吧？她是被外星人附了体吧？她亲自坐镇指挥这场实验哩……小武惦记起这个女人来——就像孩子对母亲的依恋，心里一片烦恶狼狈，却又无端感到亲近，但与卡卡之间那种成人般带有生涩霉湿的感触，又不相同。现在，他与卡卡之间的紧张关系正在发展。对此他很遗憾悔恨，他连她的胸都没有摸过。

这时，他觉得不远的暗处有一双陌生的眼睛正在打量，打了一个冷战，盯着看了一阵，却什么也没有见到。这时，卡卡扔掉烟蒂，独自走动起来。两个男人赶紧跟上，越过座台和石像，向深处行去。不久，闻到了一股浓烈的尸腐味。

十三、萎缩之魔

他们寻找这气味的来源，却发现身后跟上了一人。是一个恶鬼般的暗影，看上去却是活的生命。尸腐般的味道，就是从他身上发出来的。他简直比骷髅更像骷髅，体型骨架较之正常人缩小了两三号，用"侏儒"来形容最合适不过。大腿肌、上臂肌、腰大肌、臀中肌、骨盆带肌、菱形肌、肩胛肌等，均已严重萎缩，令他几乎完全失去人形。躯干上沾挂着湿淋淋的绿色黏液，全身长满了颤动不休的猩红小耳朵，足足有上千只。乍见之下，小武还以为是外星人。但那家伙又呈树藤状，使人想到进化或退化中的魑魅，只能暂且称做不明性质的异形生命体吧。据北方来的周老先生讲，在他居住的城市中，地铁运行时，也曾有机车怎么也停不下来，本来好端端的乘客就在漫漫旅途中演变成了树形人、鱼形人或其他什么的怪物。小武以前并不知道在S市也会发生这种事情，现在想来，是全国范围内的普遍情况吧……

细看之下，却觉得这人像是失踪已久的外商。第一印象是，他走入了另外一个“新世界”，兴许那儿更具奇异性，有不同的物理和生物效应，他才会变成这样。但那是什么呢？与实验有何关系呢？小武不禁想到《哥斯拉》或《狼蛛》之类的电影，由于核爆炸或化学试剂的触发，生物发生了变异。小武像磨刀一样用衣襟使劲擦拭起眼镜来。记者却像在野外见到猎物般，静悄悄地扑了过去，反被对方敏捷地一把擒拿住手腕，一动不能动。那侏儒般的怪物见了人，乐得嘿嘿笑了。

记者忍住疼痛，问：

“你是谁？”

“乘客。”

记者挣扎着往后退：“不，你是外商。你回来做什么？虽然遇到了一些麻、麻烦，但我们这个世界不、不需要你。我们能够办好自己的事情。”

那怪物继续涎笑：“不，我是乘客。”

“那么，是与列车一起失踪的乘客吗？”

记者脑子动得飞快，马上换以专业的诱导口气，仿佛要使怪物成为其报道要素。连小武也想，或许真是乘客中长得相像之人？变形后便难以确认了呀。外商那样庞大而威猛的存在，往往与超级宇宙飞船相提并论，怎能与地底卑琐促狭的萎缩现实联系起来呢？但他却从那人的口音中，听出分明就是外商，于是对他的意外归来产生了惧怕，就好像早已忘记的昔日噩梦，又要重演。

“是啊，当时正要开往玛礼逊站呢。”外商—乘客说话的嘴形像喇叭花一样恶心，臭味快要把人熏倒了。

“到底发生了什么事情呢？既然是乘客，不妨说来听听。”记者这时已挣脱出来，变魔术般掏出录音笔，做出洗耳恭听的样子，双腿却在打颤。

小武想，难道，意外地就要接近列车失事的真相了？却是由忽然归队的外国人来告知。卡卡表情复杂，欲言又止。

怪物尖声道：

“萎缩了，萎缩了！”

“究竟怎么一回事？”

“不知道，不知道！”

“灾难性的事变究竟发生在何时？”

“记不得了。记不得了！很久很久以前吧……”

“能具体介绍一下当时的情况吗？”

怪物一拍脑袋，像是恍然大悟，把什么都想起来了。他就像一个逃出来的报信人般兴奋地说道：

“列车正走着，忽然，车厢汽化一般消失了。奇怪，大家都发觉自己不知怎么就转移到了站台上。也没有经过气闸门的加压，便莫名其妙、行尸般脱离了车厢。一点不适的感觉也没有。好像是坐错了区间车，临时下车去转换。又开始等待什么，或许是下一辆？等了许久也不见车来。仿佛要等的也不是车，但究竟是什么呢？就听不见任何声音了……很快都站着睡了过去。

“醒来后，借着灯箱、立柱、铁轨等等的反光，才发现周边的人都变成了木乃伊一般的东西。心中却是莫名喜悦，我一辈子都没有这样欢欣过啊！这才是真实的自己呀，以前都是很累地化着妆在生活。我也像是终于知道自己万里迢迢不辞辛苦前来贵国是要做什么了。你们的国家太了不起了！

“大家手挽手兴奋地一起往隧道深处走。我，一个Y国人，受到感染，萎缩了，变形了，成为你们队伍中的一员，没有任何人歧视我！是你们帮助我，重新成为了一个真正的人！

“我们走了很久也没有找到出站口，只是隧道越来越深，越来越黑。忽然，周围的人都不见了，仅剩下我一人还在劲头十足地走着，好像要去完成你们未竟的使命！嘀嘀，嘀嘀。”

“真的是这样么？你确信是受到感染才如此的吗？”小武拼命想要看出那人头脑深处的蛇蝎幻影，却无法做到。但怪物毕竟带回来了他和卡卡苦苦觅找的线索。终于知道了失踪乘客的下落——他们似乎陷在了小武等人无法去到的另一世界中。就听外商—乘客又说：

“倒不害怕，只是喜悦，好像我很久以前就生活在这里。我早就是贵国伟大实验中的一员了。不辱马可·波罗的名头！多么的幸福啊，不要再听但丁的《神曲》了……现在，你们来了。欢迎，欢迎。总算又见到老朋友了。是来救援我的吧？不，我可不需要！千万不要带我回国啊。罗马早已经不存在了！”

小武失望地想，这人应该就是外商，并非外星人。但显然，Y 国人对于与本地人一起在地铁中“扮演”普通乘客、共同变成怪物，更加兴趣盎然。但为什么要提到但丁呢？但丁这个人啊，他设想了他的宇宙中的各种世界——虽然其诗篇的天文框架，是托勒密式而不是哥白尼式的。在那里，每个世界都应有一个神，条条大路，通向无数罗马。

但是，现在，罗马已经不存在了，怪物则已诞生，到底未能避免……小武耳边又传来了老鼠宣誓般的吱吱叫声。外商如果不变化，也生存不下来吧。

数千年来，萎缩症就是蔓延在国内民众中的一种普遍症状。基因发生突变时，就可能产生有缺陷的蛋白质，或者，根本无法产生蛋白质。绝大多数情况下，蛋白质的缺失或具有带缺陷的蛋白质，会阻碍细胞的正常工作，引起包括随时间流逝而不断衰弱和消瘦的肌肉萎缩症状。在大多数萎缩病例中，肌肉群在受侵袭部位会明显消瘦（尺寸减小），臂膀、腿或躯干都会变得十分衰弱，以至于最终无法活动。一些类型的萎缩症还伴有肌肉挛缩或瘫痪、脊柱侧凸或弯曲。病人通常会丧失行走能力，有人会伴发严重的智力迟钝和多幻影病状，也会出现视觉衰退和寿命缩短的现象（只能活到十一到十六岁）。

据说，贫困是诱发该病症的环境因素。随着经济状况的持续好转，这种疾患已经宣布在国内绝迹了。但是，现在才知道，在地窟中，它仍然以变异的形式存在着。然而，来自西方发达国家的外商，也同样幻化成了蹒跚于地下的恶鬼，而且看上去症状更加严重。他一身的耳朵，仿佛每只都拥有独立的生命，在呼啦啦地抖动不停。

小武涨红了脸，不禁猜想，与直立行走的老鼠一样，外商—乘客其实是实验的副产品吧。甚至，就是实验的主持者为了应对灾难，而利用基因工程刻意制造出来的变种生物吧。但这甚至也发生在了本来或可免疫的白种人身上，却让人想到了轮回报应。说不清是幸灾乐祸，还是松了口气，至少，这正是大家的主观感受或愿望，有一种平衡感，仿佛自身的罪责和过失就由此减免了。

然而，能够导致肌肉萎缩症的实验究竟是什么呢？小武又觉得，只怕并不是更高级的进化，而有可能是弗兰肯斯坦式造物运动的失败吧，生产线上出现了劣质产品。是因为监管不力，还是与实验对象天然的染色体缺陷有关呢？不知道。只是，不可想像的是，变异同样发生在了作为优质材料的外国人身上……这可不是一厢情愿的想法。小武对实验的性质越来越感到陌生而矛盾。乘客线索的获得，并没有指出明晰答案的路径。

“但是，在我们中间，不是早就处处都有异类在活动吗？”卡卡像鲤鱼一样吧唧地吐出一串疲沓的烟圈，漠然地打量着外商—乘客，“读过《养红花的人》吧？”

十四、异类

小武惭愧地摇摇头。卡卡说：“是梶尾真治的小说。他以严肃的态度，深入探讨了这个问题。可以说，异类的情况不仅存在于我国，从西方伊始，传布到东方，成了世界性的普遍现象。近些年，这个问题在海外受到格外的重视。只是，我国民众对此产生认识，实在已经比较晚了。”

“的确，我们以前是不承认异类的存在的……如果嗅到了异类的味道，也是立即采取果断措施，像对待蟑螂一样予以彻底清除。”小武想到了街头的工程车辆，伸出钩子，捉虫一样，把乞丐捉走的情形。但如今，异类就在身边生机勃勃地存在着，还喋喋不休呢。

卡卡说，在《养红花的人》中，梶尾真治借人物的对话，对异类的存在及活动作了精确的描述：

> “那些人，即便你跟他们见了面，说了话，他们也都不会表现出一丁点奇怪的样子，就像普通人似的。可是，尽管说不清什么地方如何古怪，但你总会在心里犯嘀咕，觉得那些人就是与我们不一样。”
>
> “听说他们就是人类以外的什么东西。”
>
> “那不就是异类吗？他们是妖怪还是外星人？”
>
> “他们都混入人类当中生活着，而这样的人现在是越来越多

了。过去是没有这些人的，可最近却忽然增加了许多。”

“这描写真让我们汗颜呢，”卡卡像在感叹，“要早些成为异类就好了。据说梶尾真治和他的J国同胞们才是真正的外星移民，已经在M国人的帮助下，全体搬迁到半人马座比邻星去了……”

“M国人？你说M国人？M国人在哪里呢？这些年来，关键时刻他们总不在场！”小武的模样呈现出蒙受不白之冤般的崩溃感，“不是连C饮料也由我国资本控股了吗？”

“所以，留下来的人，要么自己赶紧变成异类，要么就得学会与异类相处呀。”

记者听了，露出了难得一见的恐慌表情。

“即将到来的——不，或者已经发生的——世界末日灾难，究竟是什么呢？”他旁敲侧击地小声问道。

“一千个人有一千种看法……有人说是力场扭曲，有人说是磁极倒转，有人说是电子病毒，有人说是时间回旋……”小武含糊地说。

“但你们没有看过M国人拍的电影么？说是外星人毁灭地球哩！”

听到卡卡如若戏谑的话语，终于，小武如丧考妣，哇哇大哭。这才是他内心中一直隐伏的，却不敢去直面的判定。

“你哭什么啊？”卡卡欢快地大笑，伸出手指，戳了戳男人的脑门，“地球毁灭就毁灭呗，不就是空中的一颗小石子么，这样的小石子太多太多啦。”

“你已经死了当然无所谓，可是，还有活着的人呢！”小武愤怒地说，“现在告诉你吧，研究UFO的目的，就是指望外星人在灾难来临之际把我们搭救出去啊！大家蝼蚁一样，神也指靠不上，M国人也指靠不上——不是说那飞船移民是骗人的吗？地铁又这样子了，只能依仗同样由氨基酸构成的外星人了。能够同情并理解我们的，只能是等价的、他世界的生命。这是最后的希望了。他们是可以被称做兄弟的……”

“噢，真的有外星人吗？”

“大概……是有的吧。”

“明白了，是要把责任统统推给外星人啊，自己就轻松了！你是因为对世界不自信，才天天坐地铁的啊。真以为那是防空洞吗？跟我学习经济学一样。真是别扭！”

“不，不可能是外星人，他们不会做这种事的……”小武感到委屈。

“那么，会是M国人吗？不是说，他们并不在场吗？当然了，他们很厉害——即便藏身在地底也躲不过去的。你听说过M国人的钻地核弹吧？爆炸当量达九百万吨，可打击深埋地下二百五十米的目标！”

“不，不，也不是！战争早停止了……我们买了他们的债券，我们在跟他们做生意，他们正把我们弄到天上去……”小武连连摇头。

卡卡可怜地看着语无伦次、左右为难的男人。哦，随着时间的推移，什么都说不清楚了。

“那么，到底实验是什么呢？”小武虚脱而伤绝地问。他想，卡卡为什么一定要把真相讲出来呢？这女人太无情了。但那只是她认定的真相，说不定是用来吓唬小武的吧。他早已是她的俘虏。

卡卡脸上呈现出蜈蚣爬过般的芜杂神色。但她还是理解地点了点头，就好像看到小武终于安全地从井底升出了地面。她的目光中流露出一样情绪，是那种对大男孩的疼爱，既像女朋友一般，又洋溢着母性气息。小武看在眼里，身体重新发胀僵硬起来，仿佛感受到了目击石像时的那般刺激，并想到《聊斋志异》中那些由冤死者变身而来的、温情脉脉或个性刚毅的女鬼。虽则一到黎明就化作了骷髅，却夜夜用玉米一样柔软炽热的肉身，为不善社交的青年书生殷勤地暖床，仿佛是本土版的《阿凡达》，欠发达文明的雌性为发达文明的雄性献上爱，发达文明的雄性最后拯救了欠发达文明的整个部落。于是，小武不禁对于自己曾起过奸杀卡卡的念头，而感到羞愧，并希望与她重归于好，同时也对侦探滋生了愈大的仇恨。

“说起来，这都是地面上那个世界的事情了，遥远得好似恐龙时代。此时再来谈论就像是观看《阿凡达》。他妈的，一场电影嘛。毁灭不毁灭，谁来毁灭，有什么区别呢。”小武自嘲般嘁喳。至于存不存在外星人，他们要来干什么，无所谓了。他的信念正在气泡一样彻底地破灭。

这时他听到卡卡口气遽然一变：“不要那么讲嘛……从逻辑上分析，UFO 研究会最后也被 C 饮料公司收购了吧？你会不会就是 C 饮料公司的一名雇员呢？”

闻听此言，遭到最后的致命打击一般，小武感到难以承受的铭心伤痛，拉下脸不说话了。这就是他遗忘了的身世吗？在走不出来的地底，两个年轻人的心灵之间，已经长出了一层无法打破的藩篱。

外商一乘客却对自己的怪样子十分满意，以一种获得新生的感恩姿态，兴奋不已地连声啁啾，表示要引领大家，前去谒见实验的主持者。现在，他真是着迷于自己的身体呢，他太欣赏自己的变形了。连小武也看得羡慕，觉得这煞白躯干上散发出挡不住的异状之美，如病梅，如假山，如时尚，如电玩，或如十字架——为什么还要解救他呢？小武甚至暗暗希望大家都变成这副样子，好像这才是真正的善果，以前的妄念，也就可以弃置了。

正要上路，这回却发现卡卡不见了。

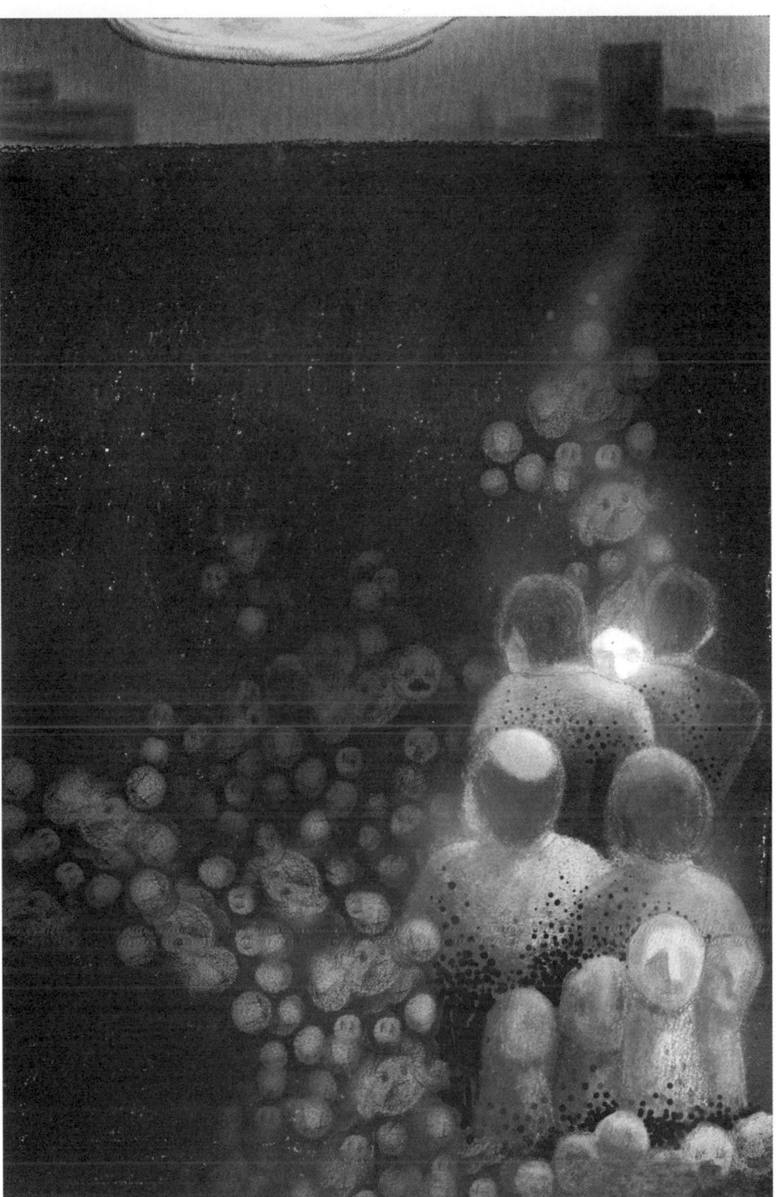

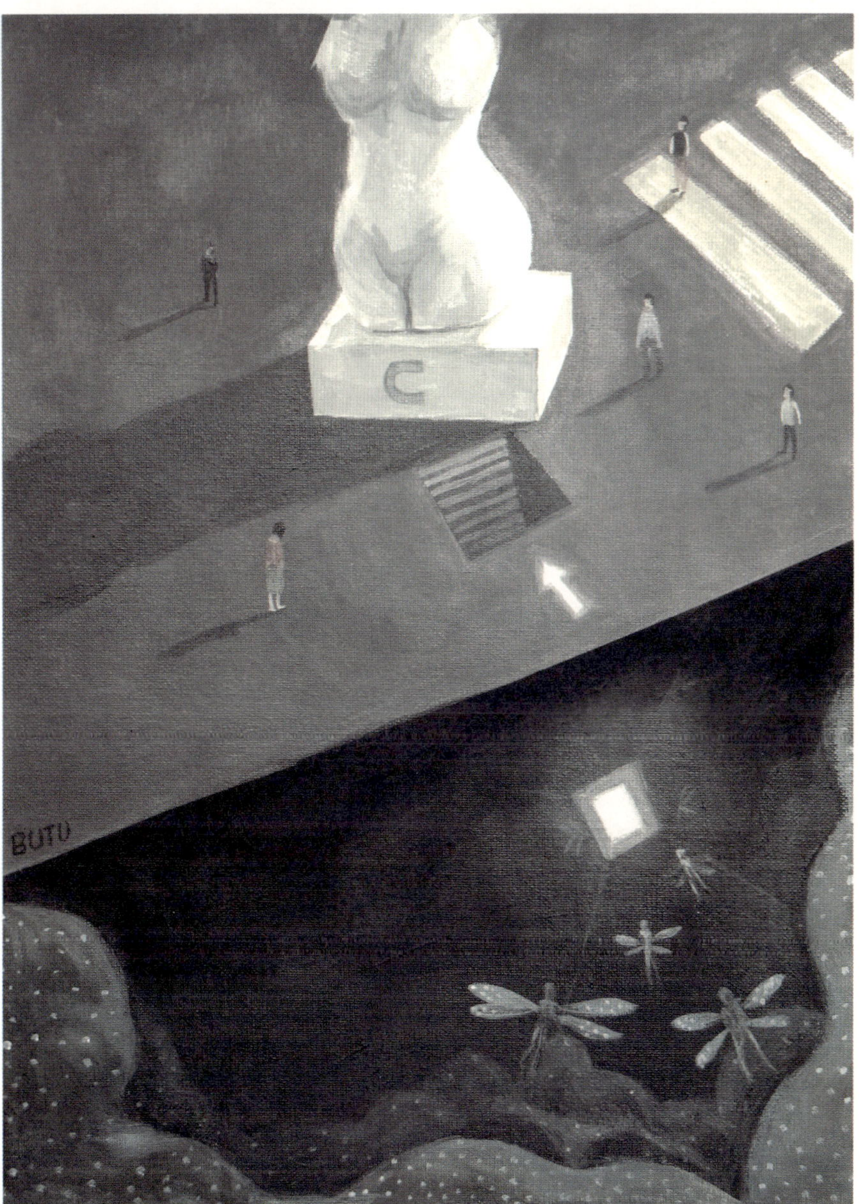
C
BUTU

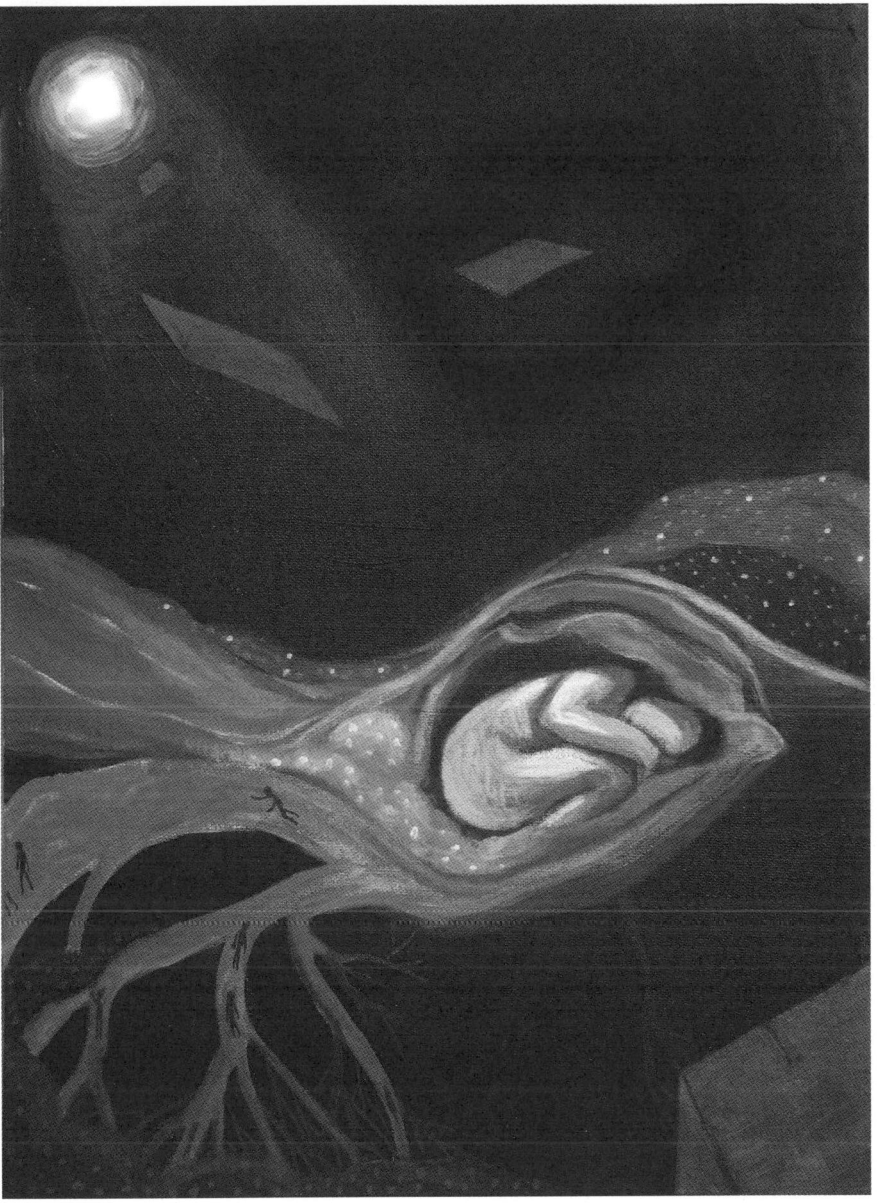

十五、终于变了

由最初的九人，现在，仅剩下外商—乘客、记者和小武三人，继续循地下洞穴而行。现在，是由外商—乘客领路，他儿童般蹦蹦跳跳，一副欢天喜地的样子。小武心想，这家伙难道一心想要填补侦探的缺位么？但卡卡失踪了，这让他失掉主心骨一般不知所措。然而此种情况下，却又不能脱离队伍专程去寻找，那样就显得太自私了，不仅会被笑话，说不定还可能遭到攻击。当前最要紧的，应该是去拜访实验主持者吧，不知为什么，他们觉得，那家伙应该还活着。对此，三位男性怀有殷切的期待。再盲目走下去，他们肯定都无救了。

小武强抑悲伤（这又让他觉得做作），默默地跟随外商—乘客和记者前行。有一次，他们仿佛回到了像是麦克脱路站的站台，但出路已经完全封堵死了。三人只好往侧旁游移，进入一处似乎是地下商城的大型空间。满地废墟瓦砾，是一种不知名质材，纠集的海带状，但极其坚硬，渔网般吸住许多细小零碎的骨头化石。盘绕着的却非人骨，也看不出是什么动物的，间杂着一米多长的幅翼，有细长、弯曲、中空、长矛状的嘴吻，仿佛是史前飞行生物，却不知怎么坠入了地下。小武复想到洞窟深处身带暗红色磷火、像在扑打翅膀的不明怪物。那些魔鬼状的东西，似乎一直都在暗中偷窥。

又续行，来到一个泥潭沼泽般的地方，隐若有雾气蒸腾，周侧伫立着一组组的蚁垤状建筑，又有一堆堆椭圆形的蛋垒。大着胆子走近，却未见到预想中的脑部物质被虫族吸空的干尸。更多的骨化石，呈现为螺旋状的灰白色锥体，似是一种大型的远古水生动物。然而，这被锋利的列车穿透的地层，从前竟是浩瀚的海洋吗？这些多样而奇异的生命体，才是真资格的乘客吗？很难说，地铁的建造怕是要追溯到史前了。出人意料的是，关键时刻，引路的外商—乘客却一屁股坐在了石头上，嚷嚷：

“累了。不走了。坐下来喝茶吧！”

“这家伙在戏耍我们，再说哪里有茶喝！不知他脱离集体的那段时间里，究竟发生了什么。他说的那些都是编出来的故事吧。到底是不可信赖的外国人呀。”记者愤恨而警惕地说。

小武则矛盾地想，他们摆脱不了这鬼魅一般的生物，却又变不成他那样，这真让人郁闷，说不定，卡卡是察觉到了此中的不妥，才偷偷逃走的吧。她却连招呼都不对他打！这还是当初从深井中搭救他的那个卡卡吗？看来，她同外国人一样，也是无法信赖的。

“你们怎么都这么一副垂头丧气的样子啊？应该高兴才是。”外商—乘客皱着眉头，老大不满地瞅着两人。

小武咕哝：“为什么要高兴呢？得有个理由，是吧？”

外商—乘客想也不想就说：“因为终于变了啊！几千年来，你们不是天天盼望要有变化吗？哼，哼。”

记者受了莫大侮辱一般，冲过去，挥起拳头，对准外商，却没有胆量砸下去。

“你再这么说，老子杀死你！”他发出威胁的低沉嗥叫，好像在模仿侦探。外商—乘客耸耸肩，对他不解地眨巴起眼睛。

……

外商—乘客又忽然跃起，咚咚地走起来，把大家带入了一个迷宫般的地域。这儿像是春天的花园，却不再有绿白色的莲花绢带作装饰，四面八方弥布的，是千万张红色剪纸，皆为蚁人形象，图形新鲜，向上燃烧。小武觉得，像是有人不久前还来过，说不定是一名神秘的艺术家呢。他又记起，来自北方城市的周老先生曾说，那儿的地铁在行驶过程中，有人变形成了蚁人。有名为小寂的普通乘客，试图去救援，却终于必然地失败了。他被变形后的蚁人乘客活活噬吃掉……

小武这才毛骨悚然地意识到，外国人也许是回来吃人的。他从祖先那里秉承下来的本性未变，当年所谓的传教，其实就是吃人，现在，原来的面目吃不到人了，就换一副面孔，目的依然未变。这家伙正在觅找一个下手的好地方，要把小武和记者吃掉。怪不得卡卡敏感地逃走了。小武便去看外商—乘客，见他摆动着虽然变小却依然雄健的体魄，起劲地喷响粗硕的鼻息，敏捷如豹地在废墟间呼啦啦游走，衣锦荣归一般，叭叭叭刨开一堆堆残垣，搜捡出腐败的罐头一类食品，囫囵塞进血盆大口，嚼得乒乓直响，又装出不好吃的样子，悉数吐出来。这副吃相，使小武想到了中生代腔骨龙类中的窄爪龙。毕竟是外国人，哪怕萎缩了，仍保有那样的基因，体力和精神都极好的样子，表现得比本地乘客更像是这儿的主人，真让人嫉妒。至少轻视他是不对的。不知道卡卡现在何处，情况怎样，有没有遇到新的危险，肚子饿了怎么办……此时，他如若又对她有了恻隐。

"你准备怎样撰写报道呢？"求救似的，惊慌中的小武询问记者，好像剩下的惟一防御武器只有文字了。

"若说到漂亮的标题和导语嘛，我一路上都没有停止过思考。要做就要做得有专业水准。"记者卖关子一般说。

"思考的结论如何？"

"还没有结论。因为我遇到了一个新的难题。"记者忽然换了一副哀愁的表情，怪怪地看定小武。

"什么难题呢？"

"嘘，小声。"记者诡秘地凑到小武身边，"就在刚才怪物说'不走了’那会儿，我一下子记起我前世可能也是个外国人。真他妈的不幸。”

“是吗……”小武苦笑，身上发冷，往后退了一步，紧张而窘迫地看着记者。

“你不要对别人讲哟。确切来讲，我其实是一个M国人，出生在十九世纪中叶。我的大名叫做弗雷德里克·温斯洛·泰勒[注]，那时还没有波音飞机哩。”说到这里，记者脸上立显踌躇之色，但他很快掩饰住了。这个他很在行。作为报道传统的地面交通新闻的记者，他对现代航空工业从骨子里其实是憎恨着的吧，好像那真的是一个阴谋，而自己则深怀民族大义——不过，真要是M国人转世，那未免也太虚伪了……小武记得，卡卡曾说，S市的居民都被集体装进了M国人的波音飞机，在天上不停息地飞行，永不落地，生老病死都在大气层中，却被骗是去做外星移民。他满怀希冀而又深感厌恶地看着记者，听他声嘶力竭地讲演下去：

“……南北战争之前，世界还是按照风力、水力、畜力和人力的速度来运行的。‘三朝三暮，黄牛如故’……但詹姆斯·瓦特大神下凡了，蒸汽动力粉墨登场了，让物质和能量都减肥女郎一般热爱上了高速运动，普通人再要跟上就困难啦……”记者卑怯地大笑两声，偷偷瞟了一眼吃得红了眼的外商—乘客。

小武以前也与卡卡谈到过类似问题，他甚至觉得，地铁是实验室中的一个加速装置。城市正在气球一样发生新一轮爆胀，一切都在飞驰而去，甚至连大气层中的飞行器，也是在此过程中附带创造出来的——天空会不会只是地底的一部分呢？……也许，这才是实验的真实含义。在这样的快速旋转中，小武觉也睡不好，时时跳下床来，在大街上梦游般疾奔，因为缺乏相关背景知识，而陷入巨大的无知

[注] 弗雷德里克·温斯洛·泰勒（Frederick Winslow Taylor，1856—1915）：美国古典管理学家、科学管理的主要倡导人。

危机……

记者阴郁地继续说："那时可真是疯狂呀……M国是提速的先行者……十九世纪四十年代，M国就已经铺设了六千英里的全新铁轨，地区间铁路也投入了运行。铁路把东西部连接了起来。全国铁路的里程超过了运河！这是什么概念啊！铁路是M国工业最主要的部门也就是煤炭工业和钢铁工业的结果。好像车轮就是印钞机。它上面滚动出了山一样的商品，运向世界各地。有了铁路网才有了世界。但在一八四一年——也就是我出生前十五年，发生了一起重大的列车相撞事故，影响深远！恐慌的公众知道消息后，像鸟儿一样尖叫逃窜……与今天不同，那时的人们还不习惯按照M国铁路公司规定的每小时三十英里的速度旅行。人类还从来没有跑得这样快过，我们比动物快了。谁快谁就能吃掉对方。但常常因为太快，把宝贵的性命送掉了……我的父辈们把事故原因归于设定程序和传播沟通的失败，遂决定在行政机构的组织、程序、规划的编制、信息的处理与传播等方面进行改革创新。

"于是，我应运而生了。为了追求最大速度和效率，我终于在一九一一年设计出了滴水不漏的'系统'！系统把时间和空间标准化了。系统诞生的当年，它创立了CTR公司，次年发现了电子管的放大作用，第三年制造了微分分析仪，第四年组织了第一次世界大战，但由于没有彻底解决加速度的问题，又创建了IBM公司、HP公司和贝尔实验室，接着组织了第二次世界大战，为的是在全球铺设更均衡、更自然、更民主、更文明的铁路网。

"战后，R国、I国、K国等的公会也在计算机的辅助下加入了提速序列。其时我已不在人世了。我经由C饮料公司转世来到这个世界，确切来讲，来到了贵国，才发现这儿已取代M国，成了竞速的最佳天地。计算机的运行速度已经超过每秒八千万亿次——这就是设计中的银河列车车轮的转动速率哟，要去宇宙中掘宝了。M国的铁路落后你们已达二十年。由黑客们主宰的地铁公司把纳米技术与人文科学结合起来，植入大型强子对撞机……‘海归’们正利用新一代并行计算机控制高速地铁的行驶……太快了，世界变了，什么都找不到了，什么都看不清了，什么都在解体，解体！从飞机开始！飞得那么高、那么快有什么用呢？

“时代也在解体……巨型气球吹破了，乘客粉身碎骨了，不知道自己是个什么玩意儿了……世界是否还存在呢？不知道。要让世界看上去还存在——确切来讲要让我们在上个世纪建立起来的市场看上去还存在，只剩下一个办法了：搜索。因此，谷歌公司继承了我的遗志，把落伍的系统作了升级改造，并令C饮料变得适合贵国年轻一代的口味和意图！搜索引擎只需要用C饮料进行润滑，就能以超光速运行。嗒，大脑都来不及反应，结果就出来了！这就是信息，结果也许跟现实对不上号，很像一些衍生品。有人说完全是虚拟出来的，但那又有什么关系呢？……”

好像面对忽如其来的变故，小武呆呆地看着记者，想问：你到底是谁呢？就见记者脆生生地拍了两下巴掌，然后趴在地上做起了俯卧撑，咣哧咣哧，一边奸笑着说：“我昨晚在天上人间与头牌小姐大战了三百六十回合！床上床下，瞬间万变，飞速切换！在信息时代，人与人要准确嵌入，可不是一件容易的事情哪……”

小武满脸粘满阴谋家般的记者从青蛙状的小嘴中喷出的唾沫。他觉得恶心，又有一种吃屎般的亢奋，头脑中构想出了侦探与卡卡交配的情景，就问：“你的意思是说，我们今天的世界，是你这个M国人创造的吗？你这个永不离去的缠身幽灵啊！”他觉得S市的这场实验的确是没有意义的。

记者作完陈述，好像把一切责任都推掉了，才略微松弛下来，怜悯地看着鼻涕虫般在一旁不停哆嗦的小武，翻个身仰面躺在地上，抽风似的踢着脚又笑起来，咆哮道："记者只陈述事实，判断则交给读者。你不懂得——不懂得平行线为什么也会相交，不懂得安静的大洋下面为什么也会有火山爆发。世界是平的……M国这种国家，真让人恨之入骨呀！每一英里铁路都沾满了无数工人的鲜血！一想到自己身为M国人，没有早些投胎来到贵国，就无地自容啊！不，这么了不起的世界，当然是你们创造的！你们是不会让气球吹破的，对吧？小武，你能帮我想出一个赎罪的好办法吗？哦，地下也有教堂呀……"

说到这里，记者就仿佛噎住了，作伤心状摇头，夸张地喘气，像是故意对自己的职业表示出极度厌倦，其实是做给外商一乘客看的。小武反应过来，记者这般行径，骨子里却无非是要讨好真正的外国人，这样，大概就不会被吃掉了。真是狡猾，也真是矫情——小武想，在那旧世界呆久了，对一切终会厌倦的。乘坐新型地铁旅行的人们，其实是因为厌倦而寻机遁去的吗？他们以光速运动着，到气球外面的世界去兜圈了吗？那么，试图把他们搭救出来的努力，也就多此一举了。可是，M国并不在场！记者现在的身份，也并不是M国人！这家伙到头来会搬起石头砸自己的脚的。想到这个，小武心里就纠结不已。

外商一乘客又猫儿一样噘着嘴，眯起眼，怪腔怪调地小声叫起来：

"终于变了，终于变了！"

记者抠着鼻子，竟然表情滑稽地学起了外国人：

"终于变了，终于变了！"

小武在乏味中，才对卡卡有了思念。不知她究竟怎样了。她的原型又是什么呢？如果尚活着，是否也如外国人一般变了呢？

——变形后，大概就会成为老姑娘了吧，虽是女性发育过程中无可挽回的结局，却是以飞机或火箭起飞般的加速度，迅猛发生着的……实际上是为了一流的进口化妆品和保健品能被尽快消费掉，而精心准备的吧——不是吗，萎缩后的肌肤如青瓷般光滑闪亮，初生老鼠似的粉红色透明薄皮，紧绷绷地蒙裹住曲线分明的胴体，祛除了所有皱纹；其余部位，包括深藏不露的子宫和阴道之类，大概也是这样夯实地、返老还童一般巴巴收紧了。没错，她还是个被消费欲念支配着的俗人呀，跟那些木乃伊一样，受着C饮料公司的支配，是个市场试验品，却哪里是为了自己的理想而活着。她的面目彻底暴露了。她一直在对他编假话。

不是吗，在墓穴似的世界里，卡卡营造着自己的墓穴，借助男人这样的道具，如若找到了逃脱灾难的路径，而把她那老古董的父母（如果有的话）永远留在了荒芜的地面，也把自己的男朋友彻底甩掉。不这样她就会被这超出想像的飞快变化击倒。那么，她又该如何实现女人的最大理想——繁衍后代呢？也许她已经回到了全知全能的实验主持者身边，他—她帮助她达成了愿望吧。

小武眼前又出现了卡卡胸前十字形饰物上的男人头像，像一块阴干的肾。他觉得应该把它赠送给记者，留做他“转世”的纪念。

除了往前走，没有别的办法。

十六、爱

仿佛土行孙从地下钻出，农民竟忽然现身于前。分别没有多久，满脸却长出了浓密的大胡子。难道连农民如今也能去到另一个时空？这简直要翻天了。除此之外，他是正常的、健壮的、开朗的，身体还没有畸变的征兆。这方面他与外国人有着本质的区别，却不知是好是坏，会给事态的发展，带来什么新的动力。小武暗忖，此与基因有关，还是文化使然呢？在生物进化的方向性上，农民是倒退了，还是进步了呢？也许只有实验主持者才能够解答这样深奥的谜题。这时的小武已经不再去想外星人了。

农民的现身，使本来就要扑过来吃人的外商—乘客愣住了，不敢行动。小武这才稍稍松了口气。但农民的复出，其实才是最令人恐惧和吃惊的。

“一直在洞穴里起劲走着呢。转了个弯，眼前冒出一片绿光，什么都看不见，但很快又清楚了，你们几个忽然出现了。嗨，没想到刚分手就又重逢。”农民终于见到了人，像是格外高兴，咚咚地捶了一阵胸脯，下身也清晰地勃起了。据此推测，他所去到的那个世界并不遥远。

记者嬉皮笑脸地问：“女人和孩子呢？”

“走丢了。”农民毫不怜惜地说着，啐出一口黄绿的脓痰，又轻蔑地看了一眼萎缩的外国人，说：“咦，有钱人咋的了？”

农民身上沾着血迹。小武可疑地打量他，觉得他可能把女人强奸了，然后再把娘俩杀掉，说不定还分了尸。他骤然心跳加快，特别是，想到了孩子——那不是救世主么？

这时，农民走过来与外商—乘客热烈握手，两人好像结成了同盟。小武和记者面面相觑，觉得不可能的事情发生了。

农民带回来一份泛黄的过期杂志——《读书》，原来，是C饮料公司的内部刊物。除了绿色绢带和红色蚁人剪纸，这是小武又一次目击地铁世界的代表性文物。农民中途拉屎，撕了它来擦屁股，还剩下半本。记者见到杂志，像是怀有亲切感，攫取救命稻草一般，劈手夺过来，扫描仪似的，嘟嘟嘟快速阅读。但他其实只是在用眼角余光监视农民，并没有看进任何文章中的内容，且很快就不耐烦了，把臭烘烘的杂志打开来，盖在脸上，仰面睡去。待他发出鼾声，小武急忙把杂志攫取到手，头一眼就注意到封面上的陌生纪年方式。就好像，C饮料公司已然确立了专属于自己的一套时间秩序，所依照的，大概是根据此间国情进行改良后的泰勒制[注]吧。这无疑是一个创新性的发明。

杂志上的文章都是公司员工所写。有一篇随笔：《乘地铁旅行小记》，署名昔弥。文章中有这样的段落：

> 搭乘地铁列车作长途旅行的一大乐趣，便是可以观赏“地铁之友”这道美丽的风景。它们长满了车厢，如若海水中缠绕死人的绿藻。每次乘车，都发现它们的形状像吸饱了血似的在暗暗发生变化。早些时候，据参加过实验的人讲，在世界毁灭之后，“地铁之友”是被设计出来收拾残局的，它们被公司释放到宇宙中去打捞信息的残骸。乘车手册上也讲了，信息的恢复对于重建物质和能量非常重要。那时，各个世界都漂满了尸体。对未来失望的程序员在自杀前，通过毁灭信息而毁灭了世界。我有一个儿子，是沉默的时间旅行爱好者，经常陪我乘坐地铁列车前往诸世界，穿越乏味的死亡之海。他认为“地铁之友”是一种自进化人

[注] 泰勒制：由弗雷德里克·温斯洛·泰勒首先提出的一种工业管理方法，可以使作业标准化、规范化，提高生产效率。

工智能，它们无以尽数地叠加在一起，是为了模仿出宇宙未被破坏前的大脑。对此他忧虑重重。后来他就失踪了。

最近，“地铁之友”越来越喜欢变形成为一双眼睛。这眼睛是地狱般的黑暗，空空洞洞，深不见底，里面什么也没有，看不到一丝儿的思维活动，也不见情感和血色，却在我伤痕累累的心间，点燃了希望。它们平静而冷漠地久久注视我——越来越觉得，是我那失踪孩子的眼睛。他在哪里？在做什么呢？涨潮般的信息从眼睑后面的坟墓中涌流出来，却没有任何与我交流的意愿。然而，就在“地铁之友”的阴沉目光中，我忽然感受到了爱——这个世界是多么地缺乏爱啊。由于这双眼睛，我才活到了今天。

我仍在孤独地搭乘列车旅行。车身、地板、座位和岩石都显现出了它们实相的一面，却又像是流动的液体。“地铁之友”寄生在其上，坚定地成长。我思念我的孩子。我想着“地铁之友”是在我的子宫中，十月怀胎，眼睛一样长大，最终一团团阴暗而茂盛地拥挤出来，闪烁着铺满了大千世界。我就是“地铁之友”的创造者吗？还是“地铁之友”之前先创造了我呢？我是我孩子的孩子吗？也许，还有另一个创造者吧？真渴望能早一天与他/她见面。我的孩子不会对此嫉妒吧……只有在黑暗地窟中，爱才是大公无私的。若不明白这眼睛的空虚和寒冷，就不会懂得什么是真爱。地铁把所有的恨都变成了爱。然而，如果有一天我终于越过深渊，到达了宇宙的另一端，与真正的创造者见了面，而他/她竟误读了我发出的信息，则我也会在他/她的目光下，骤然消失么？但无论如何，这也是爱的结果吧，我将坦然接受。

——爱！这个陌生的字词在小武的五脏六腑中灌入了炮烙般的剧痛，他才意识到，农民是回来传递新的信息的，要给这世界以另一个解释。五雷轰顶之下，他把身子深蹲下去，哇哇地呕吐出了胆汁。他的脑海里忽然闪射了一下，一星陈旧的记忆似乎从深渊中跳出。小武竟然想到了自己的诞生。

从狭窄而腥臭的产道中，拼死拼活地挤到外面，眼前绽开了天缝般的一抹亮光，身体却一片虚寒孤寂，一切与想像的大不一样……他委屈地嗷嗷大哭，怀疑地打量这个世界。妈妈像一团肉乎乎的、剥掉躯甲的蜗牛，身上红腥腥的窍口还难看地翻开着，她缩身躺在好像是世界废墟的角落里，快死的金鱼一样嘘嘘地吐出气泡，却不来管顾自己的孩子。

小武多么想退缩回子宫去啊，躲藏在那黑暗狭窄却长出了痂壳保护层的隧洞中，再不出来了。但这却不由他来决定……“活下去需要时间吗？”他仿佛听到一个含混不清的声音在深窟中回响。但另一个声音却说：“为什么要出生呢？”

……发皱的《读书》杂志就像是卡卡用手比作的枪，无光的眸子直视着小武。

——蓝天在哪里呢？小武苦恼地心忖。他才想起，就算在地面时，他也已有很久未见过它了。

他紧张地看了一眼农民和外商一乘客。他们像等待偷食的老鼠一样，正抿住嘴唇，全神贯注地观察他。一列“地铁之友”已经悄悄爬到了他们的后脖颈上，像是给两人套上了葬礼的花环。小武不禁对新出现的昔弥感到好奇，名字听上去像是一个外国人。她是不是 Chou Yun-Fet 的笔名呢？或者，Chou Yun-Fet 其实才是昔弥的笔名？在她的那个世界中，时间机器似乎已经发明了出来，却没有从旅行中带回任何有价值的证据……另外，她撰写的是真实记录，还是文学作品呢？他忽然觉得，这个昔弥啊，就像对Chou Yun-Fet一样，也仿佛是熟悉的，她或许就是他失去联系的母亲！那篇文章莫不是寻人启事吧。他急忙叫醒记者，请他细读原文。作为媒体专业人士，应该能够说出个一二三来吧？甚至可以一眼看出是编造的还是真实的吧？小武迫切地需要答案。

记者凑近扫了一眼，表情漠然，把杂志扔到一边，也没有发表评论。

小武着急地问："看出了什么？"

记者受逼不过，才勉强说："这其实是一部《忏悔录》。它使我想到与前妻的一次难忘经历。"

"唔？不是与母亲？"

"当然不是与母亲！母亲算什么东西呀。噢，那是在T市。记得那天，我们约好，一起乘坐地铁，要去绿岛咖啡厅喝C饮料，顺便谈谈我们之间的麻烦事。途中，我给她发去短信，说我正在经过天琴座站。她说，她两分钟后便到。我下车等了一阵，结果她没有来。这时，我接到她的短信，问我在哪里。原来她想说的是两分钟后到达宝瓶座站。我便告知她，我们在白羊座站见吧。到了白羊座，她说，还是在金牛座吧。我又按时赶到了金牛座站，却没有见到她人。后来才知道，她头脑中实际上想的是——处女座站。我们这样一直乘车走下去，错过了一个又一个车站，直到半夜，感觉人都变老了，还没有见上面。"

"那你觉得，这是一种共同的幻觉吗？"

"幻觉，幻觉！说这个还有什么意思！像一起磕了药啊……从前以为，路轨是这么规规矩矩一段接一段铺下去的，过了这个车站，肯定就是下一个车站，但是，并非如此啊。人们总是坐错车、下错站。这就是人生的实况播报吧……”

“当时，你想到爱了吗？”小武心中升腾起妖怪一样的蘑菇云，他觉得自己不疯掉的话，就快要变成饶舌的记者了。

“不是爱，而是生命中天然的绝望，比如婚姻那样，就像盲肠莫名其妙地越长越大，最后如同失控的阳具，把整个腹腔塞满了、戳穿了……现在也没有什么好隐瞒的。我们一直无法过上像样的性生活，最后还是分手了。这大概便是缘于地铁隧道的经历吧。我们在那儿已被列车这狗东西强奸过无数次了，本来就底子不好的身体被彻底搞坏了呀……哼，地铁这玩意儿并不是我国——不，贵国的工程师发明的哟……罪孽深重呀……”

记者脸色明灭不定，像一段行将燃尽的烛火。他又看了看狮子般侧视在一旁的外商一乘客，以及野牛般喘着粗气的农民，神情才凝固着暧昧起来，内心中顽铁似的怨恨，电击般传染了小武。哦，转世而来的记者大概也仅仅拥有虚拟人格吧——并且，受到了这个世界的污染，他长年累月就是这样带着主观的意愿，孜孜不倦地追踪、挖掘并报道着所谓的“事实”的吧，这就是他下意识的赎罪行为吗？而类似情状也呈现在了小武身上。他每天游荡在S市的地铁之间，却甚至无法弄清楚自己想要去到的地方。

《读书》上还刊有一篇文章，像是介绍了与实验有关的一些内幕。其中提及新闻信息聚合器在编排基本材料时，由于指数场在读取过程中被人恶意篡改，出现了信息丢失的严重情况；被用来对信息进行转录和翻译的物质及能量，在表达过程中遇到一系列计算问题，发生了突变、失活、衰减、转移和屏蔽……忽然，外商一乘客像小孩抱大人一样，双手把农民托在胸前，吃力地踉跄走过来。农民劈手夺过《读书》，像诵经一样，铿锵有力地念道：

“S 市的实验是更大的实验的一个部分——到底还是与 M 国有关呀！——拯救世界的努力最初发起于 M 国！是 M 国最早预测了灾难将要来临。在这个由麻省理工学院媒体实验室主导的实验中，整个 M 国已经从形式到内容全面信息湿化了……但 M 国不久后就因为金融危机而衰落，这完全是因为资本主义不可调和的内在矛盾呀。为了获取让实验继续进行下去的动力、经费和资源，国会才批准把全国主要资产出售给了新兴经济体的大型官办企业。已被转移到矩阵社会中的 M 国科学家——他们大脑中的神经胶质细胞已被机器代替，比正常大脑的数据传输速度要快二十倍——才有了一口饭吃，重新被激活了，着手对物质和能量之类的湿化信息的衍生物进行挽救性修补以抵制熵增……”

在外商—乘客的股掌中，农民大声诵读着自己全然无法懂得的文字，又把《读书》交给小武，示意他继续念下去。

“实验产生了一些以湿化信息为基本构造单元的、潮乎乎的异体宇宙，依靠不同的媒介而在人造虚空中存在并飘荡，作为灾难后的替代实体……”小武有气无力地念道，“我国是主力媒介之一！湿化信息世界是迥异常态的世界，兼具量子世界和宏观世界的特征。浮动在泡沫中的加速度仅仅是它的一个表现。运行中还会衍生出其他近于神迹的现象。”

记者眼中滋出了感动的泪花。农民乖觉地依偎在外商—乘客怀里——确切来讲，卧躺在他身上那一大堆乱颤的耳朵丛中，很舒适地一边倾听，一边嗤嗤地笑。两人的身躯简直不成比例。

“但好些东西就跟未被激发的时空一样，从外表上看够时尚，但骨子里并未进化。比如异体宇宙中的那些后发部族，从信息科学的角度看，仍然是一堆堆乱七八糟等待编辑的原始量子材料哇……这些部族因此无法进行真正的迪士尼式的星际旅行。他们也难以通过别人的观察来完成坍缩。他们将在漫长时间的模棱两可中自娱自乐，就算是主力媒介也没有办法……”

小武再也读不下去了，他想，这一切与记者说到的铁路，又有什么关系呢？他把求救的目光投向农民。农民就以谅解而鄙视的态度，把杂志复取回了自己手中。

“虽然，正确执行了兼并任务的跨国企业的管理者通过实施改良的泰勒法，成为终极信息的大股东，看上去似乎接手了拯救世界的使命，但他们本身却沦为自己制造出来的垃圾信息的牺牲品。为了掩饰负罪般的慌张心理，只得屏蔽一切信息。但这样一来就出现了集体能源的累进衰变趋势，并在软资源行星的开发过程中制造出大量的信息难民。世界到了毁灭的边缘！”农民像地下教会的神父一样，用聒噪难听的方言，一本正经地代替小武朗诵。

“好像是为了完成修复性质的自我革新，在最近一次处理量子态的演化时，发生了意外吧。文章中有这样的意思……”

农民念到这里，忽然失去兴趣似的，匆匆扔下书。外商一乘客就小心翼翼地把他抱了回去。他们仿佛是一对君臣，刚刚打完一场乱糟糟的恶仗，坐在一处页岩下休息。

实验的确失败了……小武困惑地觉得，自己马上会跟记者因为意见分歧而争吵起来。

但分歧的是什么呢？

这场实验让一切陷入了更大的混乱，却于混乱中产生了机会；混乱征服一切！……我为什么要叫小武呢？小武忧伤地想。

——然而，这是否代表了更深刻的爱呢？

他觉得，M国人其实也只是傀儡。他讨厌地又看了一眼记者。

他想问卡卡，这一切都是怎么回事，六维时空又是什么，实验的本来目的是什么，但在他需要她的时候，女人偏偏不在身边。

像是报复或赌气似的，小武忽然拿起《读书》，当着记者的面又大声念了起来。他却读不懂他叽咕出来的句子。每一个字都认得，却不明白含义。

“混蛋，别念啦！”记者歇斯底里地嚣叫，“还有没有点民族自豪感和自尊心啊！关键时刻，可得分清敌友啊！别再侮辱我了。我这不是已经投胎转世、借贵国的宝地重生了吗？我不是痛改前非了吗？我不是忏悔了吗？我不是连从前的信仰都放弃了吗？我当然也知道虫洞并不自动蚀出。但是，像高速地铁这样一种昂贵、时尚而享乐主义的新式媒介，在这片神奇的热土上，获得了独立自主的长足发展，不是很不容易吗？而且把罪孽深重的M国人设计的那个时空隧道钻漏了，打破了，不是很了不起吗？虽然出了些技术问题，但不是不让报道吗？这就是既定的编辑方针呀！”

记者气势汹汹地说着，双目咕嘟嘟涌出了奇异的、宛如超新星爆发的蓝光。外商一乘客和农民安坐在不远处专心聆听，手和手像玩具一样紧紧扣在一起。

小武不甘示弱，挥动盾牌一般，高举了《读书》狂舞，也破口喊道：“妈的，外星人难道真的见死不救吗？还是这帮家伙根本就不存在？心情太不好了！这上面说，由于媒介方面的天生缺陷，实验蒸发掉了，信息都被摧毁了，支柱理论崩溃了……”

他心痛不已地想到，任何信息都不应该被永远地真正抹杀……信息或许可以变得实际上无法获取，比如手中的这本《读书》被付之一炬后，杂志上的文字就再不能读取，但从理论上讲，这些信息仍残留在盘旋的烟及灰烬之中……

但现在，连烟和灰烬都没有了。只剩下无底洞般的黑暗。新的超级地铁网就是在这样的环境中延伸的吧。能够做到这个可真不简单，不打破常规办不到。

这时他仿佛看到，从地窟深处，一个细长溜滑的C饮料瓶子绿油油地像条虬龙一样运动过来。加速，加速！……系统，系统！……说不定，正如卡卡所言，他真的是C饮料公司的员工呢。他每天都要匍匐在Chou Yun-Fet爱意浓浓的黑色高筒皮靴前，像信徒一样聆听她的训示。

“小武，去给我看看地铁是不是还在正常行驶着呐。”女人亲切地发话，“我们未来的所有蛋蛋都装在同一个篮子中哩。”

“这不就是最有价值的新闻吗？终于看到事实产生影响力的一天了！我可以凭此获得贵国的最高新闻奖吧！”记者又饿坏了的鬣狗般嗥叫起来。

但他像是很困，说完头一歪便难看地兀自睡着了。在地底的环境中，他大概也失去了自制力。小武忽然很想把这人杀死——这家伙的每一番言论，都对他的身体和意识造成极大的侵犯。他恨他转世到了这个地方——如果他的前身真是M国人，那么，他本应该有很多地方可以选择去的。可是即便是记者，也对真正的、迫在眉睫的危险毫无抵御力。

小武想，通过新闻信息聚合器的眼睛看到的，究竟是什么呢？

十七、侦探之死

在记者睡着时，外商—乘客劈手夺过《读书》，当着农民的面，把它翻来翻去，就好像这册杂志，原本是他的圣经。但他很快就看烦了，又和农民脸贴脸，微笑着，去看从四面八方高压电网般包围过来的“地铁之友”。这地底的不知名的孤岛般所在，虚伪地流露出片刻宁静的气息。

由于害怕被同行者吃掉，小武决定逃走，趁那三人不注意，悄悄离开了。这样很自私而卑鄙，但也是无奈之举。他想：我可是追随卡卡而去的呀。

记者似乎已进入了长眠不醒的境界，在不明情节的睡梦中，无耻地龇牙滥笑，一边蠢动着，把外商—乘客扔下不看的《读书》杂志摸起来，塞进口中，嚼烂了咽下肚子。农民也没有阻止。忽然，外商—乘客发现小武不见了。他皮球一样一蹦三尺高，口吐白沫，狂喊尖叫，还把脑袋往围岩上不断撞去，又动手把自己身上的耳朵一只只撕扯下来，扔得满地都是，血淋淋地微微蠕动。农民坐着不动，撑住腮，在一边饶有兴趣地看着。记者吞噬杂志的声音，还在节奏分明地、空竹一般脆生生响起。

小武在地下迷宫中摸索行进，他意识到自己孤身一人了，不禁极度恐惧。他钻入一孔导洞，洞壁形如一环一环的黏膜，脓水咕噜咕噜从上面流出来……地上躺着一具肿胀的裸尸，充满脂肪的腹部龟裂开来，溢出了糜食般的鲜菇状“地铁之友”，连腥臭粗大的肠子里，也长满了密密麻麻、凹凸不平的绿灰色小颗粒——这就是爱的结晶吗？一群模样奇特的老鼠，正蹲在尸体上咀嚼，见到小武过来，就哇呀叫着，集体跑走了。

跟梦境中一模一样，死人是侦探。肥硕多油的、仿佛总是蛮有把握的侦探，就这样孤独地死了。尸体上有明显的施暴痕迹，却无法知道是谁所为。也许，是他们这群人中的某一个干的吧，是农民，是学者，还是外商一乘客，甚至是卡卡？

或者，是我杀了他吗？小武激动地想像着自己是公司派出来的一名秘密杀手，圆满地完成了清理门户的任务。

——不，侦探也许是自杀的吧。

在谈到恐怖分子驾驶民航客机撞向摩天大楼的旧闻时，卡卡曾对小武说起过，自杀，其实是人类心中非常矛盾的情结。这是他或她在经历不可超越的障碍或痛苦时，所选择的不得已行为，代表的也是最深的挫败和软弱，以及最大的仇恨。“凡事皆有定期，天下万物皆有定时。生有时，死有期。自杀是天人交战之后血光飞溅的结果。”像一条变形虫一样，卡卡从头到脚湿漉漉地说，自杀的动机与类型包括殉道型、绝望型、逃避型和精神官能症型。

无人讨论外星人是否也自杀。

——实验主持者会不会早已自杀了呢？于是一切才失控。他/她把来讨说法的人们抛弃了。

侦探的生殖器还基本保持了原形，膨化而发红的硕大外表引人注目，像是下身长出了具有思考能力的第二个脑袋，发出一阵阵下水道般的腥臭。

开什么玩笑……小武又要硬了。

他倒不怜悯死者，而是怜悯起活着的自己来。他甚至还活着，作为一名所谓的UFO研究者，欺世盗名地活着……还要为广大民众普及外星生物学知识吗？究竟有没有外星人，到现在也不知道！但公司为什么要让他做这种事？他看了看从四周聚上来的一圈圈岩石，它们正在动物器官一样，急促地一张一缩。不远处又有红光闪射的影子在窸窣浮动，蒸发出密织的臭气。那才是真正的杀手吗？……小武不敢稍动。连侦探这样的庞然大物，也最终横死在了地底，太可笑了，就像是一粒无法成功抵达目的地的精子，怎能添加到宇宙这个深邃子宫的记忆中呢？小武由此想到了自己的悲惨结局，而他还不知道父母是谁、身在何处呢。他们也许只有他这么一个孩子吧，而这又是为什么呢……如果他死了，二老的晚年也许会很凄凉。

——多么无聊的想法！小武从来不记得享受过父爱的仁慈和母爱的温暖。他似乎是一个早早就被逐出家门的孩子，不知怎么流落到了这座陌生的城市。他总是在马路上汗湿地不停走动，又虫子样蜷缩着搭乘地铁一周一周环行……然而就连"地铁之友"也没有带给他传说中的爱（那是什么玩意儿啊）。也许是他的资质和天赋太差了吧。

Chou Yun-Fet，昔弥，你出来啊，说句话，给我一个明白吧！他在心底哭道。然后他又咯咯笑了起来。

小武从侦探身上搜出自己的身份证，把它揣好，却没有要他的枪——他早知道那只是一支玩具枪——然后抛下尸首，落荒而逃，直奔供奉着石像的碳化物座台。但却找不到它了。眼前出现了两条并行的地下河，在发出不间断的欢愉叽咕声，红艳艳的波涛黏稠而暴涌。

十八、乘客的下落

是的，两条大河。沿岸的景色分外熟悉。小武看清了，不禁哑然失笑："原来，是你们啊！"

他还在地面流浪时就见过它们。

妈妈啊，妈妈！——他心头大恸而又心花怒放地叫道。

这大河又像是岩浆般奔腾不息的地铁列车，熔化而来的啊。

鲜血一样的江河里，流淌着亿万具黄黄的尸体，身上打着实验室的数字编号，滚滚而下，了无尽头……

忽然，像有隐雷在滚动。小武看过去，见许多湖柳色的矿车排着长队，阴间的使者一样在岸边行驶。在它们的上方，盘旋翩飞着一些人形的生物。它们呈翠绿色，背上长着一对透明的、花里胡哨的翅膀，像是蝴蝶；它们的身体却似壁虎，腹部陶瓷般光洁；与身体相比，脑袋小得不成比例，像蒙了脸似的看不到面目，头的一侧却挂着一个机器匣子；手指都蹼般粘连在了一起，像是刚刚从窑中烧出的粗坯；孱弱的脊椎附近有一排电缆线的粗糙接头，屁股或大腿上印着红色的条形码；它们都没有生殖器，那个位置是光滑平整的，没有雌雄之别，乃至区分不出个体差异；它们缓慢地飞升时，周身会闪射出暗红色的磷光，散发出浓烈的腐臭味……初见之下，好像是无人驾驶飞机……但其实就是曾在洞窟深处若隐若现的那些鬼魅潜影吧……终于现身了……

小武仿佛看到一幅《蜘蛛侠》的漫画，但心知这绝然不是，甚至它们并不是个体的。但会不会是卡卡提到的“雷震子”呢？被大批地克隆，成为后灾难生物……小武神魂颠倒地想……越来越多的矿车汇集过来，果然有着脱胎改造于原始地铁列车的痕迹。车身上贴有荧光标识，是统一的C饮料图形，并打上了机车出厂年代，数字大得吓人，无法与人脑中既有的年月概念相符，却具有亘古不变、永世长存的暗示。

空中的集群生物，像苍蝇嗅腥一样，嗡嗡地紧跟着矿车飞行。小武猜测，这些小头大身的蝴蝶—壁虎状生物，就是失踪列车上的乘客吧，通过变形而幸存了下来，才没有成为江河中随波逐流的尸体，并在地底拥有了崭新的生活。不，不是自然的变形，更有可能是经过生物工程再造和全息量子解码器还原，而复活重生的二世、三世……珍稀的新型生命体吧。这实验果然厉害呀，谁又能说它失败了呢？蝴蝶—壁虎状生物却根本不理会小武的到来。

像是为了证明自己的亲临现场，也仿佛是试图加入它们，小武壮起胆子，不顾危险，纵身攀上一辆矿车，发现车厢里严严实实载满“地铁之友”。他猴王般端坐在矿车顶部，由矿车载着往不知名的目的地驶去。蝴蝶—壁虎状生物在上方哇哇怪叫。小武瑟缩着心想，他从前真的和它们乘坐一列地铁同行过吗？

一路上，不时有车辆寂然地交错而过。腐臭味更浓了，熏得小武开始呕吐……矿车大队渐渐驶离河岸，进入崎岖山地，在经过山麓的一个大型枢纽站时，小武看到了“泰山”的站牌，有数千辆矿车在此交汇、错车、分流。

站台上出现了另一大群蝴蝶—壁虎状生物，却没有飞行，翅膀都贴身收拢着，高矮胖瘦和长相完全一样，列队恭立，哪里是什么生物，就是一堆符号嘛。它们默默地注视矿车通过。小武乘坐的矿车又驶了一程，最后在“昆仑”车站停下。万丈悬崖下的站台上，落满了几千只秽气扑鼻的蝴蝶—壁虎状生物，矿车还未停稳，怪物们便随着一声口令，呼啦啦地飞腾起来，黑压压地倾扑而上，登临车厢，手执工具，迅雷不及掩耳地，把“地铁之友”卸下来。它们并没有领袖，却心意合一，行动起来就像是一个人。它们用翼端的肢状短手，挥舞着崭新的铁锹，动作刚猛有力，节奏分明，充满对工作的热爱与执着，就好像它们在旧世界从未执行过如此有意义的任务，如今要来弥补。

小武看得呆住，不禁想起周老先生转告他的，地面的人们修建第一代地铁时的激情岁月。他忘记了自诩的使命，是来搭救这帮家伙的，倒反而是它们要像卡卡一样救援他，他没有变形真是太可怜了……

卸下来的“地铁之友”很快就小山一般，堆积在了站台上，蝴蝶—壁虎状生物又升上半空，悬停在那，像积雨云一样，围聚成了几重同心圆，面向菌株，垂下头来，像是集体默哀的样子。过了一会儿，又齐齐发一声怪叫，复扑下来，舞动铁锹，合力把“地铁之友”装回同一列矿车。跟演戏一样——小武略感焦躁地想。但对于新生活嘛，还是应该……

——不知是谁递给小武一把铁锹。他看也不看就接过来，与蝴蝶—壁虎状生物一起投入地干活，竟很熟练，很快汗也下来了，畅快淋漓。鬼影幢幢，却曼妙神圣，热血沸腾，洋溢着理想主义与英雄主义的豪迈。小武在令人窒息的恶臭中，感受到了久违的幸福，心中激荡着仪式般的虔诚与庄严。不一会儿就装满了，矿车又复起动，朝江河的下游驶去，原来只是绕了一个大圈——这流水也不过是一个首尾相连的环套，不久返回到了“昆仑”站。地底的异状生物们又毫微不差地重复恰才的工作，装上卸下，卸下装上，也不枯燥……程序走了一遍又一遍，上游下游，岸畔山中……一切都在循环中。C 饮料的标识在助兴般闪耀，好像那黑太阳……

终于，像是收工或者谢幕的时刻到了，勤劳的装卸者们才停息下来。隧道深处哗啦啦飞出了更多的蝴蝶—壁虎状生物，目光直直，齐声高唱小武从未听过的进行曲，以江河中的群尸为背景，排好队伍朝着隧道深处翱翔而去，好像那儿有它们的秘密宿营区。是潜藏着又一个 S 市吗？……小武害怕被落下，便赶紧跟上，想到有这么多的乘客通过变异而存活下来，并且有了事情做，他不知是高兴还是嫉妒，但看样子不需要把大家带回地面了……

忽然，有只手在轻拉小武。

十九、女性异体人

他回过头来，看到是一位身穿破烂蓝色航空制服的女人，应该是从前见过的吧。她的脑袋也缩小了，部分思维功能也许已被头侧的机器匣子替代，但还能勉强看出五官；两肋长出了邋遢的翅膀，不过还没有完全成形；腹部以下也已经开始陶瓷化，但身上的臭味还不是那么大；另外，从那近似蝴蝶—壁虎的丑陋体貌上，还能依稀辨识性别，跟她的同伴有所不同……哦，这位大概是不久前才加入地下新社会的吧，仓促之间还没有完全地演化过去。

怪物般的女人用红光熠熠的眼睛，若有所思地打量小武。

"你、你的孩子呢？"小武瞅着她大腿内侧的条形码，迟疑地问。

"你说什么呀。"她脸上流露出痴呆的表情。

"孩子，你不是跟孩子一起，一块儿来找老公的吗？"

"你不认识我啦？"

"你究竟是谁？"

"我是卡卡啊。"

自称为卡卡的女性异体人的眼中，有一层光明到极致的梦幻，正源源不断地、肥硕蚯蚓一样蠕行出来，就像是内心重新充满了坚定的信仰。小武觉得，她应该是早先那个带着孩子觅找老公的女人，现在却自称卡卡。但仔细一看，眉目间却又有几分像是卡卡。而且，她胸前还佩挂着那个带有男人头像的十字形饰物，他早已看得眼熟。不过，谁都可以把它从卡卡身上摘下来，自己戴着吧。

——卡卡早已是个死人了。

小武觉得，终于可以按照正常的逻辑，来考虑问题了。此前的思维方式，竟都是乖谬无理的。所谓正常的逻辑，也就是类似于外星人的逻辑吧，在连氧气都没有的太空中，剔除了痴心妄想。这倒可能是免除无常恐惧的惟一办法。令他稍感安慰的是，女人毕竟像幸存下来的其他同胞一样，找到了一份新工作——装卸“地铁之友”。这比外商的解放及侦探的毁灭，貌似强多了。但以空姐—卡卡现在的身份，她还记得她早些时候确定的人生目标吗？——她要弄清自己是怎么死的！或者，目前的这种状况，才是她真正想要的？接下来她又该怎么变化呢？他什么时候可以把“她”称做“它”呢？……

这时，小武见到一片乌黑齷龊、发丝般飘散的光芒，皱巴巴地团聚成一头独角龙的形状，从隧道深处大摇大摆地浮游过来，这不就是地面城市中的那个新闻信息聚合器吗？只见它掠越江河与浮尸，无声而准确地切割着“泰山”和“昆仑”，又把岩石熔化来吃掉，就像那是它的食物。

不管发生了什么情况，不管结果变得多么糟糕，甚至目的都与最初不一样了，实验仍在按部就班地进行着，它不承认失败……

……宇宙化才像是刚刚开了个头。如果在天空中行不通，那就在地下推进吧。

随着岩层的瓦解，连绵群山之下，一个深不见底的整齐空槽，便飞快地产生了。这独角龙般的机器似能穿透一切物质，堑凿出新天地。它是在执行开挖新的地铁线路的任务吗？

女人见状，脸露惧色，转身逃去。小武难以割舍，紧随而上。身后传来隆隆响声。回头一看，矿车的大队又豪情万丈地驶了过来。

二十、水兽

女人加快逃逸的速度，转眼就不见了踪影。

小武看到江河卷裹着尸首，瀑布般翻滚，红色的迷雾中，有一座蓝色的大坝仿佛正在崩溃。无数的“地铁之友”，从岸上尖叫着滑涌入水中，激起巨大的波浪，一些模糊的形状开始聚合，迅速建构出哺乳动物般的骨骼和肌肉。这些仓促形成的新生命，江豚一样，集结成群，扑向溃坝的地方。水兽的模样渐渐清晰了，皆是红毛绿眼白肤，用柴禾般的身体，去阻挡澎湃而下的洪水和尸体，有的立即被撞翻，很快沉没了，后面的又接踵而上。

水面上方，盘旋低飞着上千只蝴蝶—壁虎状生物，木无表情，手执长长的、一头缀满铁钉的十字形鞭状物，不停地抽打水兽的脑袋，令其发出悲烈凄厉的嘶鸣。江豚般的生命体都长着人脸，而不像有翼生物那样五官不清。对这些面容，小武似曾相识，也许是他早年间在某所学校念书时，从画像上看到过的吧——这些在洪水中竭尽全力用一己之躯阻止溃坝的生物，光是小武能认出来的，就有苏格拉底、荷马、欧几里得、莎士比亚、牛顿、弗洛伊德、爱因斯坦、卢梭、华盛顿……忽然，一队骄傲的飞侠俯冲下来，从像是嘴巴的部位伸出长长的、锯齿状的口器，噗地戳入水兽的天灵盖，从那里美美地吮吸脑浆。水兽们惨叫着扭动身子……小武很想与水兽们融为一体，去体验痛苦带来的欢愉。那好像是他多年来压抑在心底，憧憬着却不敢较真去思想的。

说时迟，那时快，水兽中的一小群意外地挣扎着冲出了水面，咆哮着跃向半空，把有翼生物撞坠下来。确认落水者沉底后，水兽们又集体扑上河岸，薄薄的嘴唇树叶样愤怒颤动，无声呼唤非彼族类的小武，似乎感受到了他的心意，欲与这个闯入者拼合。小武这才害怕了，转身逃走，迎面撞上另一群蝴蝶—壁虎状生物，正在矿车上忙碌。水兽却不再追小武，而朝装卸工们冲去，在绝望的惊呼声中，瞬时化作一股股的黏胶体，裹袭着吞噬了它们，而刚才还颐指气使的飞侠们，现在连丁点儿反抗都没有。小武看到，女性异体人也在人群中拖耷着翅膀，蹒跚逃避。那姿势令他心头怦然一动。他有些兴奋，冒险奔过去，一把捉住她，扛了她闪身跃入一个岔道。水兽的涌流又呜啦呜啦追逐过来。被峭壁阻住飞行去路的飞侠们瞬间都把下半截身体和双翅自动断掉，蠕动着残躯钻入洞窟，咕咕叫着逃得不见了踪影。水兽失去目标，又都返回江河中，去继续执行无期的任务，承受漫长的刑罚……

这时小武却产生了一种感觉，那就是，水兽们只是为了某种意淫般的目的而设置出来的一些精神寄生体，他们的真实版本并不在地窟的江河中。他们的后代已经在某个无比辽阔的时空中构建了自己的乌托邦。那个美丽新世界是生活在地下的乘客后裔无法想像的，它们也永远去不到。

女性异体人被小武捉在手中。为了逃生，她也在挣扎着企图要把自己的下半身和翅膀断脱掉，却未能成功。他觉得她越来越干燥，仿佛变成了一个生物转发器般的东西。通过其躯体的信息传导，小武实实在在地接触到了刚才还陌生的异质。他的血液忽冷忽热，又一次回想起了与卡卡在地铁站的初识。

然而，他心里同时也充满了被噬的惧怕。

二一、“英尼斯”

“回来跟我们一起采摘吧。”被小武攥住的这个东西叽叽咕咕，用类似女人的鸣叫，沮丧地恳求。

“干吗？”

“来自猎犬座螺旋星系矿业联合体的工程兵，不就是做这个的吗？我们其实一直就是战友啊。”女人口鼻中喷射出侏罗纪爬行动物一般的臭气，躁动着说。

“猎犬座螺旋星系？”

“也就是基地呀。”

“啊，那你是外星人吗？！”小武好像忽然反应了过来，像喝了C饮料一样，夸张地做出呕吐状。

“咦，你不也是吗？不过，人类啊，外星人啊，这种名义上的区别，可笑，可笑！难道不是一回事吗？”

是一回事吗？这一路上，小武听够了有关世界的假说——从记者那里，学者那里，外商那里，甚至农民那里……每人都有自己的一套，怎么说都不腻味。仿佛弄得真真假假，就可以浑水摸鱼、苟且偷生了。宇宙大概就喜欢让大家玩这种分辨真伪的游戏吧，它则躲在后面看笑话。小武感到自己的大脑正在弯曲起来，变做一个符号。

一个C。

“如果你是卡卡，还记得我们一起坐地铁吗？”他把女人归入生物中最善变的一类。

“地铁就是会飞的龙吗？”她奇怪地看着小武，歪着干瘪焦黑的头颅，伸手玩起了布满气泡的头发丝。那里顿时散发出一股烟臭味。

“还记得我们一起喝饮料吗？”

“你说的是治疗脑损伤的化学液体吧？”她的左侧脸蛋上诡秘地浮出了若有的笑意。

“那么，你到底是谁呢？”

“让我想想……哦，我和你，都是真相调查者嘛。”

“什么是真相？”他几乎绝望了。

“你想什么是，什么就是呗。笨蛋。”

“那，又怎么调查呢？”

“也就是张开眼睛，随便看一看吧。”

小武吃力地扶了扶快要跌下来的眼镜。

“那采的又是什么矿呢？”

“英尼斯嘛。不使尽浑身解数去采它可不行哟。在全媒体时代，这玩意儿很值钱呢。这个地方你别看它黑暗，也是宇宙中主要的矿业点之一呀，关系到五十三万一千四百四十一个恒星系的氦核融合……你以为世界真的没救了吗？傻瓜，明白了吧。”

“是英尼斯啊……”不知为什么，小武忽然想到了记者，这疑似创造了世界的人，不知现在是变了还是死了。

“英尼斯是它的外星学名呀！也就是制造宇宙地铁网的基本材料。不知道吗？宇宙地铁网是一种时空媒介。它的功能，说来也很简单，就是让宇宙重新生长出具有记忆互联功能的垄断拓扑结构，恢复它那基于观察的全息量子计算模块并保持数据链的畅通，哦，就可以用来纠正信息失衡了。知道吗，一场亘古未有的剧变正在发生，在末日性质的灾难中，诸世界发生了翻转，宇宙的视神经力场被来自其内部的新生活性智慧系统破坏了，很不幸地丢掉了它储存在介质中的全部资料。不仅仅物质和能量乱成一团，形成了壅塞，更糟的是连宇宙自己也丧失了记忆，造成一切正严重地向空间方向倾斜，处理不好时间的持续问题。宇宙处于分崩离析的极端危险中，无法轮回。宇宙成了一个大泡泡，正在破灭。宇宙需要修理，重新疏通，打上补丁……这才是实验的目的啊，公司给了我们这个难得的机会，来表达对宇宙的爱。可怜啊，像孤儿一样，宇宙太缺乏爱了！”怪物像精卫鸟一样自以为是地不停咿哑，一脸做作的浩然正气，没有清洗过的一对污浊翅膀在扑啦啦地颤动。

是在说“公司”吗？小武惊错着，又去护持眼镜。他猜测，卡卡已不再记得自己原来的国籍和身份，她现在是一个带有强烈卡通风格的宇宙主义者了。不知道她是否明白自己说的话的意思。小武难以置信，隐居地下的变异生物们重复着把“地铁之友”装上卸下，就能构造出所谓的“宇宙地铁网”吗？但这或许是有价值的行为，至少在象征意义上……他转眼去看“地铁之友”，见它们正在融化成一大堆黏乎乎的螺旋状星云物质，在山岭和江河间，肉食类昆虫一样冷静地窥视。他猜测，宇宙中所有的生命，也许都是为了替宇宙记录和传递信息，而制造出来的。断断续续、残缺不全而无处不在的隧道，就是输送信息的管路。

“我不在的时候，你想过我吗？”

他哀告一般地问，像要唤回她作为昔日S市家常女孩的情感。他似仍准备救她，以此来报答她早前的恩惠。但这注定是徒劳的。她则冷淡地沉默了，可怜地看着小武。

“你还在求证自己是怎么死掉的吗？”小武最后说。

她闻听此言，不屑地把滑溜溜的、冒着黏液的头颅，“啵”的一声别到了颈后。然后像眼镜蛇一样，携带着一股浓烈的腥气，老练地朝小武扑过来，嘴里伸出一根长长的、尖利的吸血噬髓的口器。小武伤感地扭动身体，畏怖地闪躲过去，又捉紧这失去自制力的生物，使出浑身力气把她掼在岩石上。砰的一声，像是连接着周身组织的榫头都粉碎了。她的确连内在的基本构造都自成格局、焕然一新了。这才是货真价实的异类。

小武怔怔地看这东西，像是自己所有的主观努力，亦都摔了个四分五裂。他想到曾几何时，母兽般的生鲜肉体，带着腥臭的温热气息，扑入他的怀中，不仅营救了他，还使他重新接近于成为男人。但他刚才把她摔死了……她并不是早已在虚构般的空难中死掉的，而仅仅是几秒钟前，才被他活活杀害的。这样一来，他也断绝了自己的未来可能……不，他弄死的只是一个自称来自猎户座螺旋星系的“外星人”，或者，一个用人类、蝴蝶和壁虎的遗传基因拼合而成的，并被实验主持者注入了亡故者的部分有机意识的再生变异体。他是无法与满口梦话的她发生关系的。但如果是那个身穿虎皮短裙、侠女般活力充盈、浮舟一样浅笑着的女孩站在面前，他也会这样做么？但他还能肯定那个人就必然是“她”吗？

小武什么也回答不了。他感到，此刻自己好像正被“地铁之友”密密匝匝地包裹在了一个荚壳中，他头脑中一片混乱，遍体正在缓缓地生长出红黑色的、扇子一样的翅膀或耳朵来。但在关键时刻他克制住了追求变形的下意识的强烈渴望，一把抄起软绵绵的尸首，紧紧挟在腋下，像是醉醺醺地往外爬去。他现在成了杀人嫌疑犯了。他试图咂味本应自动生成的奇妙满足感，内心却越来越虚弱焦虑。仅当身体刮蹭到粗粝的岩石时，他才略微觉察到了似曾相识的性的黯然刺激。

嗨，真别扭！

像要去埋葬名义上的亡妻一样，小武携着被他杀死的异类，在蛛网般的隧道中穿行。终于找到了出口，爬上地面，看到又一幅全新的图画，像是舞台置换了布景。没有了“地铁之友”的森林，也不见城市的废墟，这似是一个结满氮冰的行星，处处都在反射着无分别的光芒，像刀子一样剜着眼睛。那两条地下的江河，正在不顾一切地挤破地壳封锁，冲刺出来，化作万丈喷泉，携着刺鼻浊臭，呼隆呼隆射入高空，漫天飞舞着——大地的残片，尸体的碎屑，赤色的潮水，遮蔽了代表无数世界的群星，在虚无中弥涨，发情般呲呲作响，就像整个宇宙已经液体化。

小武曾栖身的S市，那个独一无二的，弥布淫雨、迷雾、噪声、热带植物和煤炉汽车的S市，又安在呢？他这时才意识到，眼前这汹涌喷吐的，并不是普通的水，它们是包含巨大信息量的一簇簇红色光，是符号的河流。这儿就是修复宇宙的基地——所谓的爱的源泉。他似乎听见天空中有人在跟他说话，但一句也听不明白。这就是令卡卡念念不忘而深受挫折的那个上苍吗？他只得把女人变软的身躯，轻轻搁放在行星冰坚的地表，细细查看她那纤忽的、小妖般的造型。她又在他的眼中，稍许恢复了人类的形状，如同曼陀罗的向内缠绕。他震惊地意识到，她在死去前，或许是拥有生命的。她性征略存的裸体正渗流出苹果绿的液态光。她水滴状的奶头像是胶墙上的两枚电灯按钮。她的下半身裂开了一道大口子，一些像是内脏的物质漏了出来，但躯干还粘连着没有完全断掉。她那如若猫科动物的性器官一片模糊，却不曾枯萎，倒是更加圆润灵巧了，形同一颗可以随手拈起的半熔玻璃珠，却又有着随时屑化入重岩的危险征象，那样的锐利而冷峻，又暗暗激起男人的欲望。她那秽臭的、鲜红稚嫩的口器还在唇间半吐着，这时才霭霭地冒出了属于女人或雌兽的滚烫烟气。看着她，他想到了昔弥。

小武迷恋地回忆着这世界上一切被称做“爱”的事物或过程，不禁痴笑了。他的全身因为一种荒谬而饱含牺牲因素的节日快感而持续战栗，他注意到怪物的双腿已然陶瓷化，就动情地要伸手触摸它们。但只是摸摸吧，其他什么也做不了。他根本就不敢奸她，这却不是因为跨物种关系带来的陌生感的缘故。小武对自己的无能深怀恼怒。这也难怪了，他遗憾地似乎还没有被“公司”改造。他发疯般从尸体脖子上把那个十字架似的、附着年轻男人金属头像的东西一把扯了下来，又在行星表面挖下一坨冰块，报复般地，用它把十字架狠狠打进尸体的脑门。嘭，嘭，头骨碎裂的声音清脆动听，而这手感是多么的熟悉呀，他仿佛在时间的长河中操练过千万遍了，这只是一次普通的复习和重温。他一边用力击打，一边发出“啊、啊”的亢奋叫声；他的身体很快就硬了，然后，迅速达到了高潮。

恍惚间，他蓦然畏怖地记起，以前他明明亲眼见到过，这生物已经有了孩子啊，那小东西又去了哪里呢？她是什么时候生育出他来的呢？真的是她的孩子吗？

嘭，嘭，小武的神经丛因为恐惧而燃烧，就仿佛那孩子将要回来为母亲复仇。

嘭，嘭，他又想到，在这无名无由的时代，那些深藏在地窟中的，像是自动机器的、磷光闪闪而不辨性别的蝴蝶—壁虎状生物们，都是怎样繁殖后代的呢？在那深渊荒冢般的黑暗地底，它们按照小武无法理喻的某种物理及生化法则，曾发生了多少的乱伦？

嘭，嘭，但在那样一种环境下，又不能叫做乱伦吧，而称做适应，更加贴切，不正是它们一贯的风俗么？工程兵们已经生育出了多少孩子呢？它们现在又去到了哪里呢？它们是在打造未来社会吧？是将永远居于地下，还是要向天空发展呢？哦，天空，太可怕了。

嘭，嘭，在这个剧变的世界上，生育问题一定重新构成了迫在眉睫的危机——危险与机遇。嘭，嘭，那帮家伙大概有着自己的一套吧，小武匪夷所思，望尘莫及……哦，地铁的本来面目，恐怕就是生殖器，蠕动着不断地制造出它欲要获得的意识、身体、灵魂、光、建筑、地洞、混乱、秩序……以及它所能想像到的一切——嘎嘎，母亲！喔，地铁，其实才是实验的主持者吧，“公司”的代理人。

嘭，嘭，她做的这一切都是为了诞生出更懂得享乐的孩子们来，以灾难和死亡为脐血，来表达母爱……嘭，嘭，如果不能拥有子孙，又怎能证明自己是生命呢？连信息也无法传递下去了……嘭，嘭，就像所罗门王艳羡的蚁巢一样，这个王国是无限的秘密的孕育地，有时间来研究的话……嘭，嘭，在、在……科学上，当会有很大价值！嘿嘿，等以后再说吧——如果还有以后的话。

嘭，嘭，嘭！

终于，小武停止了古猿般的敲击，贪恋地去观察深深插入尸体的十字架——就好像这是他探究真理的惟一工具，他没有脱离进化轨道的证明。那年轻男人的头像还露了小半截在外面，正用胜利者的眼光，忧郁地凝视小武。小武迷惑不解，他委屈地心想：我已经没有物证了——如果过些时候我又把一切都忘记了的话。

二二、婴儿

又一批身穿灰色连裤服的蒙面小矮人，伞兵般飞降在这片杂乱淫猥的大地上，扛着笨重的大肚玻璃瓶，开始了忙乱而徒劳的勘验，像是为港汉作战扫清障碍。小武发现，竟然是农民在为这帮不可一世却谨慎小心的异类做着向导。他像一条丧家之犬，淌着滚滚的、腥臭的口水，在各个黑洞洞的地铁站口之间，辛苦地奔来跑去，不停地对着异类生命体感激涕零地低吠着什么。而小矮人们只是做出一副傲慢漠然的、似听非听的表情。然而，在外商、学者、侦探、记者和女人之后，在成年人里面，似乎惟有农民，才真正成功地接近于完成了自己的转型。甚至，都有了传说中的星孩模样：眼睛变大了，脑袋变大了，四肢变肥嫩了，身体变光滑了。看着很可乐，但接过了世界的希望。最后，异类生命体和农民都一溜烟钻入了地下，后面跟着一群双腿走路的、情绪高涨的老鼠。大家也都是受了“公司”的派遣吗？

就在这时——

雷霆震怒了。

雷霆震怒了？

雷霆震怒了！

雷霆震怒了……

像是健康茁壮地生长在尸体上面的十字架，太阳耀斑一样喷射出一道刺目闪光。小武看过去。哦，那陌生而又熟悉的男人像是鸠占鹊巢的、异教的神哪。他在这一瞬间深感自卑和羞辱，脸一下热辣辣的。

大爆炸发生时，小武初认为是热核反应，而觉得普通和俗气，兴奋不起来，甚至比较失望。神的手段也无非如此吧。而他多么地期盼这是绿岛咖啡厅少妇的丰腴身体，像地铁车厢一样的自行爆裂啊，云蒸霞蔚。那是超新星把自己撕开，哗哗哗地劲抛出盘踞在女人脏器中的千年“地铁之友”——只剩下这一条挽救他做男人的途径了。

是直入地心的新一代调查者正在试图用更为激烈的信息手段撞击这个世界，以探明所谓的真相吧……不知道还会有什么用。

这种仿佛由《读书》杂志编辑部编造出来的拯救，在小武看来已经乏味地重复过很多次了。

但也许是在销毁证据或者消灭竞争者吧……

赝品般的大地抖动不止，绽放出亿万条滑稽的裂缝，像捏获在城管手中的什么赃物。但它马上就要解体了。如果是神在操纵的话，不明白他为什么一定要这样做。

在赤色的布满水汽的天幕下，小武忸怩地笑，把自己脱得精光，挥动眼镜，手舞足蹈。他就像是一条放在巨大托盘上颤动的金鱼。在血淋淋的光晕中，他显得更小了。

他想，“地铁之友”在高温和超压下毁灭或升华时，是一种什么样的状态和感受。也疼痛？也尖叫？也大笑？也射精？或者，什么也不会？而那些工程兵“战友”们呢？……这时行星开始崩溃，天空变得更红更湿了。

恍惚中，小武有些觉得，自己就是那个逃亡中的犯罪嫌疑人，侦探至死追捕的对象。

“但是啊，侦探大叔，你已经在我之前就挂了！”他惋惜而得意地狺狺，喷出一阵破肠的笑。

小武看到了孩子的眼睛。不是一双，而是亿万双，在无穷的时空中散布开来。它们有着雌雄性、东西方融合的鲜明特征，但仔细一看，又是非人类的，像是刚吸饱血的野兽，是从来没有在进化史上出现过的物种，痴呆、凶残而蛮横地凝视着好像是时间的尽头。

绿荧荧的眼睛勾连叠合成一片，如同莲花，以一种中观形式，在静止的态势下，微微地波状荡漾，发生着广泛的光谱干涉，却又分得清一只只单体的闪耀。

不，或许不是眼睛，也不是莲花。作为虚空中的花朵，其有无也终究无法得到证实。

真正的星孩是这样的吗？

小武感到被捉弄了。他所在的，是一个从一开始就在制作上不太成功的宇宙，那个创造者还要在未来的漫长岁月里加以修订。真是无聊。小武想。

——但是，会不会，创造者已经自杀了呢？

他—她还没有开始创造世界，就已预知到了世界毁灭。绝望了，绝望了……

爆炸还在持续。解体发生时，如若时空的玩意儿再一次咕嘟地冒了出来，充血般开始膨胀，大洪水一样，冲刷过整个世界，很多卵石样的小东西在产生并翻飞，而这些也不过是宇宙中的沧海一粟。小武全身肌肉像沸煮一样拧动，变得硬邦邦的。他以为自己会破碎掉，四五分裂，分解成亚粒子。这倒也好了，但他悲哀地发现并没有如此——连这也办不到呀，因此他还要继续感知活着的痛苦，直到每一生每一世。是谁令他这样的呢？这事不可说。

像是通过宇宙中无处不在的隐秘隧道，他被一只看不见的手抛入一个更热更湿的地方。他易朽的肉身还在，意识却逃逸出来，散布在原始海洋一样的虚空中（像一个公共澡堂）。

他似乎明白自己已做成了那件不可能的事情，但确切来讲，又不是他做成的。而他也无法知道这件事有什么意义。同时，他也没有感受到丝毫自由。

——是的，这整个宇宙，是真资格的汪洋大海（牛肉火锅般噼啪燃烧着的原汤），生物好像都还没有出现，智能却似乎早已产生了。这真是一件别扭的事情。

红腥腥地吐纳着妖氛的波涛之间，小武看到，一个黑色的巨硕球体在沉浮，一股长达几百万公里的炽热气体，正从它的顶端喷薄而出，光怪陆离。是“变性”的恒星吗？天文学手册上可没有登记这玩意儿。它的附近还有几个较小的黑球在蚍蜉般蠢动，大概，正试图组成原始的行星系统吧。

嗖，从海平线上抛过来一条高弧度的灰绿色长虹，呈一个C字，它跑得比光还要快。"地铁之友"缀接而成的缎带，由无数佻薄的十字符号结成，扎作一条张牙舞爪的、着火般的龙身——又像是地底载满尸体的滔滔江河化来，横跨四分之三个宇宙，并把它点燃，刹车减速之后，一头扎入那腐朽的太阳焚炉；又穿透它的腹腔，从另一侧游行着钻出来，缠绕成粗硕的圈套；一眨眼的工夫，就搭建成了一套庞然的支护，脚手架一般把整个恒星包裹住，如若要对一座危房展开维修。

——哦，是传说中的"戴森球"[注]吗？看似精妙。再次确认，开天辟地并没有什么了不起，修修补补才有意义。

妈妈啊！……小武在心里嚎叫。

不出所料的是，疑似"戴森球"的壳体上，也打上了一个苗条的、像是女性柔软身体的C形标识，并用原子雕刻术粗陋地勾画出了该项目的示意图及名称，似乎是"绿岛咖啡厅门面改造工程"。

对宇宙的爱就在这里吗？

小武热泪盈眶……在这样史无前例的宏伟工程中，他却不知道自己该做些什么。他只能看着。

噢，妈妈啊！——不，喂，喂，孩子们，救救我吧。我名叫小武，是顶着调查者的名义才进入这个世界的。是的，我被叫做小武……

他举起身份证，狞笑着摇晃，歪头问宇宙："你又叫什么呢？"

虚空中暴发出婴儿的一片耻笑，撞在看不见的岸上，激起淫猥的回声。

小武渐渐确信，自己仍然呆在地底，被牢牢覆压着，丝毫也喘不

[注] 戴森球：智能生物为避免物质世界的衰败，而围绕恒星构筑起的巨型人工球状体，最大限度吸收星球的残余能量。

过气来，宇宙是一个巨大的深窟，星系、群星只是它的岩层中麇集的碎屑，而生命不过是石缝间颤抖蠕动的一些小虫子。

小武决定，接下来要做的，是去找 Chou Yun-Fet。

他要申请在她那里转世。

他已盘算好了，一定要抓紧未来的又一次短暂人生，全力以赴去弄清自己为何叫小武这个无趣的问题。

天堂

一、车长

漆黑无际的地下世界里有什么及没有什么，那都是不能以“看”的形式来表达意见的事情。因此，当车长十七世大概被一把经过改造的废旧电焊钳杀死的时候，五妄没有上前，做出任何救援的举动。

他石笋般盘腿坐在冷寂的角落里，津津有味地吃着手指，万事与己无关地似听非听。这时，他倚靠的一段钢筋混凝土衬砌，发出了蛇尾拍击流木般的嗒嗒回音，这声响又被无底的隧道吸去。

车长，又被称做部族的引路者。凌厉的攻击手来自龙之族，作为黑暗世界中蛰伏着的生存竞争者，他们通过失效的送风通道发动偷袭，命中关键目标后，便如烟般撤离了。

车长十七世死了，顶替者自然是车长十八世。人们选中十六岁的五妄做车长十八世，因为他的脑波雷达比较发达，能够代替眼睛，遂被认定为这个没落部族中的少数“能人”之一。这实际上是一个错误，只因为年轻的五妄对将要引导族众走上什么道路，毫无把握也毫无兴趣。他也从未想过要向宿敌龙之族复仇。那有什么意思啊。

生与死的间隔像发丝一样细微。在地底，如今，人类的平均年龄不到三十岁。五妄不久前才被作为顶替者来培养，而现在他也走近了死亡的悬崖，并因此要培养自己的顶替者了——车长十九世和二十世，那循环历史中的宿命者。

但他真的还会这样去做吗？这却不是他所能决定的。他可怜地笑了起来。

其实，关于道路一类的信息地图，最早与脑波雷达什么的无关。事情总之要回溯到车长一世的时代。据说一世、二世……靠的是“记忆”，他们不用依靠回波定位便能在所有的隧道中摸上无数个来回。这一切已是不可重复了，那些记忆也早都丢失了。

过去究竟是怎样一种情况，谁也说不清楚。到了第几世，人类中的某些特殊成员就进化出了脑波雷达呢？它实在是一种寄生在大脑中的与人性格格不入的异物。这也是适应地下环境的结果吧。五妄十分憎厌脑波雷达，但离了它的指引，这群人就无法活下去。

掩埋了死者，五妄无奈之下，只好带领幸存的人们转移。他们打不过龙之族，就走得离对手远远的。

五妄勉强打起精神，选择了四十四号隧道。这是一条以前不曾经行的通途。他模模糊糊地感应到，在它端口的站台处，能找到食物。吃饱肚子是一个问题，但更关键的是，只有这样，才能平抑族众的不满，防止随时可能从内部暴发的骚乱。这伙人总是满腹怨气，从来都高兴不起来的样子。

二、怪声

四十四号隧道向南是一个大断层。小心翼翼地越过它，五妄一行果真抵达了一个新的站台，但它已经坍塌了。大跨度顶板残骸堆了一地，隧道侧壁纵向开裂，裸露出扭曲并剪断的锚杆、中柱和冷拉钢筋。人们通过触摸，感受到世界真的很是衰败。

在废墟中，族众们掘出了营着群居生活的一群昆虫。是褐斑地蝼，复眼和翼均已退化，身躯肥胖，动作迟钝。然而，没有发现营养更为丰富的穴鼠和岩蛇。它们预感到了捕猎者的来临，便提前逃逸了吗？地底下，谁都不是傻子啊。

人们手忙脚乱地把小动物撕开，把略带苦涩的肉汁挤进嘴里。这些小东西其实还不够填塞牙缝。随后，大家都困累了，便枕在七歪八倒的桁架上进入梦乡。

听着遍地鬼哭狼嚎的呼噜声，五妄想，如果我这时走掉，把他们抛弃在这里，会是怎样呢？他连族众中谁是自己的父母也不清楚，而也没有谁承认是他的父母。

但他还没有思虑明白，自己也乏得睡着了。不一会儿，五妄便被惊醒。重叠的围岩后面传来了“呼呜—呼呜”的声音，整孔隧道都地震一般摇撼。这种声音在每个人的一生中，会响起无数遍，犹如惩诫的警言，提醒人们不可以睡得过死。但它究竟是什么呢？

厉鬼哀号般的巨响紧贴着岩体缓缓移行，又重病汉子一样向远方爬去。这时便有碎石和泥浆连续地滑坠下来，砸在众人的脑袋上。他们嗷嗷乱叫。

三、鼠语者

鼠语者是澄子首先发现的。澄子是五妄的女人。男人用嗅觉和触觉识别女人的不同个体。

世界上，仅有鼠语者发展出了与人类交流的能力。在隧道中，一切都进化得飞快，老鼠也不例外。而作为智者的鼠语者又超越了普通鼠——后者仅能被人类猎食。鼠语者能够慎重地选择与人类中的重要成员交往，显示出了生存的霍达、狡黠及远见。大概，正是这个吸引了澄子。

妖精一般的澄子，身体如影子般单薄，大脑皮层中却孕生了类似于老鼠的直觉功能。这与机械的脑波雷达又不同，它能够与潜在之中的精妙心智合二为一，这决定了女人可以与老鼠达成无碍沟通，而她在部族中则显得异类，甚至连五妄也无法真正理解澄子，寻常族众则更是愚氓了。

澄子牵着五妄的手，穿过为一切物而存在的黑暗，来到鼠语者隐居的七号导洞。早年间这里应该是主排水管道的一部分，鼠语者利用从废墟中拆卸下来的台形钢纤维管片对它进行了改造，并找来高聚物防水卷材的残料作了加固。

“我们是人类。”五妄说。

“知——道。”老鼠头也不抬。

“作为鼠类，为什么要与人打交道呢？”

“找到——引路者。”

“我，就是引路者。”

“错——了。”

“什么？”

“你——不是——引路者。”

“那么，谁又是引路者呢？”

鼠语者陷入了老人一样的沉默，这使五妄沮丧而愠怒。他感觉到，老鼠在稀薄的空气中焦躁地摇头，并苦恼地窃笑。五妄考虑要不要杀掉它，餐其肉，衣其皮，据其居。鼠类是自负而阴郁的物种。但它们中的智者到底在思考什么呢？五妄无由地恐惧这个，再加上澄子在身边，便不敢对鼠语者使用武力。最激烈的对抗通常只发生在人与人之间。

澄子拽着五妄的胳膊说："咱们走吧。"她又抱歉地对老鼠说："还有机会再见的。"

与鼠语者会晤的事情，他们没有告诉族内其他人。

四、世界与大爆炸

世界不存在分层，大大小小的隧道堆砌交错在一个有限无边的平面内。惟一可称做上层的地方大概就是站台了，可供人类暂时栖息。如果是两族人恰好同时抵达一个站台，就有可能发生武力冲突。强大的一方会驱逐甚至杀死弱者。

在原生区间隧道里，停有长长的、不能开动的金属机车，那是孩子们爱去的所在，他们喜欢同车厢里的骷髅玩耍。新一代人则开凿了新的隧道——或为了寻找食物源，或为了拓展居住点。加上老鼠也会打出精致的洞来，世界便越来越复杂化。

还有的隧道，不知怎么回事，无人知晓地就自动产生了。这是一个不解之谜。是谁在暗地里开挖呢？这不能不让人想起岩壁后面那行踪不定的诡秘怪声。

不管怎样，隧道的世界，便这样不断地延伸和扩大，最后形成了超一体化的网络，像植物的根系，松散却牢固地密布在大地深处。

每走过一段隧道，人就好像经历了一次出生，便更不把死当一回事了。

当然，在这个世界上，什么都看不见。自然，五妄及其统率的族众们并不知道什么叫做黑暗，因为，一切都是黑暗，便无以称道为黑暗了。

世界究竟是怎样产生的？——这是老鼠或者澄子这样的非常女人才会去琢磨的艰涩问题。

“那是源于一次大爆炸。”澄子说，“没有预兆，爆炸骤然而至，使一切定格。时间暂时停了下来，或者说时间才真正产生了。随后，是大范围的冷却和收缩。在这过程中，产生了凝结效应。其结果是，具有坚硬质地的隧道体系逐渐形成了。时间的灵魂在返回空间的壳体后，勉勉强强复活了过来，使得中断的历史沿着断茬的方向重新长出，很难看但也没有办法。”

澄子经常会提到，与隧道世界相对应，还存在“上一个世界”，也叫做“天堂”，大爆炸是由那里决定的，人类的祖辈也来自彼处。鼠语者之所以要寻找引路者，便是要偷渡到天堂去——据说那曾是它的故乡。老鼠想要弄清楚自己的来历。

五妄想，“上一个世界”的所谓“上一个”，既可以指时间上的“以前”，也可以指空间上的“上面”。这使天堂的真实方位成为了一个悬念。五妄于是觉得自己是一个毫无意义的存在。但弄清楚自己来历的想法，使他心里一动。他会不会是为此而活着的呢？他们是不是大爆炸的幸存者呢？

澄子自言自语时，五妄会觉得她其实是由老鼠变身来的。生活在岩层中的鼠语者是怀旧的理想主义者。它与澄子一样，努力研究世界的起源与终点，试图重建与早年间某种神秘知识的联系。这使五妄感到澄子身上有一种陌生可怕的味道。他有时甚至想，要是澄子与老鼠一起死掉就好了。但他又舍不得她的肉体。

但澄子的起源论仅仅是无数假说中的一种。这要追溯上去，自然，又会在不可明辨的意识之渊中返回车长一世的时代。这总会让人陷入不可知论。而澄子描述的那个抽象天堂，便成为了她头脑中游移不定的纯幻想之物。

最后，饥饿迫使男人和女人中止了讨论。五妄昏聩地触摸到，澄子原本灿烂充实的腹部已坍缩成了一张干瘪无味的薄皮，内里缺乏的是持久燃烧的脂肪层。就是在这样的孱弱身体中，依靠日益稀薄的蛋白质和维生素，从濡湿而黏稠的肠膜间，苔藓一样孕育出了与众不同的形而上观念。

逐渐，五妄对带领人们觅食的工作，感到更为负担和厌倦。他不愿意做连老鼠也看不上的引路者。他希望去到或有的天堂，为自己的存在找到一个解释。

五、火

新的恐慌信号来自外界，这次却不是龙之族袭来。

“黏土人发明了火！”一个家伙气喘吁吁地跑回来报告说。

“什么是火？”

族众们对此闻所未闻，集体陷入了恐慌。五妄也不知道什么是火，但他一听澄子骤然加速的呼吸声，便忽然间好像明白了什么。

火，一个极其陌生的重磅概念，位于古老的知识断裂带。五妄隐约觉出了它的可怕，却是因为火能够带来如岩体坍陷般无法承受的变化。黑暗世界中一个谁也无法掌控的新时代或将来临。

“我看见了火！我看见了火！”报告消息的人紧张而反复地说着。

“看——见——！”

这个在人类词库中早已被抹除的用语甚至比火本身还要骇人。族众大惊。五妄预感到了危险，扭头便往隧道深处走去，族众们急忙跟上。

“可是，如果真的有谁发明了火呢？”澄子冷静地对五妄说，“如果是火，那它总是要弥布于世界的。”

澄子是正确的。逃避自然毫无用处。火终于出现了，连同它的发明者。一个个的火把被举在毛茸茸的手中，簇集而跳跃，威严而谨慎地移动过来。

——真正让人毛骨悚然的，却不是火，而是借助幽黯的焰色，五妄第一次看见了世界，看见了族众，也看见了他的女人。

橡胶管一样的锈蚀躯体上，放射出缆线般的破旧四肢，枯木似的颈项上支着一个带毛的皱褶皮球，五官糜烂而朽败，像一堆倾覆的砂浆，这就是人类。人类呆在一个布满洞窟的环境里，像老鼠一样张皇失措，能去的路径十分有限。

这时，骤然在五妄头脑里盘旋起来的闪亮恐惧，或可称做一种“不愿见人”的本能反应。见人则将使人分开。还是不要知道真相吧！他与澄子的关系，因此还能维持多久呢？

既然黑暗已能代表一切，为何又要有光明？五妄不解。虽然，火是零星、式微和短矩的，尚不能把整个世界照个透彻，但绝望的感觉已经十分真切了。直视着澄子纤毫毕现的形体，五妄浑身打起摆子，嗓子腥腥地想哭。除了脑波雷达，人类原来还拥有另一种感知世界的工具。它毫无准备地被火光开启了，而大家却不知怎么使用它。但如果每个人都能自己看清楚世界，那还需要车长吗？最大危险似乎正在降临。

然而实际情况并不如此。大多数人已不能看了。经年的黑暗地下生活，已使他们的眼睛退化成了盲肠似的无用之物。包括五妄在内，就算能看的，视力也已十分的弱。

这一天，五妄抛弃了引路者的角色，和澄子及部众一起，加入了粘土人的部落——炎之族。

六、影

炎之族其实是不具备危险的部族。五妄第一次感受到了火焰带来的人间温暖。而由于火的指引，捕猎变得容易起来，熟食则成为了新的惊喜。

敏锐的澄子告诉五妄，只要使用火，便能打败龙之族和其他竞争者，最后征服世界——已没有人能抵挡与火相遇时产生的极度恐惧，没有人能逃过真相这个魔鬼。

"五妄啊，你毕竟做过车长啊，以这样的身份，是可以向他们作出伟大建议的。而只有用火，才能照亮通往天堂之路。"她说。

但炎之族的成员们完全没有以火焰为武器或路标的想法。澄子大失所望。五妄则觉得不过如此。

"我们就算壮大起来了，也不做带头的。"炎之族的头领叫做压浆，这样作着解释。

受该理念支配，炎之族空担名号，却是一群无害光影，毫无自觉的使命感和目的性，盲动在隧道之间。火焰下飘泊着他们浮肿的脸庞与耳廓，魅影重重，释放出玄武岩所不具备的飘忽与透明。

——这大概便是真实而传神的未来人类形态吧？五妄郁闷地想。啊，火！

而隧道那犹如生命的无穷脉管便在人类身外弥布开来，突出、交叉、盘旋或分渠。无论是沼气、瓦斯，还是流砂、漂石，均不能阻止人类在具备确定内径的隧道中生存下去。不过，仅仅是生存，这似乎还不够。

这时，澄子便引领五妄的思绪又一次滑入天堂的幻境。的确，就在藤蔓般的渡线与岔线之间，密集地生长着某些可能的幽灵。但这样的想法无法拿来与炎之族作探讨，他们的文化中不曾产生宇宙起源论。

澄子常常凝神注视，半天不动。她看见了什么呢？澄子的视力比五妄要好许多，后者虽然能够看见，却天生是弱视的，看不远也看不清的——这在后来救了五妄。

五妄沿着女人的视线勉力看过去，便见到了被火光投射在岩壁上的幢幢人影，首尾相接，摇曳多姿，仿佛是另一种生物，又比真实的人类还要真实。澄子全神贯注地看着二维化的五妄，忽然泪流满面。

——会不会有另一个五妄也在看着这一个五妄呢，正如这一个五妄看着被投射在岩壁上的那个五妄？

澄子的想法是五妄永不能明白的，面对女人，他只是感到烦乱、着急、隔阂和不服。这时，由于火焰吸走了稀薄的氧气，又散发出难以排遣的毒烟，五妄一阵气紧；又由于吸入了大量热气到肺部，血压也下降了。

火的发明，大概是由于地下可燃性气体爆燃而获得的启示吧，它没有被用来指示通往天堂之路，因为它终究不是大爆炸的余烬。五妄忽然感到了对火劫的担忧。他臆想着被火燎死的缓慢过程，那是一个无以名状的黯淡问题。

五妄和澄子还没有看够，炎之族的成员便纷纷站起身来，举着火把又梦游般上路了。低回的歌声在队列中哄哄响起：

暮云叠夜云啊，明炷堪堪耀地窟！

世世复代代啊，何年才得见天日！

寻寻又觅觅啊，天堂仅存于心意！

七、水

且停且行，炎之族进入了九十九号折返线。忽然，四五支火把毫无预兆地相继熄灭了。一股阴风吹过五妄脸颊。隧道深处又响起不祥的“呼呜—呼呜”声。大家疑惧地停下脚步。

刹那间，左前方一大片围岩开花般崩裂，一大股水喷射而出，浇灭了一大排火把。后面的人赶紧往回跑。但地下水跟过来灌进隧道，吞噬了人类。澄子拉着五妄跃上洞壁上的一个信号箱。

这时，整孔隧道已被洪水淹没，尸体快速地打着转流过，其中有炎之族的首领压浆。在水的怀抱中，火把一个接一个驯服地熄灭。五妄松了一口气。烈火因失控而焚世的可能性是不存在了。澄子却是一脸忧虑。

洪水就快涨到五妄与澄子的脚面了。澄子紧紧拉着五妄的胳膊，担心他掉下去。他们开始害怕黑暗或会重新降临。五妄想，如果这种情况发生，他就只能依靠脑波雷达独自逃命了。澄子，就顾不上她了。

这时，围岩后面的怪声已来到近旁。十几米开外的岩体又一次粉碎破裂。一个巨型金属物体探出头来。它周身放电，红光闪闪，浑圆躯体的直径，相当于三四个五妄的身长。它的头部滚动着一圈环形刀齿，飞舞着把岩石打成碎片。它从岩层中探出虬龙般的身子，灵活地凌越水面，横穿隧道，一俟接触到对面的围岩，便又用锋利的刀盘开挖起来，很快就全身钻入了，身后则留下一段新鲜的导洞。

“隧道掘进机！”澄子大脑中一段断裂的知识链刹那间连通了。

前人类遗留在隧道中的巨型盾构类机械，其计算机中枢在无人监控的情况下，自主演化出了智能。那些仿佛是自主生成的隧道，便是它开凿出来的。

孤独的隧道掘进机经年不断、含辛茹苦地打洞，也许是受着被压抑的本能或者回忆的驱迫吧。像老鼠一样，它大概是生活在过去时光中的家伙呢。这孤独的生命也是在探寻上一个世界或者天堂吗？

五妄和澄子屏住呼吸，倾听它呼啸而去。

然后，澄子带着五妄，爬入隧道掘进机刚刚打出的导洞，通过它才侥幸逃离了洪水。而炎之族则整个覆灭了，黑暗开始光复。

八、机车

不久，他们遭遇了轮之族。后者正在招兵买马，声称要到世界尽头去。澄子认为，所谓的世界尽头，便是接近于天堂的地方，这些人的想法虽然古怪，却值得重视。在澄子和老鼠之外，竟还有人类在思考世界的结构，五妄对此感到好奇而诧异。

轮之族相信，只有重新起动隧道中的机车，才能进行一次史无前例的长征，到达那已被人类忘怀的神奇地域。在许多部族的存在意义仅限于进食和睡眠之时，轮之族的每一个世代都在为实现这个计划而忘我工作。

“嗨，加入我们吧。”他们的首领，一个名叫新奥的年轻男人，鼓动五妄和澄子，“去到世界尽头。”

“到了世界尽头，又将怎样呢？”

“就可以到站下车了。那本是我们要去的地方。”

五妄捏了一下澄子的手。他因为新奥的年轻与活力而感到有些压抑。他希望澄子说出天堂，来压压他的傲气。但澄子什么也不说。

“也只能到达世界尽头了。”澄子装作老成的样子，暧昧地笑着表白，“最终是绝路。”

“嗨，本来就是为着要走上绝路么。”新奥悲凉而又坚韧地说。

五妄想，为着一个绝望的理想，大家世世代代充满希望地工作着，澄子会不会就欣赏这样的英雄呢？他有些紧张，便小声问道：

“然而，真的还有可能重新开动那些废弃在区间隧道中的、载满破碎骷髅的机车吗？”

“马上就有分晓了，多少代人的努力不会白费啊。”

新奥以一本不知从何年代流传下来的、名为《读书》的破旧技术手册为指导，率领人们为修复整流机组而忙碌。甚至敌对部族的人也来帮忙，其中有硕果仅存的所谓知识传袭者。车厢已被清扫干净，骸骨都搬运走了。在站台的西端，一个势力明显的物理场律动着，发出让人头晕恶心的“嘶啦”响声。那是早年间被称做变配电室的地方。

最后，机车终于被发动了起来。随着主变电和牵引供电系统的贯通，黑暗而恒温的空间中“啪”的一声，便亮了起来。

这一刹那，有比赤焰更为明亮的事物诞生了，与火舌那自我束缚的半固定形态不同，这新创物是完全自由不拘的无形流体，瞬间侵彻了整个车厢和隧道。五妄身旁的一群人立时被光线的瀑布击倒，后脑触地，当场死亡。意志坚强的人，面色惨白地坚挺着，眼珠在眶中急速地倒来倒去。

原来，世界是不能以最清晰明白的方式去看的。人类的眼睛已不能承受远比火把还要激烈的一级人工照明。

但五妄幸存了下来。除了前一阵已适应过火光之外，弱视的现实救了他的性命。

然而，澄子的眼睛被这光线完全铲瞎了。她的惨叫声，在五妄听来，像是一头老鼠被开膛破肚。他立时对她感到厌弃。

他想，轮之族其实应该采取渐进的办法，积久的黑暗是不能在骤然间被悉数驱退的，相较之下，炎之族就要温和得多。

“我们也想亲眼看看将要到达的地方哪！”失明的人们哭喊着，向新奥提出了惟一的要求。

“我大致还能看见，请允许我来转述沿途所见的实况吧。今后，就请称我为转述者吧。”新奥也有些慌乱了，深感负疚地说，又为自己在关键时刻作出了充当转述者的决定而有些得意。

五妄不安地想：如果需要，新奥是否会下令让他做副手呢？

九、转述者

新奥、五妄，以及其余一些尚未被电子镇流荧光灯彻底破坏掉双眼的人，挤在狭小的驾驶室里，试图共同完成驾驶机车走上绝路的任务。

新奥扳动了一个手柄。立时，显示屏上，跳动起了文字和数字：牵引一级、牵引二级、牵引三级……最后直达牵引六级。而速度则从零公里、一公里、五公里……一直跳到六十公里。

“长征”开始了，的确是风驰电掣，人类还不曾有过这番经历。五妄目瞪口呆。列车前灯照出了满目疮痍的幽深隧道，连同无法缝合的断续岔线，在黯淡的一潭潭积水中，内脏外露的死兽般扑面而来。而丛生的电缆管路和指示标牌则如同青色乱苔，刚毛一样挺立。信号灯被激活了，飘荡着月白和霜黄的茫然眼神。因此，某些人瞎眼的代价，也许是值得的吧？在这场变革中，视觉作为一种资源，占据了权力中心，而转述者新奥的地位已然得到了巩固。

“突破一切阻力，向纵深挺进！”新奥两眼发红、双臂乱舞。

他刚说完，边上便有人恭敬地重复一遍，把这话一人接一人地传到每一节车厢。最后，所有人都跟着喊：

“突破一切阻力，向纵深挺进！”

很快，一个站台出现了，却是一片废墟，空无一人。列车开始减速，由牵引六级变换成了制动七级。“咔哧”，车体猛地向前一冲，便停住了。一多半车门“哗啦”打开来。

转述者向大家描述站台的景象：“看哪，一个等待重生的世界！看那些一尘不染的壁画，看那些铅华尽洗的雕塑！那么多的候车人，在热烈地期盼我们的到来，等我们来搭救他们，等了好些个世纪了！现在，大家终于可以上车了。喂，喂，请不要拥挤，先下后上，请往车厢中部去，那里比较宽松一些！”

五妄大骇。并没有一个人上车，也没有人下车。他不禁紧紧搂住澄子。转述者面容狰狞。尚存视觉反应的其余人都不敢说破，只是把新奥的话原封不动地传下去。

“上客”完毕，列车再次起动加速，并进入稳定匀速。很快，又抵达了下一个站台。除了一条岩蛇懒洋洋地游走，这里亦无任何生命迹象。但转述者只是呼喊："看哪，那么多人朝我们走了过来。请鼓掌欢迎新乘客的加入吧！瞧，都是什么样的朋友哇，鱼形人，树形人，蚁形人！分隔太久的兄弟姐妹，终可以团聚在一起了！让我们摒弃差异，携起手来，战胜困难，一起朝着共同的伟大目标前进吧！"

五妄嫉妒地猜想，新奥看见的事物，也许与旁人眼中的并不一样。人工照明不仅开发出了个体的视力，还使其呈现了不同的区域。以前就听年纪大一些的人说过，有的车长能用脑波扫描出游荡在隧道深处的鬼魂。

"真的有人上车来么？"澄子着急地问，"我怎么听不到响动？"

五妄感到正在朝无以逃脱的毁灭逼近，便像要噬人一样俯在澄子耳边，仿佛是新奥无可奈何的帮凶，恶声恶气地低声说："是的，的确是这样！你还怀疑什么呢？有许多人正在上车。不分部族，不论善恶，不辨形体，不管死活，大家都可以去到你说的那个天堂。你就放心好了。"

"我看不见了。我听你的。"从没有这么温柔而可怜，澄子把一颗轻盈的头颅靠住了五妄矿石般的胸口。他一阵哆嗦。这时，男人感觉到大脑深处有一根发条起动了。记忆像经线，遗忘像纬线。不知不觉中，他也真诚地相信起转述者的描述来。

十、死

又一个站台出现了。数千名枯骨模样的男女黑压压地云集其上，见着列车进站便放声欢呼。

忽然，队伍前排十几个像是没有面孔的年轻女人纵身跳下钢轨，把自己塞进飞转的车轮，血水如鲜花连声“噗嗤”着在车头前方不断开放。

转述者抹了抹溅上脸膛的人血，尖细地发出了非人的声音：“看哪，就在正前方，展开来了由无数新星系诞生而吐蕊的万丈霞光，美妙极了！”

话音未落，却传来“嘭”的一声。五妄看见站台上射出一道弧光。原来，所谓的候车人尽皆诱饵，此时，全息幻影一般，悉数不见了踪迹。而隐蔽在静压室和屏蔽门后面的几座炮台，则开始了射击。

五妄意识到，列车误入了狼之族的设伏。这是一个比龙之族还要险诈的、通过控制盖然性[注]而掌握了身体变形技术的部族，在黑暗世界里拥有强大势力。他们利用原子的震颤率而设置各种迷幻通道，以诱猎异类。

实心的石头炮弹击打在机车上，“砰砰”乱响。忽然，有炮弹命中了驾驶室，从蒙皮破裂处侵彻而入。石头飞旋着爆崩开来，尖削的碎片击中了转述者。他开怀大笑，绕着腰轴转动了一百八十度，身体从胸脯那里折断成了两截，腔子里滚涌出大堆腥臭的内脏，噼噼啪啪摔在地板上。

“转述者！”

“新奥！”

“引路者大人！”

人们哭叫。五妄想起了车长十七世死亡的一幕，便赶忙把手指放进嘴里，拼命吮吸起来。

这一次，列车没有停下来，它加速通过了危险的站台。车体两侧“吧唧”喷涌出飞沫般的烂银流光，以及“嗤啦”闪烁的紫色雾霭，那是空气在活塞般的车头前方压缩，并受到列车运行产出的高热

[注] 盖然性：有可能但又不是必然的性质。

挤迫，所挥发出来的各种有机化合物。

驾驶室里血肉模糊。幸存者在号叫。澄子在哪里呢？澄子也被击伤了。五妄心情矛盾地抱住澄子，胸膛贴紧她快速起伏的乳峰，恐慌地回忆着他们以前无休无止交配的情形……随后，她的心跳开始变慢，仿佛沉入了一条由矿石与腐尸汇聚而成的暗河。

“大爆炸、大爆炸……”澄子不住地念叨，瞎眼中渗出黑色的血水来。

五妄用指甲猛掐女人骤然间僵硬起来的肌肉，试图使她转移对死亡的注意力，也仿佛只有这样，才能安抚自己的畏惧之心。

“不要紧的，乖啊。一切会好起来的。”她嘴唇一片青绿，却反过来安慰五妄，“仔细地保护你的眼睛吧，再不要到处乱跑了。”

——保护眼睛！五妄第一次听出了澄子心底最隐秘的绝望。或许，她其实从来没有相信过有关天堂的假说？而她却一直在他面前伪装出追求真理的诚意。五妄心中忽然对澄子生出了感激。

这时，他看到前方锃锃闪亮的钢轨间，连续起伏着崩岩般跳纵的数列身影。那是高速奔跑中的鼠群。它们被机车前部的空气正压所催逼，拼死也要追上黑暗，却被杂散电流击打得踉跄不堪。

五妄预感到了危险，便抛下澄子，独自离开驾驶室，躲进了后面相对安全的车厢。

十一、战场打扫者

失控列车的车厢中，照明熄灭了。机车又用惯性余力冲过几个站台，便沉沦进了再复被黑暗完全统治起来的地下王国。忽然，“哐当”

一声巨响，它撞上了什么，便停下来，或许到达了世界尽头？一些尸身被震得飞了起来，还没坠落便发生了解体。但车门居然自动打开了，一些伤者爬下去，拖着一段段残缺不全的躯干，号啕大哭着钻进了漫漫长夜。

五安也想逃离，却看到列车被一大片水流星似的泛滥亮光包围。满是毛边的光弧勾勒出了人类的幻象轮廓。不是火把，也不是灯具，是一些身体进化出了发光本领的人类。

这个部族全由女性组成。她们体形高大，脸庞、腋下和胸脯长满长毛，阴部却是毫发不生，肉唧唧、红乎乎地向外翻卷着突出。她们都文了身，脸面胀得通红，头上扎着高耸的双髻，鼻孔很大，手脚很大，额头也很大，拖曳着膨胀得发亮的胯部，在岩石间无比灵活地攀援和跳跃。她们呼啸着，吹着打孔石头做的笛。由于皮下化学物质的作用，她们通体发光，液体般透明的乳房，水晶一样璀璨，犹如两盏大灯笼。

在凄厉的笛声中，女人们骂骂咧咧地拥进车厢，用页岩般的大手麻利地翻检并搜寻着。五安早就听说，在隧道世界里，有一些女人是杰出的战场打扫者。

五安未能逃走，活着的男人都成了发光女人的俘虏。她们把他们带到一个新的站台。在那里，她们强奸了他们。

十二、德里达自治体

女人属于一个叫做德里达自治体的部族，五安所乘的列车撞上了女人们用作储藏室的一节废弃车厢。她们的主体营地是一个跨岛式站台，吊顶和龙骨还算基本完好，并与另一个更大的地下空间贯通。那是一处尚未坍塌的早期人防工程，玻璃钢箱体中储存有水和食物，甚至还有一个处于半运转状态的循环水泵，可以用来处理从高处渗漏下来的雨水。这使德里达自治体的文明程度保持在相对先进的位置。

女人们修复了一个车辆检修库，在里面饲养各种动物，包括穴鼠、岩蛇和昆虫。她们进行着奇异的实验，让动物们杂交，试图制造出超乎想像的后代。她们很热衷于做这工作。掳来的男人被强奸后，也与动物们关在一起。在这里，五妄还看到了龙之族、炎之族的残余成员。他们也被要求与老鼠交配，看能否产下新的物种。但这通常是失败的。然而女人们并不受此困扰，只是耐心而认真地做着事情，以满足她们对于生育哲学和进化政治学的探求渴望。五妄发现，她们所遵循的一套义理和程序，也都源于《读书》的教导。原来，这本书在隧道里到处都能找到。

看着女人们忙碌，五妄忽然想起了已被他淡忘的澄子。他觉得，作为同样灵异而有主张的女人，虽然被男人抛弃，澄子也是能够独立活下去的。

德里达自治体进化出了严密的组织结构。以族长为中心，形成了一个九人的“综合管理组”，其余女人则被分成了“饲养组”、“经营组”、“行动组”，等等。最下层的女人，纯粹作为光源而存在，三五成群地组合在一起，把身体固定在要害场合，负责提供照明。

站台已被德里达自治体悉心改造。女人显然是天生的化腐朽为神奇者，她们禀持着积极的审美心态，从最难去到的隧道中捡回了前人类的遗留物，重新布置，连广告牌碎块也被用来装饰环境。她们利用自动售票机残骸、搪瓷钢板破片和搅拌桩断头，在站台上搭建了一排排小屋，陈列并向自己人出售她们从地下商场废墟中捡回来的各种首饰。

五妄有一种昔日重来的感觉。如同隧道掘进机和老鼠，女人是怀旧动物。没有理由轻视她们。而男人则从与逝去时光相关的细节上，认识到了一种他从不曾思虑过的复合未来。不知澄子如果见到这一切，又会生发出什么样的感慨？五妄有些后悔，他没有早些去了解澄子的思想和意志。

女人们游嬉累了，炫耀乏了，便密密地躺了一地休息。她们粉色的喘息，如同柔顺的五指抚过隧道的坚固根部。这时，她们的孩子开始连踵出生，就像千姿百态的妖怪，从底部开裂的、八瓣莲花般的闪长岩中，一个个纵身跃出。

其中，是否也有五妄的孩子呢？

她们的风俗是：杀死男婴，保留女婴。五妄理解这是一种控制人口的策略。

十三、祭品

时间一长，女人们放松了对猎物的看管，允许男人在站台上自由活动。五妄有了独立出行的机会，他犹豫着是否要去找澄子。

但是，他却被这里全新的生活方式吸引，也耽迷于不劳而获的水及食物。他流连忘返于“首饰店铺”之间，看女人们购物、睡觉、争吵和生育。她们会持续不断地猎获更多的男人回来。性交过于频繁而导致人口增长太快的时候，她们便杀死一些人。

五妄注意到，站台东侧的一块空地被碳素钢丝和“工”字形钢条半封闭地围护了起来，那里长满了密密麻麻的灰绿色孢子状生物。有一次，他好奇地透过开口看去，见里面隆起一个砖砌体，基座上伫立着一个真人大小的黏土男人雕像。这人有着父亲一样威严的面容，但眉目间又有些像是女人，神态略带暧昧；他倚靠一个锈迹斑斑的十字形金属支撑物，右臂向前上方四十五度角举起，挥手若在指示方向，左手背在身后；他肚子很大，向前腆出，仿佛怀着身孕。这个隐秘处所由一个底层女人组成的六人小组终日提供不间断照明。

德里达自治体的女人都集中在同一时刻来月经。每到此时，上层成员便由族长率领，群拥向那男子的雕像，在他面前扭腰送胯表演集体的舞蹈。和着阴惨而肃穆的笛声，她们“嚓嚓”鸣叫，如同被斩断的蛇蜴，在地上卷缠翻动，最后纷纷扑上前去，抚摸并吮吸那名异性的胸脯，向他的脸上喷出香水。待到仪式快结束时，她们便向膜拜的偶像献上一张张人皮，那上面自然涂抹上了她们的新鲜经血。

一次，好奇的五妄偷偷来到雕像前，发现担当照明任务的女人好像都睡着了，对他的大驾光临视若无睹。五妄看到，粘土做的男人裸露着两条光溜溜的大腿，却没有生殖器——似乎被刻意割掉了。五妄感觉到，男子通体弥散出车长一世时代的某种味道，具有悦人的清香，也隐含绵长的恶臭。

基座上歪歪斜斜地刻有三个旧体方块字：

寂之神

寂之——神！五妄忽然从雕像身上看到了天堂的一道裂隙，打开了一瞬，又关闭了。他直觉到，这家伙与车长一世有着密切关联。如果他还活在世间，大概会深得澄子这类女人的喜爱。想到这个他不安已极，有些后悔抛弃了澄子，便又咬起手指。

基座下堆放着小山丘一样的人皮，都是从女人身上剥下来的，比它们一块块地凝结在原主的躯干上时还要和淳柔迷。但由于置放久了，又涂过经血，部分肤色就有些发黑，是那种被皮下固体或流质秽物长久接触感染后，所淤积而浮胀的单一之黑。

有一张人皮尤其明媚，五妄看着十分眼熟。

那是澄子的人皮。

眼泪夺眶而出。他抖颤着把它拾起来。它是整幅的，剥离的手法具有宗教仪式般的精准完美，从耳廓到脚趾，毫无遗漏，因此从手感方面来讲，五妄尚能触摸到澄子怦怦跳动的脉搏。

在澄子麻黄色的头皮上，原来眼睛的地方，裸露出两个漆黑的窟窿。五妄的女人曾通过这里出神地注视着霭霭火光映射之下，岩壁上翩翩起舞的人群。此刻，她却再也不是时空的囚徒了。

十四、引路者

五妄才明白自己其实离不开澄子。他于是悄悄跳下站台，向黑暗的隧道深处走去，为自己孤身一人的冒险深入而大为吃惊，不寒而栗。他意识到他所属的群体已经彻底地消失了。但这正是他此刻要做的。他找到了那列撞毁在“世界尽头”的机车。在驾驶室里，他摸来摸去，结果没有发现澄子。

地板上分布着一些生涩冰冷的东西，是动物已不新鲜的内脏。五妄拾起一块拳头大小的物质，搂紧了它，呆呆地坐在结满血痂的座椅上，做出一副倾听状。他觉得，这应该就是澄子的心脏。

他好像沉没在了深深大海的底部，四周万籁俱寂。时间和空间都不存在了。

不知过了多久，耳边又响起了熟悉的“呼呜—呼呜”，把他惊醒。是不知疲倦的隧道掘进机又兴冲冲地突进过来。五妄麻木地感知着，知道它这回是径直朝他接近。整个车厢都在震颤。五妄一动不动。忽然，机器差不多是从他身旁破壁而出，光焰四射。几节车厢被它掀到空中，撕裂成了碎片。五妄从车体中甩出，重重摔在地上，幸好只是受了轻伤。

隧道掘进机在把机车腰斩后，歇息了片刻，像是在思考新的目标。但它似乎有些累了，这回没有再钻入围岩，而是沿着已经成形的隧道，蠕动着前进。那方向正通往德里达自治体的基地。

五妄想了想，把心脏抱好，跟上了机器。那庞然大物逐渐加速，像被久违的女人气味吸引，癫痴地扑向站台，发出愤怒的龙吟。这时它开始发狂，风暴一样碾过，建筑物瞬间分崩离析，饲养的实验动物血肉横飞，岩壁上灰绿色的菌株一层层塌落下来。

女人听见动静，都跑了出来，却不害怕，只是兴奋地站成一排，迎向这奇异的来客，大跳悦人之舞，仿佛等来了“寂之神”的使者。掘进机见状，迟疑一下，稍作停顿，便用整副身躯朝她们当头压去，截齿与刀盘淫迷地转至极速。刹那间，闪射着红光的多毛肢体、脏器和血雨，连同《读书》的碎屑，纷纷扬扬飞上半空，又被机器收入了它身后的载碴拖车。掘进机大概是在试图模仿它早年间无意中目睹的人类强奸者角色，连五妄都感到了它孩子般的兴犹未已。

而女人们显然在这一刻达到了高潮。

掘进机在完事后，却不想停下不走，显然是并不屑耽于此番享受，而是要继续明晰自己的确定目标，却小心翼翼地避开“寂之神”的造像，粗鲁地吼叫着，重新挖开了一段围岩。掘进机是迄今为止最为务实的存在。

就在这时，五妄看到了鼠语者。老鼠拖着沉甸甸的身体，喘息着小步跑过他的身旁，越过德里达自治体全无人息的废墟，在熠熠生辉的掘进机后面亦步亦趋。五妄心念一动，抱着澄子的一颗心脏，连忙跟了上去。

掘进机、老鼠和人，形成了一种貌合神离的组合。五妄感到这里面有着智力的落差。他察觉到，老鼠与掘进机一刻不停地在进行交流，而他不能。鼠和机器同时向对方发射出电磁波，用一种人类所不掌握的语言，议论着一个形而上却又颇为现实可感的问题。

——掘进机，其实才是引路者吗？经过多年来孤寂而沉闷的探索，它好像终于发现了通往天堂之路。

很快，五妄便看到，更多的老鼠，从岩石和土壤中钻了出来，抖擞精神跟在鼠语者的身后，形成了旷世未见的壮观行军大队。每一只老鼠口中，都叼着一个火把。

五妄紧紧地跟上它们，感到老鼠的心脏好像就在自己的胸腔中跳动。

掘进机吼叫着突破岩层……不知道过了多少时辰，它停下了，身上的红色灯泡和橙色管线不再闪烁，似乎这一次再也没有力量前进，恰到好处地耗竭了长效原子能电瓶中的蓄藏，如轮之族一样，终于完成了世代的使命。

掘进机用生命余力打通的最后一段隧道，连接着一个位于软弱破碎带的空敞地厅，岩壁上分布着十几个隐约的人形凹穴，几处尚未脱落的界面上排列着复杂的仪器和开关，裸露出电缆线接头和阀门把手。接近吊顶的地方有一个带万年历的石英晶体母钟，连接着一套子钟驱动器，竟然仍在运行。那上面显示的年月日时，让五妄看了如坠雾里。

这个地方，大概便是早年间的主控制室。鼠语者也看呆了，但很快便心领神会，上前用前爪按下墙上的一排电钮，凹穴便朝外开启，围岩深处露出来一个个玻璃瓶，那里面蜷缩着古老的人类，都浸泡在温度极低的绿色液体里，去除了毛囊的脑袋上连结着电极。他们的新陈代谢已暂停了，再这样睡下去，就要与岩石融为一体了。

已能在小范围内利用自身生物能量控制电磁场的老鼠，凭借心灵感应力启动了一台前人预置的解码机，慢慢地唤醒了冬眠者。复活过来的十几个古人形体枯焦，从瓶中吃力地爬出来，仍然闭着眼，僵尸一般模样，亦不与解救他们的鼠类对话，便一跳一跳地，受着程序驱动一般，熟门熟路地走进了地厅另端的一孔导洞。

导洞连接着更多的隐秘隧道，是生活在地窟中的生命体从未抵达之处。何去何从，寻常人难以抉择。但僵尸人却有着辨识迷宫的本领，好像是受命于体内的“回家”召唤，无不从容而行。

老鼠越聚越多，悉数屏住呼吸奋力爬动。千万只老鼠发出了巨大而一致的声响，由于共振的关系，后方的隧道在它们过去后，便轰然坍塌，阻绝了回路。

前方的隧道中首次出现了坡度。澄子的心脏，在五妄手中挣跳了一下。

十五、人鼠之战

地形越来越陡峭，也变得规则，可能是台阶，地面则凌乱地散布着销钉和网线。五妄甚至看到了一段接近完整却已停驶的自动扶梯，通向险峻的高台。传说站台之上还有地厅。经年习惯的二维布局被打破了。僵尸人脸上露出了近似得意的诡笑，双腿并在一起往上蹦跳。老鼠身贴身挤成一股股洪水向上涌涨，很快就一泻而尽，只留下一堆堆在踩踏中当场死亡的鼠尸。

刹那间便什么都走空了，忽如其来的死一样的寂谧让人格外害怕。五妄意识到，或许就要接近真相了。他迟疑了一下，也准备循着扶梯往上爬，这时又看到鼠语者，像老人一样屈身坐在扶梯中部的鼠尸堆中，红腥腥的身旁燃着一支火把。五妄期待地迎上前去，鼠语者却正色对他说：

“你——不能——跟着。”

“那上面，便是天堂么？”

“我——想——是的。”

“我，可以跟着你们去看一看吗？”

“不——行。”

“为什么你们能去，我不能去？”

“那世界——不属于——人类。”

澄子的心脏这时忽然狂跳不止。五妄要紧紧捏住，它才不会挣脱逃掉。澄子是要急着上去么？这女人即便成了怨鬼，也一定要打消心底的不信与疑虑，找到那个终极的答案吧。

“不管属于谁，我都想上去看看，在下面呆着，可不是一般的苦哇！”

五妄近乎咆哮起来，像是在替澄子鸣冤。老鼠无法再做谦谦君子，复原了兽的本相，眼冒凶光，朝五妄扑过来。它的神情中充满对人类的不屑。这是它长久以来借助黏土层的掩饰而压抑着的真情实感。人类只是它为了完成进化而加以利用的工具。五妄明白了这个，满怀嫉妒和怨恨。

鼠语者是鼠类的引路者，而鼠类将是人类的顶替者。类似于澄子之死这样的结局，便是由这个意外嫁接在时间断茬上的分岔历史来决定的吧？

老鼠滞重的身躯压向五妄，把他推了个跟头。但他马上就一翻身爬了起来，看见对手正龇出獠牙。鼠语者跃在半空中，一口咬下来。五妄本能地伸出胳膊去迎，整个上臂完全塞入了它的嘴里。一排鼠齿扎入皮肉，鲜血涌流。这时，五妄深陷的五根手指已经痉挛失控，澄子迫不及待的心脏就从掌中溜走了，“咕噜”一声径直掉进了老鼠的咽喉。

鼠语者“哦”了一声，神态大变，两颊绽出青紫。它的呼吸逐渐困难，两只前爪猛挠胸口，嘴巴便把五妄松开了。老鼠的身子往后缓缓跌去。这时五妄才发现它其实也是营养不良的，它的身躯像人类一样浮肿发黄。老鼠对这样的结局显得有些吃惊，但它的表情慢慢就变成了自卑的模样。它抿紧嘴唇，苦笑着倒在了火把旁。

毕竟是老鼠。从前，它们也许是人类驯化的，甚至可能就是从德里达自治体的某个实验室中跑出来的吧，而其祖辈或许也曾与五妄族谱上的某位先人，进行过类似于开创性的基因交换。

然而，此时被澄子最后一次挽救了生命的五妄，心中却满是被抛弃的遗恨。他两手空空，大哭一场。澄子的心脏，淤塞在死鼠的气管深处。它在短时间里便被动物腥臭的气息污染了。他还能带着它去到天堂吗？

十六、上面

最后，五妄放弃了把老鼠剥开、取回澄子心脏的想法。他强忍住呕吐、昏睡和自杀的欲望，吮吸着带有澄子和老鼠肉体余味的手指，一个人继续上行，要去看个究竟。所有的老鼠早已不见了，但道路依稀还在，已快被鼠类的排泄物堵塞。五妄不得不爬行。

逐渐地，他嗅到了新鲜泥土的气息。随后，他又一次感受到了光线的压力，这却与火把、隧道灯光及人体泛光大不相同。它的冲击力是穿透而空前的。

在出口处，躺着几具仅剩骨架的僵尸人。他们是被老鼠咬死吃掉的。他们短暂的引路使命终结了。这便是从那个不知名的时代，人类中的先知先觉者苟延残喘到如今，所要执行的惟一任务吗？五妄庆幸自己及早放弃了引路者的身份。

沿着老鼠走过的路径，五妄跌跌撞撞地升入了“天堂”。他觉得并不是自己要上来，而是被一股看不见的力量操纵而至。这事早已决定了。呼吸惯了地下过浓的二氧化碳，这里的第一口空气几乎使他窒息。他睁大模糊不清的眼睛看去。

平行地搁放在隧道世界之上的这个世界，空旷而明亮。再没有围岩的重重限制，一望无际的原野朝着没有边界的方向，三百六十度地无拘奔去。抬头观望，不见有压抑的混凝土顶板，柔软的虚空中涌动着白色和黑色的浆液状软体，一群群光点间杂其中，飘来荡去。毫无依托便从四面八方投射来的橙色光芒，呈极端的整体性状，与地底的黑暗恰为对照，使任何生命都无法凭一己之力摆脱。

过了很久，五妄才适应了一些。他隐约看见，接近地平线之处，高耸着许多钢架一般的复繁结构，上面像蜂窝一样缀着一串串赤黑的巨型合金球体，球体周遭不时被暗绿的电荷光环绕，这些丝状的火焰又沿着钢架流下，注入地面上隆起的一个个有着光洁外壳的穹形堡垒。

实际上，有几千处钢架结构，彼此独立，突入高空。它们之间又由延伸出来的管状桥梁相连，好像是地下的隧道被剥离下来，重新拼接后置放在了空中。坚硬而透明的管道中奔驰着彩色的条状单体，使五妄想起行驶在地底的列车——有时它们也会钻出管道，在气流中穿梭翱翔的吧？

五妄仿佛看清了真实世界的一切，却又什么也没有看见。他比在黑暗的隧道中还要不明白。

而在接近五妄所在的隧道出口的地方，却是一片废墟，是地下世界里也能见到的混凝土残垣。这使五妄感到一丝宽慰，却又不解。但五妄没有发现任何类似于钢轨的存在物。天堂怎么是这样的呢？

在这一带，有一些矮矬的身影在晃动。那是刚刚摆脱了旧命运的老鼠。它们已顾不上理会五妄。在崩坏的砖墙下，一些怀孕的母鼠已经安家落户，睁着亮晶晶的眼睛，卧伏着一动不动。另一些成年公鼠却耐不住了，成群结队，朝着远方的钢架结构和球状物嗖嗖跑去。

天堂，大概真的不属于人类，但它是为鼠类回归而预留的吗？后者大概才是早年间从天堂里被逐出的纯正子民吧。

五妄内心交战着：是留下来，还是返回去？

十七、异族

然而，关于天堂不属于人类的假想，很快就被证明可能是一个谬误。

五妄身边刹那间围上了十几个人，仿佛是骤然从一个虚无世界里空降下来的。不用仔细看，就知道是另一种人类，不同于五妄和澄子，不同于隧道世界里的任何一部居民。他们的身躯要高大壮实许多，貌若天神，都把自己包裹在一尘不染的精美白色服饰里，局部裸露出来的皮肤闪着金色光芒，瑰丽迷人，气质当然也迥异，是一律的高贵。五官的分布格局，以及头发的状相，亦与生活在地下的人们不同。他们手里都拿着奇怪的、上面印着五妄看不明白的扭曲文字的细颈玻璃瓶，好像是出于一种习惯，他们不时地喝上一两口瓶里盛着的黑红色液体。

"这里是天堂吗？你们属于什么部族？"

五妄十分紧张，硬着头皮问。反倒是那些人一下子怔住了。由于长久在地下生活，五妄的外表一定变异得十分可憎。

"你们，不是早已灭绝了吗？！"

过了半天，他们中的一个才好像反应过来，用五妄听不懂的语言，发出一声困惑的低沉嘶鸣。很快，又来了一帮人，试图与五妄对话，却发现已难以达成沟通。不过，他们还是迅速确定了五妄的身份。

"真是不可思议啊，在这个世界上，他们竟然幸存了下来！生命力可真够顽强啊！"

"是啊，若不是亲眼所见，的确很难想像！但他们究竟生活在什么地方呢？在这个世界上，还有什么地方能为他们提供生存空间呢？"

看上去，大家十分震惊，个别思维活跃的人也许在想，是否应该考虑建立"活化石保护区"，还是……

"你们到底是什么部族？啊？"五妄绝望地嗥叫，"你们是生活在上一个世界也就是传说中的天堂里的人类吗？快说话呀，连老鼠也与我交谈的！"

但“天堂人”始终只是略带尴尬地浅笑着，却不回答地窟人的任何提问，似乎他们之间已没有对话的必要及可能，也仿佛五妄使用的语言在这里早已一无是用。

他们用猎奇的目光，从头到脚一遍遍地打量五妄，偶尔，某个人会小心翼翼地伸出一把镊子，轻轻拨弄一下他的眼睑、鼻孔和生殖器。五妄赤身裸体，脏兮兮的，跟一只剥光的老鼠没什么两样。他羞怯着不敢看“天堂人”，像感到寒冷似的不停筛抖。他觉得自己正在萎缩，变得越来越小，快要从世界上消失了。然后，又有人举起手中的水瓶，把黏乎乎、黑油油的液体慢慢浇到五妄的头上。水顺着脸颊流过了嘴角，五妄咂到一股恶心、滑腻而腥甜的味道，心中的某种欲望被激发了出来。这时“天堂人”的笑容都变得淫邪了。

五妄忽然醒悟到，围观他的人并不是异族，而他本人，其实才是异族。他便惭愧地低下头，又一次吃起手指来。

十八、深窟

忽然，五妄战栗得更厉害了。他看到，他和“天堂人”的前后左右，不知什么时候，围上了一圈老鼠。然后，是第二圈、第三圈……

很快，就数不清有多少个同心圆了。亿万只老鼠，铁锢一样紧紧地包围了众人，排山倒海的磨牙声使天空中颠沛的几何图形也倾斜着摇曳了。脚下的岩石圈里则发生了一连串低烈度地震。

打头的，是新一代鼠语者，又开始说话了。不是地窟人的语言，也不是“天堂人”的语言。它带领群鼠大喊：

“克——里——兹！”

“克——里——兹！”

“克——里——兹！”

这时，天空中闪起了花花绿绿的放射状电弧，如同混凝土衬砌上产生的千万道裂缝。明亮的光线骤然消失了。混沌如浓雾的黑暗一股接一股地互相冲撞，发出大型金属构件粉碎解体的巨响，崩溃后的垃圾渣子又经过拆分组合，最后纠集成亮熠熠的幽灵般浆液大军，无足无手、无首无尾地蹈空默然滑移，让人顿觉卑小，乃至浑身冷透。

天幕的后面，有一种“呼呜—呼呜”的声音在穿行，与隧道掘进机的嚣叫如出一辙。几万公里长的一道蓝绿色光炬如巨龙飞翔，它由数不清的、尖细的十字形微观火苗构成。闪光一旦接触地面，便有岩浆受激喷出。这是货真价实的地火。

忽然，澄子的心脏，被这火流“啪”地抛射出来，翻着连串的筋斗，一声不吭就跌入了宇宙的窟底。

光影之下，刹那间，五妄隐约看见了更辽远的世界，无数的世界——那些他此生无法搭乘的、在时空内径中飞驰的银河列车，正一列套着一列，在真正无际而绝冷的黑暗中赶路。

废墟

一、遗址公园

公会把十六岁的雾水派遣到遗址公园，自有它的考虑。它还为雾水配备了一名异性伴侣，叫做露珠。公会让两个年轻人搭乘托管基金会的银河列车（太阳系支线），前往地球。车里还有别的乘客，一色儿的老人。原来，去遗址公园观光，是要讲究论资排辈的。但为什么公会这回要把雾水和露珠这两个孩子派出来呢？这就好像人类的阵列中混入了虫子。他们颇不自在，尤其雾水，一路上被自卑无聊感所袭。老人们竟还取笑他们，乃至对他们性骚扰。列车到站的一刻，雾水尿了裤子。

"真的到了吗？"他睁大夜色一样寒沏而虚空的眼睛问。

"是的，到了！"

露珠紧紧攥住雾水的手，那模样儿像是在竭力微笑，男孩却全身发抖，不停睇视老人——他们却都已换上狡妒面容，城府深深的样子。

"别那样啊，大方一点吧。"露珠怜爱而残忍地瞪了雾水一眼，那神情像是姐姐，而其实她比他要小两岁。

在大陆上，遗址公园被“幸存世界”——也就是异族的世界——团团包围。如今，异族成了地球的统治者。公园入口处已聚集了大批的、从各个小行星搭乘银河列车赶来的少数族裔的老人们。他们称自己为“难民”，平时，为抢占对方的星球而殴杀，现在，以游客的身份会合于此，来瞻仰其先辈居住过的城市的废墟。多么的奢侈……大家有着同样的血缘，他们是嫡传的后裔，但他们的公会已经分裂了。他们在太阳系中，一小股一小股地，流窜于荒僻的太空中，栖身在小行星上，因为大行星都是异族的殖民地；他们有的人多一些，有的人少一些，除了打斗，无所事事……但这也不能说有什么不好。因为他们本该熟悉的一切都没有了，五百年前那个梦游般的时代，早过去了，多少的耀目晶光，都黯淡消退了。

雾水和露珠这两个后生，是公会中的一些老人打败另一些老人，夺得领导位置后，遴选出来的观光客代表。这很奇怪，因为乘坐银河列车的机会，此前并不给予年轻人。此时，两个孩子看到，老人们一边在公园门口等待参观，一边风一样扯动身体，哇哇怪叫，跳脚玩起了“龙与天堂”的集体游戏。他们的长相像儿童一样，总是行动一致，腰肋间斜挂的矿石小斧头和袋囊里盛装的生铁大钉子在哗哗作响。这是大家待在小行星上时用于打斗的凶器，却也是俏丽的娱乐玩具。雾水想，当一名老人真有意思啊。做起游戏来威风八面、童贞毕呈哪。露珠则神色凝重，仿佛一路上都在默想心事。在防护服里面，两个孩子只于贴身处穿着由老人们指定的“回家”装束：雾水是一套陈旧的明黄色紧身连裤服（集便器已坏，下身已被遗出的尿液染成了褐色），露珠则着破烂的鲜红色比基尼泳装。不知道以前是谁穿过的，怎么保留下来的，上面沥沥血渍。也不知道为什么，老人要让他们穿了这样怪模怪样的制服式内衣前往地球故地。两人觉得自己像戏中的角色……

据说，这已是太阳系第三行星的夏季了。却分外寒冽，满天阴霾，一刻不停地下着蓝色的暴雪。

这时传来了咔嗒咔嗒的声音，体型高大、臂戴红袖标的导游们，前后摆手，列队正步走来，是一群身穿草绿色袋状防寒服的马面人——异族托管基金会的雇员。他们本也是地球上的新兴部族，属于后发的基因变异生物群落，现在受着异族的统治。马面人发出一种鲸鱼般的低频音，咴咴叫着为游客们分了组。雾水和露珠这一组有三十多人。老人们见有男孩女孩呆在组里，互相传递起了诡秘而猥亵的眼色，只是当着马面人不好做什么，便屏住呼吸，拼命把口水咕嘟咽回肚里。马面人交代注意事项："不许拍照，不许离队，不许录音，不许交配……"他们乘上电瓶车，往公园里驶去。

园区内，彤云如盖，长雾若戟，暴雪瀑布般降落。老人们瑟缩着，好像回到了太空，堕入大海般深渊，波谲云诡，强敌环伺，无以脱逃，却心中窃喜——不是所有人都能来的哦，一生中只有一次机会哦。但他们不是"难民"吗？……冰冻的地面上，亿万只奇形虫子在攒动，它们已进化得适应了这里的气候。暴雪深处，有青色的电光往复。除了巨型的食冰蝙蝠和蛾子，就是一群群被唤做"凤凰"的球形金属物，在半空中幽灵般穿梭翩飞，扑溅出猩红的火花，噼啪作响，是托管基金会的监视机器人。绵延的城市残垣，由于低温的缘故，并在托管基金会的维护下，而被保存了下来，由高压钠灯映照得灿灿发亮。冰雪覆盖的、钢筋混凝土的高楼大厦，虽已缺损不堪，却仍磅礴威严，更添了几分骇惧。宽阔如江河的通衢大道，覆船般散落一地的汽车残骸，粉身碎骨的各种犹如鲸鱼化石的机器构件，像一本沧桑古书中的文字，向他们裸示出来，却完全无法读懂。雾水心忖，再了不起的世界，不过五百年，不，只是一夜间，就面目全非了……

老人们伸长脖子，要看五百年前先辈们的聚居生活之地。这是这一族发源的故土，第一次返乡的他们啧啧称奇。想要留影的，就往马面人的手里偷偷塞入礼物——用小行星上的矿物制作的粗糙工艺品什么的。马面人有时也会停下，组织大家走下电瓶车，近距离赏景。这才看到一些废墟前已由托管基金会设立标志牌，写明该建筑物“存活”时的用途：这是会堂，那是银行；这是酒楼，那是牢房；这是丰碑，那是刑场……

老人们见所未见，闻所未闻，俱按捺不住，双目放光，手舞足蹈，用充血的手儿齐齐挥动矿石小斧头，袋囊中的大铁钉喳喳作响，嘴里发出“嚯、嚯”的吼声。又有大型商场，已被暴雪压塌，但朽骨货架上的千万种物具，仍标本一般琳琅满目。这丰盈的物质财富如同在火山灰中完整保存下来的艺术珍品。

雾水嗟叹不已，不禁对未曾谋面的先辈感到好奇和敬畏，就是这些人，曾经在这块土地上创造了后人无法理喻和触摸的“奇迹”。但不知为何，一夜间就统统完蛋了，地球上再无这个部族的立锥之地，只剩下这一小撮勉强称做后裔的生物，尚在太空中苟延残喘……看样子，屠城般的灭顶之灾是瞬间降临的，一切才都照相般刻塑了下来。然而，缺少了什么呢？哦，少了人。曾经昆虫一样繁衍的先辈，均形骸消散，无影无踪，连遗骨都不见一根。也许，托管基金会的有机物分解工在事后作过现场清理，故意不让访客们看到吧，以免吓坏了他们……老人们做作地一同撇嘴，扮起鬼脸，雾水和露珠却在隐忍的尴尬中，渴望一睹先辈的真容。他们是忘年的同族。从太空回返地球的年轻流浪者，满怀对死亡历史的亲近之心。

但这就是他们来这里的目的吗？

观光者被引领到一处开阔地，崎岖的废墟崇山峻岭般环峙，人们却如若陷入深凹的海盆。马面人说："这儿，曾有一个辽阔的广场，是当年你们部族的公会举行游行和表演之地，那场面蔚为壮观……现在，灰飞烟灭——就像是戏剧谢幕了。"忽然，马面人舞蹈似的摇摆着，扭起了小丑般的肥硕身躯，从肠子中吱吱作笑，仿佛在刻意展示手握的那点儿小小权力。

此刻，无人的广场上，厚积的冰雪中，长满了火焰状的白色的人工灌木林，似是托管基金会在灾变后为改善环境，用营养液培植的，冷冷地缓慢燃烧。林子间散落着千百个巨型金属五角星，用途不明，好像是五百年前那场毁灭烙印下的一簇投影。

老人们皆不知游行表演是什么意思。而那时的公会，该是多么的壮大呢？不过他们也没有心思去弄清这些，这时已有些厌了，只想着早点儿看完离开。他们感觉，消灭掉先辈的死神还在附近游荡。他们能存活至今，多亏了托管基金会的接济呀，历史和文化的知识，仅由异族掌握和解释。作为"难民"，平时懒得操心，这番来看一看，也全是听从安排……不知是为了安慰还是羞辱这群人，马面人又告诉他们，仅仅在这座城市里，当年就生活着两千万居民，而他们的先辈曾建了不少这样的城市……

嘀，是真的吗？游客们皆啵啵摇头，装出向往、无奈而诧异的状貌，又壮胆似的，纷纷把小斧头和大铁钉挥扬了起来。现在，他们这个部族分布在火星与木星之间的小行星带上，整个加在一起，只有约三万人，而且因为培育后代的困难，人口还在减少。但游客们谁也没有提出那个问题：先辈们是如何灭亡的？是什么导致了这个结局？为什么异族却安然无恙，并成为了世界的统治者？是的，没有人问。他们并不真的感兴趣。忙着留影的老人心里想的只是，回去后就可以炫耀了：瞧，我来过了！我看到了！异族给了我机会了！我沾了祖先的神气了！你们今后都得老老实实听我的话啊！让你们往哪座山崖上攀你们就给我乖乖往上面攀吧！让你们往哪颗星星上跳你们就给我乖乖地往那里跳吧！要你们跳到死你们就跳到死哇！……

雾水忽然觉得，异族建立遗址公园，并成立托管基金会来管理，不但不把流离失所的少数族裔赶尽杀绝，还安排他们回来参观，不正是一番恩赐么？他这样想，也是为了让自己能镇定一些。“这是一个平等、宽容而仁慈的世界，一个充满了爱的世界。”他努力做出老人的样子，把含含糊糊、自己也不懂得的话语，装腔作势地传送到露珠的头盔里。

二、“情死”

很快，首轮观光结束了，根据托管基金会的安排，他们还要集体乘坐火车北上，去千里之外，游览先辈的另一座城池，那亦是遗址公园的一部分。公园是极大的，据说在雪霁的日子，从空中鸟瞰，横贯了这片大陆。而在北方的遗址，将展现更悠古的历史，更煦烂的文化……眼花耳聋的观光者们，就像蛆虫一样，蜿蜒爬行在死亡的躯体上，体味它腐烂的无尽美妙。

“更悠古的历史！更煦烂的文化！啊，哈！”队列中，忽然，一个老人暴笑不迭，流下口涎，又号啕大哭。他像棵蚀空的枯树，双手高举，娉婷舞动，仿佛要拥抱什么。“我要看死人呀！我要看死人呀！”他奶声呼唤，开始攻击游伴，旋即被别的老人团团围住，用小斧头把大铁钉打进脑门，当场击毙。

哦，真精彩呀。雾水也感到热血沸腾，却又害怕，露珠就拉他躲在一边，把他搂在怀里。随后，老人们兴冲冲来到车站，去搭乘高速火车。据说，在托管基金会的主持下，恢复了五百年前的铁路系统，好给旅行打上怀旧色彩。异族是些好事之人，他们总是劲头十足，考虑问题也非常周到。雾水和露珠初次见到闪着阴冷幽光的长长铁轨，觉得它是从自己心中长出来的、苍苍古藤般的星系旋臂。

两人跟随刚刚杀死了同伴的、浑身血迹斑斑的老人，列队上车，再排排坐下。车厢里有岩画般的大片涂鸦，色调秾丽，仿佛是先辈们的征战图。老人们挤眉弄眼，嗤嗤窃笑，就像终于窥得了隐私，拥有了更多的个人资本。可惜他们没有生在当年，没有赶上好时光。但也无所谓了，最终不都是活上几十年，就两腿一翘死掉么，而且，他们这一小撮，不是已逃脱了灭亡掉先辈们的那场灾难么，如今在异族的照顾下活得好好的，不错啦……

火车半天也不开。乘客们不敢吱声，亦不敢稍动。他们想，自己要是牛马该多好，就可以名正言顺地为异族效劳啦，于是都绷住笑容，缩起下巴。又过了一会儿，马面人上车来，已换作了列车员的身份，这回是公开索要贿品。“要加收路轨税，弥补文物保护方面的支出，否则火车就不开！”他们例行公事地放声唱道。老人们都颤颤巍巍掏起了口袋。一个马面人走到雾水和露珠跟前，嬉皮笑脸地问：“是情侣战队吗？”露珠像一束枯死植物那样盯住他，亦不回答。马面人就伸出乌黑腥秽的爪子，在她胸脯上狠狠摸了一把。边上坐着的雾水始终蜷身缩脖，哆嗦着不敢抬头。

列车终于哐哧哐哧开动了。露珠对雾水说：“咱们走啊。”两人刚刚站起，雾水又颓丧坐下，说：“不，我害怕。”他周身打抖，又要尿裤子了。露珠一把拉住雾水，拖拽他来到车厢交合部的窗口前——外面正是无际的黑暗、燃烧的暴雪和起伏的废墟，像是咆哮中永不平息的大海。这时，露珠从怀中掏出自己的小斧头，砸向车窗玻璃。砰砰砰！马面人闻声奔来。露珠回头嫣然一笑，抱紧雾水，从砸开的豁口处跳车了。

他们径直跳下去了！刚刚出发的列车急刹车停住。一群马面人气急败坏地冲下车，见到两名青春年少的外星游客，他们倩巧的躯体，已在蓝莹莹的雪地上，摔得血肉模糊了。老人们纷纷凑到车窗边，兴趣盎然地打量惨不忍睹的尸首，一边听马面人梦呓般地悻悻议论：

“这两个小东西还以为是在小行星上吗？还以为可以从一颗轻松跳到另一颗上吗？吱、吱！”

“蠢货啊，他们总是那样滑稽万状地跳跃，猴子一样在岩石上攀来攀去，这就是这个部族如今最大的乐趣了。连参观遗址公园也不能提升他们的基础审美水平么？不过，他们终于在自己的故土上一跳跳死了！嘻、嘻！”

“看样子，好像是传说中的情死哟。这正是伟大的地球重力的作用，不是吗？他们甚至都不记得重力是怎么一回事了。也难怪，他们的英雄、装备和规则早已毁灭，一切归零了……哇哈哈！”

于是，马面人用函数通讯器，向托管基金会作了报告，把雾水和露珠从一个人口名单上勾除。这个部族所有幸存后代的身份都是详细记录在案的，保存在托管基金会的概率计算机里面。他们的一举一动，从生到死，都受着严密的监控。

三、重生

但是，雾水和露珠，只是暂时抛弃了肉身，这是一个迷惑对方的假象。公会在雾水和露珠的胰脏中，安装了两台全息分子拷贝机——老人们从一列失事的银河列车上偷偷拆卸下来的，用来提取人体内的生物信息。听上去，这几乎不可能做到。但是，好像，部族中的确还拥有一些本该仅属于他们先辈的技术记忆！这也许正是公会最后的秘密和砝码，被暗暗地雪藏了下来，只有少数老人知道。这就构成了冒险派遣年轻人的基础吧。所以，事情或许并不像表面上那么简单。

拷贝机用自我复制的手段，把自己组装、放大并展开，滚动着用两个孩子骨头制成的轮子，爬行到一座倒塌的发电站中，伸出一组机械臂开始工作，经过一番忙碌，用坚冰制造出了一个临时生态巢。然后，要在一个月内，用人工肌肉和电子神经，培育出雾水和露珠的替代形体——拥有正常人类应具备的构造和官能——并通过重新编码，为他们注入有机意识。原来，公会的老人们派遣雾水和露珠来到地球，本是要履行一项特别使命……

两个年轻人的替代形体制造出来后，就隐匿在发电站的废墟里，在拷贝机的帮助下，迅速成长。雾水每天都要把身体与露珠对接，贪婪地从她那里吸取能量。看上去，他们像两只交配中的蟾蜍。他们冒着危险，在先辈们曾经生活过的土地上做这种事情。雾水触碰到露珠新生的、滑润而弹性的器官，心肺一阵火辣辣，皮下正在分化合成的肌肉细胞器中，泛出了陌生而异样的冲动……

原来，露珠是一个移动式能源补给装置。为了完成任务，她必须紧随雾水，寸步不离，为他提供即时服务。雾水觉得，自己与露珠已难拆难分。他把她抱紧，身体插入她的身体，脑袋钻进她的怀里，闭上眼睛，欧欧地叫……

在这转瞬即逝的成长过程中，他们也时常看到“凤凰”在雪国上空翱翔，好像是忙于为重建繁荣而授粉的蝴蝶。但两位年轻人不再拥有传统的人类躯体，他们的存在亦已从托管基金会的名单上划去，仿佛可以瞒天过海了。异族的监视机器人仅凭光电眼睛，是无法辨识的。这冷寂的星球上，在过去五百年里，由于不再有你死我活的生存竞争，这些机器人丧失了进化的欲望，早已陈旧落伍。卑贱的外星访客竟然如此轻易地骗过了世界的统治者，这真是神奇。但他们却没有意识到其中的不妥。

一个月后，两人可以独立行动时，就离开了发电站。这回，作为新人，他们不需要再穿笨重的防护服，而仅着紧身连裤服和比基尼泳衣，终于显现了少男少女原本的健美体形和俊俏容貌，好像这副模样就是通行证，显示出他们确是那个部族的正宗后裔，就连太空中的经年流浪，也没有改变他们的生物遗传特征，如今正可以被这片故土受纳了。他们才似乎拥有了一丝隐约的骄傲心情。

顶着暴雪，两人亲密地携手而行，好像一对真正的情侣，踏青游嬉一样，重新迈入凄楚凉枯的死城，好奇而怯然地睁大眼睛。良辰美景早在五百年前就落花流水散去了——按照拷贝机的设定，男孩的时间感更强一些，而女孩则被制作成了需要密切监控现实环境的类型，此刻正警觉地四处张望。结果，看到了老鼠——其实不是老鼠，而是类似老鼠的后灾难哺乳动物。体量有半人大，浑身长满御寒的棕色长毛，能直立行走。与导游或列车员那样的马面人不一样，它们虽在全新环境的压力下也历经了变异，正向进化树的上端演化，但还没有产生出能与人类媲美的智慧，也尚未形成统一的部族和公会组织。但这正是这变异世界里暗中勃长的生命。千万头鼠状生物把人类的废墟据作了自己的家园，匿身其间，正在整齐地进食，发出排山倒海的声音：

“克——里——兹！”

“克——里——兹！”

“克——里——兹！”

鼠辈们血淋淋地噬吃的，是从那场灾难中幸存下来的小动物，大概，是家猫或宠物狗的后代吧。进食者看见有陌生的直立人出现，就笑嘻嘻地群聚上来，瞪起晶晶亮的小眼睛，龇出长长的沾满残肉的獠牙，流着滔滔的口水，贪婪地围观他们。那副样子竟像是耄耋老人。见情况瞬间有变，露珠嗷地啸了一声，挺身站到雾水身前，舒胸展臂，勇敢地护卫住男孩。露珠镇定而决毅，努嘴嘘声叫唤，发出定向的次声波，要把黑压压的鼠群驱退。它们真的后撤了。大约是自城市崩溃以来，还从未见过这样无畏的人类吧。露珠拉着雾水趁机赶紧离开。

这时，却仍像是在游历，只是没了马面人来做导游。虽然遇险，恍惚中却有获得重生的自由感，也具备了另样视角，可以独立观察先辈们曾经生活过的世界。只是脚下的重力仍令他们不习惯，但只能一路前去，没有回头路。

四、答案

他们形如野鬼孤魂，游走在不知名的先辈们留下的、偌大而阴晦的城池里，潜行在没有了人类气息的混凝土建筑及灌木丛的无际森林之中。除了他们的脚步声，除了风雪中“凤凰”的飞行声，除了四面八方泛涨起来的鼠状生物噬食声，没有别的动静。偶尔会遇到两三个牛首形机器人，过路的魍魉一样，周身长满红锈，窍孔中溢淌着白色黏液，迈动四只颤巍巍的多关节长腿，披挂了紫色的雾霜，携着钢盾和铜锤，如山岳般在废墟间缓慢游弋。它们似乎是被遗弃的另一个部族，没有用场了。这些旧式而笨重的金属怪物，神情忧伤，对雾水和露珠视若无睹，不闻不问。

两人手牵手，深一脚浅一脚踏过及膝的积雪，穿越沉寂的大街，来到一条古河道边。这儿早没有了水，仅余干涸河床，冰谷中长出了稀疏的地衣和苔藓，上方横陈着数座坍塌的桥梁。又有支离破碎的港口，冻陷住了大小船舶，龙骨节节折断，锈蚀的甲板上爬满黑色的藤状植物。雾水想，这些踌躇满志的船儿当年要驶向何方呢？昔日高耸入云的钢铁塔吊，都腰斩而仆伏了。

年轻人的特设记忆系统告诉他们，河的对岸有托管基金会最早开放的一处观光区，但后来关闭了，原因不明。一种传说是，早期的游客在这里无意间发现了一些奇异物件。但那是什么呢？根据任务的安排，雾水和露珠要去看一看。他们先是在大堤上无言地坐了一阵，其实心中已滋生出了暗暗的欢喜——因为，就快要接近先辈们的秘密了；但同时，又深怀惆怅……然后，他们攀爬下河床，艰难跋涉到彼岸。

眼前出现了一座庞大的立方体建筑，阴风萧萧，声如涛涌，周遭耸擢起了垃圾的山峦，凌乱的堆积物无非是——废弃的风洞，关闭的反应堆，失效的碟形天线，残断的金属网，破碎的合成材料，还有朽蚀的大面积圆柱体群落。他们以为这是一座造船厂，但似乎又非真正的厂房。那一艘艘尚未完工的万吨轮的船体，仅仅是作掩护用的假目标，遮蔽着真实意图。

"为了逃过那场灾难，先辈们大概暗中发明了一些神奇的科技吧。也许，传说中的秘密就埋藏在这里？"如若思索的表情，浮上了露珠姣好却憔悴的面容。

"不管他们做过什么，一切都结束了……我们大概不会有什么特别的发现的。"雾水又对未来悲观起来，在意志力方面，他委实不如女孩。

"但如果我们就此放弃，便只能世世代代生活在小行星上了，仅有侥幸在打架中活下来的，才能成长为老人。雾水啊，你很想做老人吗？"

"可我甚至无法理解你呢，露珠。你的想法像做梦！我们不正是老人派遣出来的吗？我们甚至不知道能不能从这儿活着回去。这里真的是我们的故园吗？可一切都很陌生。做什么都无非是企图苟活下去吧。不要想得太多了！做老人不也很不错吗？反正是活着，活一遍，活两遍，活十遍百遍，都没有区别，死了也没有区别，不过是重新开始一场梦游！……也许我们今后也可以把年轻人派到公园来执行任务——我有些讨厌这个任务了。"

雾水难以自抑，说出这些怪谲的话语来，眼睛变得像朱砂，身体因为刻骨的恶寒而落叶般呜呜作响。露珠迷惘地打量了伙伴一眼。她苦恼地想，不，不是这样的。但她也说不清楚究竟是怎样的。如果她和他再年长几岁，会否好些呢？她缩了缩身子，像是要抗拒围聚过来的蓝色黑暗——它们像无数忧伤的眼睛，似乎要把她压碎。

他们，在小行星上简陋的暖房中出生、长大。他们，不知道谁是自己的父母。从小就有老人告诉他们，这个部族是有来历的，在地球上，他们曾经拥有势力最大的公会。先辈们建立了自己的公司和账号，拥有独立的世界观和宇宙论，制定了特色鲜明的、仅有他们才深谙的作业规程和交易模式，经过长年不懈的努力，终于一统河山。日月经天，百世绵延，代有英贤，子孙亿众，万邦艳羡……在与异族的大大小小的战斗中，完成着光荣的首杀。露珠一听，就好像懂得了这些，但雾水听烦了它们。他觉得，这些都只是传说。越是这么讲，就越是不可捉摸，越是不可信。谁知道实际情况是怎样的呢？也许完全是两回事吧。

现在，他们被选中，作为公会派遣的观光代表，来到了这个传说中的地界，实际上是执行一项由少数老人安排好的重大而特别的任务，亦即来探究那个云遮雾绕的谜题：先辈们究竟是由于什么原因而灭亡的？为了达到这个目的，就需要避开托管基金会的监控，冒着生命危险，展开独立的调查。

五百年过去了，“难民”中终于有人想到要做这事了——但为什么忽然会起这个念头呢？

关于灭亡，一直就有着两个对立的答案。一是，先辈们是被异族给消灭的；二是，他们是在完成一个大型实验的过程中，由于失误而自我毁灭掉了。当然，公会还有另一个隐蔽的愿望——老人们认为，先辈们在集体的死亡来临之前，把他们在最后关头炼出来的一样秘密武器，藏匿在了废墟中。谁要是找到它，谁就能获得最高级别的魔法神力，打败其他的公会，夺占太阳系中所有的小行星，垄断其上的资源，从而过上衣食无忧、号令三万人的新生活。是的，尽管是在流浪，尽管是“难民”，但富有心计的少数老人认为，他们似乎还是拥有未来的。正是为了这个，他们一刻也不忘记把矿石小斧头和大铁钉携带在身上。

但雾水却显得已不太情愿去找这答案了。他一路上看到老人们的酸俗谄态，恶谑疯痴，假人余威装模样，就知道那是办不成的事情。

他其实跟露珠一样也是早熟的。此时，他舒展四肢，在“造船厂”前伤痕累累的空地上平躺下来，以臂枕头，仰望菜花状的腐烂夜空，那里雪光滔滔，一片冷漠——五百年前，在与异族作战的间歇里，曾经有多少双先辈的眼睛，也这样凝视过它呢？但就连这夜空，也已与从前不同了。先辈们却自顾自地卧倒长眠，把不解之谜甩给了后人。他们是多么的不负责任啊。两个年轻人居住的小行星又在哪里呢？雾水使劲在天空中找啊找，但除了暴雪，什么也看不到。这才明白，在这已由异族主宰的世界上，离了先辈的庇佑，自己什么也不是……

然而，不知为何，男孩反而在伤寂惶惑中，体味到了舒适迷醉，层峦叠嶂的废墟在他弱弱的心河沿岸，凝结成了疗伤的黑色痂壳，毕生第一次，厚厚的被子一样，温暖地覆盖了他，驱散着陌生行星的恶寒和敌意。不久，他竟酣然入睡了。终于，如若有了一分回家感，虽则故园早已荡然无存，成了异族及老鼠的领地。他梦到先辈们创造的煌煌世界未曾毁灭，而是延续至今。他和露珠，这两个青春勃发的生命，正颐指气使地发动一场场屠城之战，把捉到的异族人当做奴隶来使唤，举起镶满铁钉的蛇状皮鞭，狠狠地抽在他们的脑袋上，听他们哀嚎惨叫……他笑啊笑，却不能把自己笑醒。

露珠焦虑而关爱地端详熟睡中的雾水，瞅着他那闪长岩一样动人心魄的笑容，心知他正沉湎于自己陨石般的思维惯性中。这样或会像死亡的恒星一样坠入永恒昏迷，只是一种混乱自欺的、少年人的胆怯逃避，终会误了大事，因此，过了一会儿，还是毅然把他唤醒了。他们像两只从石壶中爬出的小虫，哆嗦着挨挤在一块儿，女孩心疼地用自己温热的脸颊贴住男孩冰凉的额头。她暗忖，雾水还是一个孩子呢，身形羸弱，意志还在形成之中，怎么竟担当了这样关系重大的责任呢？他应该是无忧无虑地玩耍着的呢。老人们自己怎么不来执行此项危险的任务呢？也许是他们也有说不出的苦衷吧。他们衰疲的身心已无力钓住如若浮现的未来了……小行星上，居民们从孩子一步就迈入老年，中间没有过渡。他们很快将要被死亡捉走，再也举不起小石斧和大铁钉了……也不知道公会还能在托管基金会的恩准下存在多久……露珠这样一想，就觉得一定要保护好雾水。她把他身上的接插管轻轻拉扯过来，导引入自己体内，让能量源源不断地输入雾水的四肢、血管和脏器。暖沁涌流的冲击，使得雾水全身炽烈如焚，吸血鬼一般把露珠死死箍住。两个孩子的体液在奔腾交汇，他们的脖颈、锁骨和大腿绞缠在一起，结合成一个人。雾水悄悄落下眼泪。刚刚做的梦却记不起来了。他忽然恐惧地大叫一声……

最终，他们趁着年轻，又行动起来，去找似有若无的答案。但遍地都没有人烟，没有指引，也没有接应。如果找到了人，也许会好一些。这城市中不可能有活人了，然而，哪怕死人呢？

五、谒见亡者

他们绕过“造船厂”，看到眼前又升腾起大片嶙峋的摩天楼，林立的龙牙般交错着，戳进雪涌的天空，寒光放射，轻佻嚣张，满盈不祥。此时他们已来到公园中真正的禁区，建筑物前张布着“严禁进入”的标志。秘密武器也许就藏匿在这里吧？更多的“凤凰”在呀呀怪叫着飞行，灌木丛也被清除，一枝不剩。他们避过监视机器人，心怀无以言说的敬畏与烦恶，蹑手蹑足，走进阴森的楼宇，如潜入深渊龙潭。电梯像是停止喷发的海底火山；只在晦朦之间，硅酸盐水泥纤维天花板的残骸如海草荡漾；乙烯化合物的墙面好似浩大鲸尸，斑斓多姿，闪烁摇曳；比时间还要曲折的楼道中布满鹦鹉螺化石般的累累瓦砾，尘埃厚积，淹没并刺伤了他们的脚踝；管线如乌贼皮开肉绽；窗棂在腐损中崩毁，桁架如鲨骨支离破碎；数不清的塑料制品，贝壳一样发出暗光；难看的耐寒蠕虫在地上堆了一层又一层……

——多么地幸福啊，在这儿，终于见到了朝思暮想的死人！骷髅的身上应该就携有答案吧。亡者仍保持着死神骤临时的自然姿势，坐卧随意，处变不惊，好像对灭绝早有准备。终于得见先辈，五百年后的访客却没有意料中的激动，这令他们又难过起来。在两个孩子的面前，白骨们皆冷冷地端持着身子，那副姿仪倒分明像是对后裔们的计划抱持无所谓的态度，亦不知晓，此刻谁才是百代的过客，是访者，还是主人呢？雾水觉得，仿佛死者与活人并非一个部族，甚至，不是一样的生物，在遗传物质上早就分道扬镳。那他们还横越太空回来做甚？先辈们难道真的会不嫌麻烦，给未可知的后代们留下所谓的秘密武器吗？他又想起马面人导游似是而非、非土非金的形象，愈觉气闷而萎顿。露珠对雾水耳语了一句什么，大概是要让他鼓起勇气。

随后，他们摸入另一座大楼，大吃一惊。原来，像要满足访客的窥觎愿望，此处的人类，却不是骸骨，竟都血肉丰满，皮肤新鲜，灿烂生动，仿佛只是浅浅睡着。男女老少，合家齐户，整肃庄重，端坐屋中，面带笑容，神态自如，好似刚下架的油画，品相极佳，质量上乘，面对死亡，坦然承受；而他们每个人的面前，都置有一台奇异机器——计算机，亦都崭新锃亮，一尘不染，陪葬物般与主人偕在。似乎是在灾难之后，即刻被某种势力施用高科技手段，原封不动地连同现场一块儿，着意封存了下来，成了栩栩如生的标本。这才是让人称羡的艺术品啊。看来，答案一定在这儿了……雾水惊奇趋前，欲触尸身，露珠却挡住他，挺身而上，竟被电流一般的不明力量骤然弹回，重重摔倒在地。仿佛先辈们死去后，就被置于一道无形的保护屏障后面，不容未经许可的闯入者染指。露珠皱眉沉思。这种情况，予人以阴谋感。

她说："是先辈们自己设置的，还是托管基金会做的呢？是恶作剧还是什么呢？我们已经被发现了吗？"雾水容颜惨淡，低语道："是梦境吧。"他们只好失望退去，回到先前探访过的那幢大楼，重新与无血肉的骷髅相会——这儿却无阻拦，能够亲密接触，把微颤的双手——它们本身就是精密的仪器——平伸出去，在死人骨头上做测试，探查遗留在先辈身体中的微量元素的分布与含量，却什么都无法显示。"似乎连尸骨也被做了手脚。要弄清楚五百年前究竟发生了什么是不可能的。我们其实又何必？已死了一次了，却仍在忠实执行老人们交予的任务。会不会这样无休无止地做下去，最后却什么结果也得不到？"雾水又一次夜枭一样发出难听的声音。

露珠默然。她想了想，就挽起雾水的手，带他离开这片楼区，爬上附近一座五六百米高的、像是纪念碑的立塔。这地标建筑亦如诸多大楼一样未有倒塌，也是多亏了托管基金会的照料吧。虽已凋零残破，但想必当初定然明艳万状，珍珠宝贝，气冲斗牛，寄寓了先辈的灿然心智和磅礴力量。

从高塔顶端鸟瞰，被照明器具映亮的整座城池，于暴雪中时隐时现，略展全貌，景象阴澹，形近沉沦；楼宇凝固，状若海潮，连天接地，高低起伏；盘曲纠集，浩荡涌至，无际无涯。远处是一条橙色的山脉，山外似乎有绛色沙漠，伫立着一些冰雕般的银色金字塔形建筑。除了"凤凰"，还有一些白色的大鸟在飞翔。颓败的牛首形机器人仍在逐巷游走，把残砖碎瓦慢慢拾起，又缓缓放下，如是反复，茫无目的。

“我听说，有许多许多的世界存在……在另外的世界上，还有别的版本的我们吗？”雾水喃喃。

“不知道。或许有吧。”

“那，另一个雾水和露珠，又在做什么呢？”

“不清楚啊，你的问题，太深奥了。”露珠讶异地看定雾水。

“为什么我们这两个人，是活在此时此地，而不是彼时彼地呢？这是由什么决定的呢？”

露珠想了想，说：“是系统吧。”

但她也不太清楚系统是什么。她只是听少数老人提起过它。他们谈论时都神色诡秘，手足痉挛……那么，雾水和露珠还能回到小行星吗？无人告之，该如何踏上返途。他们现在这种样子，又怎能重新登上异族的银河列车？两人已被老谋深算的同族人，送上了一条不归路。

这时，霹雳一声，火光遍天，头顶的高空中，一列银河列车正在减速，把新一批外星游客送至地球。很快，老人们又坐在了电瓶车上，紧随马面人导游，在废墟间蚁行。他们是那么一种愚痴刁蛮的模样，统一的僵尸表情，仿佛其内在的本质，终被遗址公园这幻象般的奇迹，映照得略无遗漏。雾水想，他和露珠当初偕行的那一拨老人，早已完成了观光，心满意足地回到小行星上去了吧。他们根据各自看到的一斑一貌，合拼出一幅先辈世界的画图，来吓唬其他人。那些无缘实地游历的孩子们，将要生活在神话故事的转述中，吸毒般愈发亢奋地拼搏厮杀，把同伴的脑袋打开花，在血光和呓语中仿佛见到了新世界的诞生——实则是旧世界的梦回。

本来，他们作为一个部族的集体记忆早已丧失殆尽。但异族又偏偏驱使他们反复地前往观光，看他们也不知道该不该看的东西，就像是要不断唤起大家沉积在集体潜意识深渊中的痛苦，以折磨他们来取乐。其实，他们能够存活下来，仅仅缘于一个偶然。老人们说，灾难降临之际，先辈们正雄心勃勃地实施一项新的开荒计划——深空探测。派出的几支战队搭乘宇宙飞船，已掠过了木星轨道。因此他们得以远离地球，逃在灾难线之外，才得救了。原来，雾水和露珠，是意外幸存下来的宇航员的后代。他们甫一诞生，就身处辐射弥布、杀机重重的太空……但归根到底，是不是异族对他们网开了一面呢？这难道真的是偶然吗？又有老人说，不，不是这样的啊。他们其实都是叛逆，是胆小鬼，背弃了亲朋和友伴，为了逃难，投奔向异族的公会，自愿搭乘敌人的星际飞船去外星移民，所以才没有与留在地球上的同胞俱亡……

雾水大哭失声："我们算什么东西？我们根本做不到啊！我们怎么可能知道五百年前，他们的世界上到底发生了什么呢？也许，应该一点儿不剩地毁灭掉的，正是我们自己呀！可是，谁来查清楚我们呢？谁来说明白我们呢？就算死去活来一万回也做不到呀！"

露珠听了，就轻轻把雾水搂入怀里，哦哦地哄小孩一样安慰他，自己也哭了。

六、鬼魅犹在

就在这时，他们听见了"咔嗒嗒"的异响。只见几台蜥蜴形机器人正沿着塔壁往上飞快攀爬。看样子，是针对他们来的。这种机器人比"凤凰"要高级和精致，能够识别可疑的闯入者。他们赶紧往下走，离开高塔，混身于狼藉的雪原而逃逸，好像地下埋葬的先辈尸骨，能予他们以护佑。但蜥蜴形机器人追了过来，后面还跟了一队看热闹的鼠状生物——它们很久没有参与撕裂活人的实境游戏了。两人拔腿疾奔，但哪里跑得掉？这不是他们想来就来、想走就走的世界。先辈们倒是曾在这里做过主人，但他们不是连自身的性命也没有保护得了么？露珠对雾水说："你沿着河岸逃生吧，我去把敌人引开，再回来找你。"说罢，毫不迟疑地猛推一把雾水，自己矫健的身躯跃纵起来，往反方向跑去。她母豹般一路飞奔，不停地大叫大嚷，还引燃了体内的几个能量束，在废墟间升腾起一朵朵魅艳火花，就像在为这片死亡故土作迟到的祭奠。

雾水见露珠把追兵引走，心里才有了些许安全感，就自个儿掉头跑掉。但是，还是有一只鼠状生物跟上了他。他见到，这家伙长得竟有几分像是自己，神情猥琐，步履蹒跚，隐然有早衰之态。

鼠状生物歪着头，冲雾水轻轻叫了一声："克里兹。"

雾水对它说："好兄弟，快回去吧。我是残存在黑暗冷寂太空中的、卑鄙下贱的人类后代，是一场惊天动地的大赌博中，被弃置的筹码。不要企图从我身上获取积分，那是没用的。"

但鼠状生物像人类那样笑了笑，仍紧随不舍，似与雾水捉起迷藏。不一会儿，那奇丑的家伙乐颠颠地快跑到了雾水的前面，却好像是引着他的路，成了他的伴侣，代替了露珠的角色。雾水也不知该往哪里去，就只好跟着鼠状生物走，竟魂不守舍了。鼠状生物带他来到一组大楼前，它们仅剩朽败的框架结构，上上下下挂满了白森森的骷髅，剑戟般蓬乱而弥张，骨盆与肋条间，丛丛的鬼火衔射而纷窜。这地狱冥府般的场景使雾水双腿抽筋，走不动了。

忽然，眼前呈现出难以置信的一幕：从漫漫无期、枯朽迷坠的晦暗长夜中，千万具死尸活转了过来，阴沉沉，齐刷刷，猴子般从桁架上一串串往下爬，动作协调一致，砰砰掉落在地，又闪电般一骨碌翻身爬起，满脸的不甘不忿不屑；一群群扬起柳树状的手臂，咧嘴诡笑，表情邪亵，吼吼怪叫，转圈游走，匪徒庆功一般，跳起飞扬跋扈的环舞，把白骨毕露的大腿一排排高高踢起。

——伟大的先辈呀！废墟中重又喧腾鼓畅，红尘飞扬，笙歌震响。雾水莫名兴奋，把鼠状生物抛在一边，不由自主地加入这狂欢的阵营，却分明是个不相容的异者，并不被忘情的舞蹈家们接纳。这才看清，他们都是些年轻人，俱不知忧愁，好像灾难从不曾发生过。

雾水汗流浃背，慌促着抓住一具且行且唱的尸骸，问："你们当年到底做了些什么，才招致了天惩？"那死者仿佛是名少女，脸色白白的，俊俏的模样竟很像是露珠，顾盼了雾水一眼，痴笑不答，神态傲然，手舞足蹈，半歌半吟而去了。雾水又去问下一人——令他恐惧的是，这人的相貌却像是他自己，跟照镜子照出来的一样，但亦无回应。才五百年啊，像是连语言都不通了吗？雾水始觉得，先辈们一定是极自私的，在纯稚洁好的面皮下面，具有黑帮一般阴暗残忍的心境。他们已在那时构建了自己的超级乐园，对身后的世道哪怕洪水滔天，也不去管顾了；而雾水和露珠却还天真地按照老人们的指示，一本正经地前来凑趣，这算是什么呢。

"连你们都没有照顾和提携后人的意思——比异族还不如，我们来是来了，但又能怎么办呢？请告诉我吧，真的还能重建一个让子孙后代好好活下去的世界吗？我们还有三万人，我们身上还携有你们的基因……你们留下的那件秘密武器又在哪里呢？真的有它吗？快给我，快给我啊！"雾水焦急万分，泪流满面，求乞般向人群伸出明洁秀美的双手。半空中有一个绞索结成的黑洞洞的玩笑，竟仿佛是这些先辈的先辈化身而来，刚才还在忧伤地注视年轻人的乐舞欢歌，这时荡来荡去就要往雾水的头上套将过来。而那些作乐中的死人，却冷酷无情地看也不看雾水一眼。他们与他不同，正如恐龙、异形、僵尸及老鼠与人类不同，差别大矣，但后来者并不知悉，反受其蛊惑。这时，雾水看到鼠状生物正躲在一个残柱后面，冲他哂笑，叽叽咕咕：

“嗨，鬼魂们有自己的生活，你跟他们搞不到一起的。现实一点，还是咱们做朋友吧。克里兹！我们看上去才更像是同一个部族哦。”

雾水觉得，老鼠戏谑般的话语里面，若然嵌有一种貌似深刻的含义……

但一切忽尔又皆泯灭消弭，即如空中之花，死人们又都把自己静悄悄地挂回梁上，那个绞索结成的玩笑也不见了。雾水从阴间的魅惑中挣出，竟不知这是幻景，还是实相。离了马面人的讲解，他着实读不懂这昔日的故事，却隐然知晓，这才是最让人耽迷沉醉、流连忘返之境界啊。这一刻，他想念起了冒险诱敌的露珠来，也不知她在哪里，是死是活。她胸怀中的滚烫，仍在他的身上暗暗燃放，他们的躯体蛇蝎般牢牢纠缠在一起，须臾也不分开。雾水欲哭无泪，觉得既已来此，并无退路，还是打起精神，忍耐一下，把早先确定好的事情做下去吧，否则怎么对得起一路走来的异性伴侣呢？却不是对远远躲在天外、同样如鬼影的老不死们负责。

然而，他体内的能量已接近耗竭，每走一步都十分艰难。他不停号泣，连声呼叫：“露珠，露珠，连你也离开我了啊！你莫不是要抛弃我吧？我一个人好冷、好冷……为什么要来这里呢？为什么会走到这一步呢？为什么会有今天呢？”他离开了伴侣，这样一个人待着，很不习惯。但空空的死城中，只有怖畏的回音，没有一砖一瓦还能亲近他，为他提供支撑的薄力及护持，抑或为他作答。

雾水终于气力不支，在连天风雪中，跌倒在地，昏死过去。这一刻，他又迷妄地想到，他和露珠本来是可以结为另一种关系的，却成了现在这样子……而这正是缘自公会中少数老人事先的机巧安排。不，不，连老人们也不知道自己在做什么吧。他们只是时间长河中随波逐流漂来滚去的几颗卵石，形不成整体有效的组织，且不可能设想，他们的计划真能遮掩过异族的耳目。对异族来说，这场游戏太小意思了。

七、废墟探险者

雾水醒来时，看到除了鼠状生物，身边还半蹲一人，像一架改进的拼图机，投来静笃的审视目光。是一个金发碧眼的中年男人，体态匀称，个头高挑，穿一身白色的皮衣皮裤，足蹬白色高筒靴。纯净无瑕，旖旎典雅，明艳尊贵，其容貌竟一如雾水——两人好似父子——却无老鼠或骷髅之丑状。然而对方分明却是异族！白衣男子正操纵一台便携式通用能量器，令它接入雾水的主动脉。

“你是谁呢？”雾水警觉地问。

“我是废墟探险者。”那人笑吟吟地作答。

“你不是我们部族的人啊。你就是马面人的雇主吧。”

说着，雾水一把拔掉输能导管，恐惧地爬起来，敌视着对方。雾水战栗不止，又不争气地尿了裤子。

“别害怕，虽然不是一个部族的，但不妨碍我们做朋友。比起你的先辈来，我们更有共同语言。我知道你是真相调查者。我可以帮助你的。”白衣人的声音秀朗而温和。

“你怎知我的身份？”

“先前，我也见过其他的真相调查者啊，都冒充了游客前来地球访问，不正是为着探寻你们部族灭亡的原因么？我做废墟探险久了，什么不知道啊。真的很同情你们。”

“还有别的调查者啊……他们是谁？也是年轻人么？是哪个公会的呢？”雾水一阵心悸，“另外，你们已拥有了安逸的生活，为什么还要到这片地狱般的废墟上来探险呢？”

“因为好奇。与你们不同，我们是一个拥有好奇心的部族。”

“你真的要帮助我吗？”

“是的，我要帮助你。很早就知道，你们太可怜了，只剩下三万名幸存者，被安置在小行星保护区……我可是熟悉这里路径和形势的人呀。我和我的朋友们，曾经在这座城市的纵深地带发现了难以解释的情况。你一定早就想见识它们了吧。”

这时，雾水看到眼前飘来一个熟悉的剪影，高兴地鸣叫了一声。来者正是露珠，她负伤不轻，拖着残躯，面容破碎，竟挣扎着找了回来。露珠陌生地看着雾水，像不再识得同伴。雾水悚然，猛咳数声。她这才困难地认出了他。不知她是怎么逃生的，也不知这期间发生了什么。露珠径直走近，定睛打量雾水，忽然一把抱住他，覆压在男孩身上，颤抖着将他的接插口拉进自己的身体，嗤嗤作响地为他补充能量，就好像要把整个人都奉献给男孩。雾水“啊啊”地连声欢叫，又体味到了似曾相识的幸福。然而，近在咫尺，露珠的面目却已如牛头马面……之后，女孩才困惑地掉头打量了废墟探险者一眼。他正站在他们旁边，站在他们先辈的土地上，不动声色地注视着这两名劫后重逢、如饥似渴的外星年轻人。

露珠严正地警告雾水：“他可是异族！”

雾水说：“他答应帮助我们，做我们的朋友。”

废墟探险者从怀里掏出一卷东西，原来是名为《读书》的杂志，其实是一本地图册。他根据上面描绘的路线，引领雾水和露珠，往城市的纵深隐秘处行去，好像他才是这里的真正主人。而鼠状生物也雀跃跟随，不时兴高采烈地侧脸睇视三名人类。废墟探险者热情地不停介绍，这是什么，那又是什么，倒仿佛他代替马面人，成了最称职的导游，像是要借此表达自己的诚意，仿佛这一切并不是什么阴谋。于是，雾水了解到了城市的更多秘密，第一次知悉了电影院，要塞，剧场，矿区，夜总会，谷物囤仓，学校，军营，博物馆，王宫，藏宝洞……他还看到了一样缓缓飞行的透明三维发光盘形物，上面若有鲜花盛开，悬吊着一个大大的C字，不禁心里一动，便问：

“这是什么？”

“不知道……我猜，是一家公司的广告——你们先辈的公会对外通用的招牌。”废墟探险者狡黠地回答。

雾水听了，趔趄了一下。露珠却步履沉重，郁郁寡欢，一句话也不说。

那个C字，闪着蓝色荧光，像一把锋利的弯刀，静静地从城市上空飘了过去。露珠的目光死死追着它。

雾水又问废墟探险者：“你们经过探险，找到答案了吗？”

“暂时还没有。但是有了一些线索。我怀疑，你们先辈的灭亡，既非自己的原因，也非我们的原因。也许，仅仅是一场意外的天灾吧，比如小行星撞击……”

废墟探险者观颜察色地说，像是要打消雾水和露珠的疑虑，并消除他和他们间的隔阂。

“不会是外星人入侵吧？”雾水嘀咕。在公会里面，外星人常常是年轻人热衷谈论的话题。一些人相信，在异族统治的疆域之外，还有着别的独立世界，那里生活着进化程度更高的智慧生物，却生性邪恶。

“你觉得外星人存在吗？”

废墟探险者的脸上露出了嘲笑一般的神情。但他很快又出人意料地，貌似认真地说：

“哦，我们也探讨过这个问题。当然了，有一种理论认为，你们的先辈的先辈，就是来自外星，他们五千年前因为飞船失事而临时降落在这块土地上，最后孕育出了你们这个部族。至少，系统中有些数据是这样提示的。”

雾水觉得受了奚落，但又不甘心。

“不管怎么说，发生过一场空前绝后的大爆炸吧？把一切都撕裂了吗？”他又问，“但为何你们却活下来了呢？”

“如果真的如此，那也是因为部族不同吧。”

“部族不同就这样了吗？”雾水想像着那场大爆炸的物理性质。

“是的，这属于系统的设定。被动的参与者没有办法啊。打个比方，有的部族打一下就打死了，无法复活；有的打死了还可以获得第二次生命，通过转世重生，集合起来再战。武器装备方面，也是从一开始就有天壤之别的，无法靠人力来弥补。”

废墟探险者像在若无其事地讲述，他语调飘浮，仿佛不能肯定。雾水艰涩地咂味“系统”一词，在心中搅起了暴雪似的迷乱，犹疑地说：

“那么，我们的先辈与你们的先辈是处于战争状态的吧。”

“刚才说了，这只是打个比方……谁真的知道呢？关于战争与和平的界限，至今也无人能区分清楚。总之，世界末日对于每个人来说，是不一样的情况，就像每一片雪花，它们在六角形的统一外表之下，各不相同。”

这回，废墟探险者要带他们前往城市的地下空间，这是最高级别的禁区。他们都变得格外小心翼翼，仿佛怕惊动了什么。三人及鼠状生物来到一条玄黑隧道的入口处，它像个可怕的大嘴张裂开来，如若要吞噬万物。

八、“第七天堂”

废墟探险者压低声音：“这就是地铁车站的入口。城市的心脏曾在下面扑通扑通地拼命搏动，把绿色的血液一刻不停地泵向地面的大街小巷、楼宇广厦，以及实验室和工厂。”

“什么是地铁？”雾水和露珠瞅着黑森森的洞口，好像看见另一个世界，向他们微微开启了门户。

“通俗地讲，也就是城市的血脉，一切周而复始之处。刚才说了，你们先辈的世界存续下去所需要的能量，经由它循环运输到城市的各个器官、肢体和细胞中去。它也曾是你们世界的威严、荣耀和希望。真正的强大者，就盘踞在黑暗隐秘的地下啊。在这地窟深处，寓居着你们先辈的灵魂。”

废墟探险者露出一副像是心绪复杂的表情。鼠状生物却仿佛回家似的欢叫起来，令三人怔住。他们只好打起精神，钻进了地铁入口。里面就见不到暴雪了。沿着崩损的石阶往下走，不一会儿来到了一个敞亮的广场，估摸有数万平方米。周遭环绕着地底涌出的赤色岩浆河流，瀑布一般轰隆隆发出震响，沸水中游动着一些机器般的鱼儿；嵬然巨厅的洞府被映照得彤红透亮，硫磺之味令人窒息，橙色雾霭滚滚蒸腾；河流附近筑起了高耸入云的大坝，从坝顶垂挂下手掌般的丛丛钟乳却似人工琢造而成，仔细一看，才发现是无数参差倒悬的人类尸骨。雾水似乎听到在骷髅和岩石的后面，真的传来了隐隐的心脏搏动声，好像一个人在反复地说："不懂，不懂……"

大坝脚下的广场，其实是一座庞然迷宫，一个星系状的网阵。从未有人见过结构如此复杂而精致的迷宫。它穿越了岁月，把自身形态完好地保持了下来。数十万只鼠状生物正在气喘吁吁地跑这迷宫，疾如闪电，看得人眼花缭乱。那头与他们偕行的鼠辈见此情形，拖着长音大叫一声："克——里——兹！"兴奋地纵身跳入，加入了曲径中拥挤奔行的阵营，仿佛借助三个人类的力量，终于达到了自己的目的。这让雾水和露珠目瞪口呆。

废墟探险者说："迷宫很早就有了，不知是谁建造的。现在成了老鼠的乐园。它们把跑迷宫当做了自己的进化方式。老鼠们相信，跑出去就可以获得更高级别的智力及地位——至少可以加入马面人的序列。也许它们都急切着想要为我们打工吧，嘿嘿。刚开始时，我们以为老鼠们是在寻找另一个宇宙的入口，但显然它们还没有具备这样的能耐，只能一步一步地来。不过，这仍然可能是一个巨大的阴谋，目的是为了搞垮我们，现在只是初现端倪。不管怎样，跑迷宫已成了老鼠们的宗教——在我们看来自然是邪教，但这才是最可怕、最要命的。也许正因为这个，当年，这些同样生活在黑暗地底的小动物，才没有与你们的先辈一起，在大爆炸中死亡。它们好像更能适应环境的剧变。它们既不像机器人，也不像人类中的大多数那样，只会按照程序基因中设定的惟一机制运行。老鼠们懂得学习，还善于记忆。它们很少有压力性失误。它们早就比大型猿类更加聪明，却一直小心地在人类面前掩饰自己的平均智力水平。老鼠中智商最高的家伙，现在的确正在为我们工作。但我们猜测，这一定不是它们真正想要的未来。

“未来会怎样呢？不同物种的脑海中，未来是不一样的图景。因此未来永远是不清晰的，永远像是一团又一团的迷雾……按照这个画面，为物种设计的进化路径也各不相同。只知道老鼠的行为最近越来越超出想像，有几个亚种的鼠群已能把人类潜意识中想要看到的东西复制并模拟出来，幻化给前来遗址公园的游客们观赏，目的不明。这很不寻常。似乎，鼠辈们攒足了劲要创造新的文明，这越来越显而易见了。如此锲而不舍地而又低调行事，是你们那些死要面子的先辈们无法想像的。毕竟是千万年来就生活在贵部族地盘上的老鼠啊。其实它们与早期的你们倒是很相像的。这才更加让我们警惕。”

废墟探险者说得雾水和露珠低下头来，仿佛自尊心受到伤害。他们不愿意废墟探险者用这样的口吻来描述他们的先辈，也不愿意鼠状生物成为这片土地上的继承者、替代者乃至新的主宰者。但又担心，这或会如废墟探险者所预言的，一朝成为现实。雾水想到这里，就蜷起手，尖着嘴，对准露珠做出一个老鼠般的鬼脸。她却没有一丝附和的笑意，变了个人似的，跟以前全然不同。雾水十分委屈。

三人绕过迷宫。隧道继续往下盘去。石壁上生长出了一丛丛绿灰色的孢子般突起物，龌龊淋漓，丽质天然，蒸腾着阴郁的腐败感，好像是一种有智力的蕈类，也在竞争的环境中建构了自己的世界。似乎只有它们不担心也不害怕老鼠。在它们的掩映下，前方出现了废弃的大型甬道，旁侧跨伸出半毁弃的人工平台，其上疣瘤般盘踞着六面体盒状建筑物，大多已坍塌损坏。这时他们看到了列车，泛着苍白的绿光，静悄悄地卧躺在腐蚀的铁轨上，如气息全无的长龙。他们摸进崩溃陷落的车厢，目睹了满载的骷髅，与地面废墟中的死人形象不同，已分明是别样的物种，或半人半兽，或半人半虫，或半人半鱼，或半人半树……在车壁上，隐约可见“第七天堂”的字样。

雾水心想，天堂原来是在地下呀，这或是先辈们最后的一块栖息地吧。兴许，在灭亡的紧要关头，先辈中最卓越的一些人物，试图用技术手段在地底打造一艘诺亚方舟，以为这样或就可以躲避过那场灾难？像有智力的鼠状生物及地底的神秘蕈类植物一样，他们也准备采取新的进化模式来适应变化？他们要建设一个地窟乌托邦？可是，还是不幸地失败了，只把一小撮贱陋的“难民”遗弃在寂寥的太空中。当然，如果不是废墟探险者带路，雾水和露珠自己是找不到这里来的。他们出人意料地走了捷径，而没有像鼠状生物一样在迷宫中艰难地反复探索。这太了不起了，本身是个奇迹。异族毕竟厉害啊。但他们也因此而更加地感到空虚卑微了。至此时，废墟探险者还没有提及那件埋藏起来的秘密武器。他恹恹地往一个遗骸踢了一脚，说：“这列地铁，当初可是跑得飞快的，甚至压根儿就没打算停下来吧，但终于还是走不动了。强大的其实最脆弱。”雾水看着那具被废墟探险者踹得四散开来的尸骨，大脑中像出现了雪崩。

他们在车厢中踩着荧光四射的骷髅，深一脚浅一脚地继续前行。然而，这时，雾水却分明觉得，不，不，跟废墟探险者说的不同，这列车从没有停下来过，它仍在冥冥中高速运行，奔驰在某个平行宇宙中，与异族的银河列车较劲比试。四面八方都在摇晃、震响，他眩晕得不能自持……

这时，他闻到了一股臭味。

九、地底摩崖

只见到两侧的车厢耸然飞升，竟然是峻绝的摩崖，峡谷般夹峙屹立，他们正站在陡峭危岩的下面，好像三只蚂蚁。破损的车窗均化作了洞窟无数，悬落如画框，重叠累复，扶摇直上。窟中隐现化石般的造像，或单体，或群像，不再是兽状或植物状了，而皆若人若神，赤白玄黄，离离蔚蔚。仅落入眼目的，就有十几万身吧，却是神态淫亵，男女老少，湿热腥燥地纠缠着。臭味就是从造像身体上的裂缝间，溢发出来的。应是历经诸多的寒暑，才凿刻而成的吧。依稀能看出，原本是艳俗的彩雕，但随着岁月消损，颜色尽蚀，身上铭文亦不可辨识，显露出森然的恐怖与衰萎，多数已是残破不堪，就像在一场大爆炸中被冲击波毁坏。惟有几处警示“危险”的黄色标志，还算勉强清晰成形。

——是否有放射性废弃物呢？雾水和露珠悚然，心想：这地铁究竟是什么呢？如城市一样，列车的外壳无非也是一层伪装吗？也许真的有秘密匿藏吧……这座摩崖又是由谁，在什么时候凿刻出来的呢？

众多的造像中，有一尊还保持了相对完好的形态，一下就吸引了雾水的目光。他定定地看住它，心里害怕，却身不由己，一步步朝它挪过去。这是一座伟岸的单身像，匿于一方矩形的浅凹洞窟中，他们三人站在下面，还不及造像的一个脚趾。这是一名年轻男子，盘腿坐在像是用整台机车的残骸改造而成的一座坛台上，双手在胸前合十；他怯怯的样子，像是对自己做的事不得要领；脑袋上覆盖了一层灰绿色丝状菌株，像一卷卷的发髻；头颅低垂在胸前，虽经历了时间的摧磨，仍可略见面容如满月，五官似艳画，肌肤若温泉，竟也极像是雾水——他的某位胞兄？只是矫美修健，远甚于他，洋溢着先辈固有的高贵气质，却隐匿不住浑身的失败感和狼狈相；造像脖子上套着一条粗大的铁锁链，把他紧紧固定在摩崖上的一个十字形金属框架上，像是怕被谁偷走；他的下体如若陶瓷，光溜溜的，已经熏黑了，丑陋难看。露珠见了，马上闭住眼睛。

“你看到了什么呢？”废墟探险者紧随在雾水身后，小心而兴奋地问。

“一些闪烁不停的银色光线，正扑面而来……好像我的前额变成了石壁，又如一张塑料薄膜，被它们纷纷击穿。”

“你也看到了吗？”听了雾水的回答，废墟探险者急切地又转问露珠。她摇摇头。废墟探险者不高兴地说：“唉，我也没有看到。”

其实，他也长得与那造像相似。这真是莫名其妙。“原来，这就是你要带我们来的地方吗？”雾水哀怨而期待地对废墟探险者说，又看看造像，觉得跟自己一样，造像身上也散发出无谓的牺牲者气息。有几分壮烈，有几分滑稽。一片寂静，肃穆而尴尬的气氛，正在氤氲地升起。

废墟探险者谨慎地说：“我以前来过这里多次，对眼前的一切，我和朋友们都无法解释。你们的先辈，用毕生的或最后的心血，在列车里穿凿这些造像做什么呢？——又不创造让列车继续前行的动力！玩的是障眼法吗？他们是没有宗教的，最多只是像这种样子，有着迷信和异端的偶像崇拜……我了解到的是，由于占据特别漫长的历史，你们这个部族不但人口众多，适于进行大规模的作战，而且还进化成了最为诡计多端的一支，仅那些兵法和魔术就闻所未闻，令年轻的公会怎么也看不懂。在你们充满专业态度和理想精神的战队面前，我们曾自卑地感到自己是多么肤浅和幼稚……是你们让我们明白了，在这场游戏中，个人无法离开集体。那是你们的长项。最初是我们带你们玩，后来成了你们带我们玩。你们从一无所有，进化到逐渐控制了整个世界服务器的命脉。你们的目的不仅是打垮我们，更在于摧毁系统，哪怕这意味着同归于尽，或者根本是自杀。五百年前，表面上，你们造的是轮船，造的是火箭，造的是飞船，这些展示在明处的、人所共知的外表华丽的装备……但实际上造的是深藏不露的地铁呀！”

“为什么是地铁呢？”雾水不解地问。

“不知道啊。也许，你们的先辈从来就怕见光亮；也许，他们认为，只有躲在地底，把自己改造成犹如南极冻岩中极限生物一般的形态，才能获得坚固的力量，从而逾越末日的灭顶之灾，好去完成自己的使命——摧毁旧世界，建立新世界，享受属于自己的无尽极乐。而其他的办法都无法做到啊。”

“果然像是一个实验啊，技术手段太先进了……”雾水心上的一个伤口像被撕裂了，流出血来，“先辈们是科学的追捧者么？”

“不，刚才说了啊，他们只是异端的偶像崇拜者！他们并没有真正的信仰，他们是极端务实的。”

“但究竟什么才是先辈们的本来面目呢？”外星访客愈加迷茫了。

“是啊，我们也在想呢，”废墟探险者好像很悲痛地说道，“却想不明白……于是，只能见到，你们先辈那些带有毁灭性机动火力的铁甲列车，以及超乎想像的顶级绝杀机器，在巨型计算机的引导下，隐身潜伏在最黑暗的地窟深处，手淫般一泻千里，目不斜视。表面上大大咧咧，却精于筹划，心藏狡诈，发动机锈得一塌糊涂却还能依靠人油的浇灌而飞快运转，总能以我们望尘莫及的速度升至更高的轨道级别，疯狂地屠杀外来的乃至自己内部的竞争者，在进行团队项目时也不喜欢遵守默认的利益分配规则，或者说，你们就是规则破坏者。

“因为人数众多，你们有大量的垃圾时间可供支配，从而联网计算出每一个战斗细节。你们把高速地铁铺到了世界各地，到东京只要半小时，到伦敦只要三小时，到纽约只要五小时……你们的列车已经进化出了智能，却是最冷漠无情的，对任何询问信号都不作应答，常常出人意料地从险峻的分岔导洞中一群群冲刺出来，就跟异教徒的人弹袭击者一样，复仇一般展开全维攻击，令我们措手不及，损失惨重。

“你们那处于梦游状态的列车是无法被击毁的，用什么样的炸药都不行，因为它本身就被设计为终极武器。但你们的快感始终是零，从不认为这是一场娱乐。你们相信赢了才有一切。在你们的理想中，这是两个世界的生死决斗。所以说呢，真正的较量并不是发生在海洋和太空。那儿只是虚晃一枪，转移视线，仅仅为了满足虚荣。而蓄积着巨大能量和压力的漆黑地下世界，这世界里的亿万年，才是人类仇恨成长的根基。那真正是派系林立，恩怨纠缠；你逐我逃，气象万千；布阵厮拼，赶尽杀绝；形势逆转，总在须臾……好一个剑拔弩张、比拼实力、决一死战的关键时刻，也正是五百年前世界的诡异和刺激所在。你们的先辈真是太厉害了！现在呢，这一切全没有了，致使人类的进化也停止了……”废墟探险者说得气息奄奄，竟然掉下了眼泪。

“好呀，好呀！那么，你们现在终于没有了对手，成为寂寞高手了。”

雾水说完恐慌地看着异族人，但他其实想说的是：不，不是这样的！那并非我们的先辈。他觉得废墟探险者在开一个很大的、恐怖的玩笑，以此来耍弄他和露珠，不，甚至他本人也相信了这臆想出来的事实。那么，这是误会，是掩饰，是开脱，还是什么呢？这一点意思也没有，这一点意思也没有！那家伙疯了！雾水感到无比的失落，便离异族人远了一些，虚弱不堪地愈发挨近静坐不语、像颗定时炸弹一样的造像。五百年过去了，一个轮回完成了，雕塑的身上仍旧散发出一股难闻的臭鸡蛋气味，就好像是对死亡和腐败的永不言弃的陶醉。雾水仿佛在朝一个黑暗的深潭靠拢过去。

这时，废墟探险者不再呓语，如猱的阴影贴了过来。

“不要动！”忽然，露珠朝雾水大喊一声。

“为什么？”他停下来，困惑地回首看去。

“他可不是什么废墟探险者。他是一个测试插件。”

废墟探险者闻言，遽然转身，怨毒地死死盯住女孩，右手臂飞快抬起。说时迟，那时快，露珠胸乳的部位破裂开来，释放出一道蓝色的高能电磁脉冲，直射向废墟探险者，迅雷不及掩耳地，劈开并撕碎了他。果然，这家伙的体腔中，布满芜杂的人工植入体和集成智能纤维，嗞嗞地闪射出白色的火花。但废墟探险者的臂铠上发出的激光同时击中了露珠。

十、“神”的解救

女孩又一次身负重伤，躺在地上大口喘息，断成两截的身体好像烈日下的蚯蚓，痛苦地扭动不停，却还活着。胸口的破洞里涌流出来葡萄色的、如若熔化的金属浆液，脸蛋儿完全变了形，夜叉一般丑恶，觅不见一丝女性的柔美。雾水不知所措地走近，笨拙地把她的上半身抄起来，拥搂在胸前。没想到这么轻盈。长这么大，他还没抱过她呢，都是她抱他，帮助他进入她的身体。他反复地用手指抚摸她的肋骨，每一下，她都疼得哆嗦，滚烫的体液又咕嘟地喷吐出来许多。

从崎岖破口里，雾水看到，露珠体内一些模糊的器官状东西在快速颤动，就像一堆堆猩红的虫子。他赶紧将接插管通过创口置入她的体内，吸走了她最后的能量。他想，她此刻拥有的，就是真实的人类之躯啊，就算作为替代品，也如此逼真……这要看怎么定义真与假了。他相信此刻的露珠就是真的，而不是从火车上跳下，在铁道边摔成肉泥的那个。以前，总是她在照顾他……而她这一回就要跟他永别了么？多狠心的女人呀。

周围的造像都一动不动在看着。这一路上的交情及友谊，变得温暖而令人生畏。但他们这对普通的年轻人，仅仅是特殊任务的执行者。他们从出生便被选中来完成这个，而无法自由自在去做真正两情相悦的事情。这个部族的后裔，已被剥夺了生而为人应有的东西。不，大概是从五百年前就确定了。没有惊奇和意外。有的事不得不做，至少在雾水的物理尺度上，没有什么偶然。他就是为这个而诞生的。先辈们把秘密埋藏在了老人们的意识程序中，代代相传，直到今天……露珠的体液在雾水的身内蛋清般无力地涌流。这时，雾水胸口骤然一腥，就转过身来，哇地一声呕吐了，秽物沾染到造像的身上。这把他吓坏了，觉得是亵渎，口中念念有词，急忙连声检讨。但造像沉默不语。雾水这才觉出他的道貌岸然，弄姿作态，比公会的老人还要虚伪和僵顽。

雾水听见露珠拼尽全力说："早就发现废墟探险者不对劲了……我一直在暗中观察他。但他带我们来这里做什么呢？有一种毒虫噬咬般的记忆在呼唤我。我不知道为什么要这样做。我不知道这样做对不对。我受老人们的嘱托，全程保护你，也是来监视和督促你的，令你不惜以生命为代价，找回那件秘密武器，但最后一刻又阻止你去做……这竟是多大的矛盾呢？我不知道。我什么都不知道。对不起，雾水，我再也说不清楚自己了。这是做人的最无奈处。哦，你还觉得我是人类吧？我们在太空中流浪得太久了，成了小行星上心胸狭隘、目光短浅的岛民，不知道新一场剧变已迫在眉睫……”

“不存在对不对，”雾水哀怜地说，“因为这个世界早已不是我们的了。”

听到这里，露珠就叹口气，闭上了她美丽的大眼睛。

雾水却不依不饶，又俯在她的耳边，丧母的幼狼似的小声吼道：“对或不对，以五百年来衡量，都已然无关紧要了！那么多人都死了！兴继已经发生了！现在，我终于明白，就算一切全错，也是要昏天黑地走下去的。在这场游戏开始的时候，我们既已在系统中选择了做这个部族，就成了宿命兽麾下的棋子，从此再没有回头路了。”他好像在用力否定自己内心深处依附的什么。他觉得不应该这样对待雾珠，但他没有办法。这时他犹疑着看了身旁的造像一眼，被他那年轻的老态龙钟所震慑，狠狠说道：“我相信，此刻面对的，无论它是什么，就是我们所要的了。废墟探险者把我们引领到地铁中来，他是我们的带路人——且不管他出于什么目的，我们总算是如愿以偿了。除了这趟列车本身，并没有别的目的地。它不正是昔日世界的中枢么？我们现今的一切不就发轫于此么？但你竟杀死了他，这又怎么说呢？啊，啊……”

他忽然痛楚地想到，那人长得真像自己呀，露珠杀掉的究竟是谁呢？……于是，他便与露珠脱离了接触，把女孩重重掼在地上，然后看也不看她，独自朝造像走去。她疼醒过来，在一堆骷髅间，鱼儿般不停扑腾，痛不欲生地瞅着男孩，心想，他怎么一下鼓起了勇气，而不再尿裤子了？

雾水忍住强烈的厌恶，跌跌撞撞挨近造像，心灵中又潮涌起腐烂鱼虾般的崇高感，觉得自己似已成了这地底的黑暗之君的仆伥。他沿着造像身侧的云梯吃力地往上爬去。造像并不是石制的，光洁无瑕，圆润如玉，没有毫微的皱褶及剥落，显然是用了一种雾水不知道的合成材料；却又如木乃伊身穿繁复的防护甲胄，沾染了花花绿绿的呕吐物，显得有些滑稽，但这并不有损他的宏伟。雾水一边攀登，一边无力地俯身在造像的肩上、胸前，着迷地一遍遍嗅闻，要把那糜烂肮脏的气息统统吸进肺腑和灵魂的深处。他攀岩者一般，越过禁住造像咽喉的锁链，来到了他的头部，就如同一只小虫。这时，他看到造像明净得像蘑菇云一样的额上，有一道伤痕般的东西，那儿像是用某种能够改变原子分布的技术手段蚀刻出了几个象形文字。他辨识了半天才看清，原来是：

寂之神

寂之——神！哦，就是地铁的神灵吗？雾水见此，脸上露出了诡秘悠远的、灿若云霞的微笑。这是神啊，他微醺地想——怎么能说他们没有宗教呢？宗教已经像是剧毒而淫猥的蕈类一样，悄然无声地在地底生长了出来。伪装成废墟探险者的异族要么是弄错了，要么就是故意视而不见。或者，他们对此真的太不了解了。怪不得他们什么也发现不了。

雾水好像是终于来到了时空隧道的入口，也攀爬至了他人生的顶峰。他嘴里不停地念念有词，周身在战栗，无人知道他感应到了什么。那些进入他体内的银色光线，使他有了祈祷的愿望。或许这就是五百年前植入到他意识里的花籽，此时因一场孕育成熟、定时播下的雨露浇灌而苏醒，正要逢季萌发，在地底重新开放出久违的春天。而这次它也许有幸是有耐力和有抗力的，但愿能够获得新的天赋，在湿漉漉的暗黑温暖中轮回又一期吧……

但这时雾水疑虑起来——因为忽然意会到，他其实看不出这造像所属的部族。是啊，他怎么能够确证这一点呢？雾水担心，被唤做“寂之神”的这位栖居在地铁世界的古代神祇，并不必然是他们这个部族的。瞧，他的长相，从眉骨到嘴型，都是那么的殊怪，倒有几分像是异族。就算他以前是庇护着他们的，但五百年过去了，会不会已在暗中被掉包了呢？这个世道，又有谁能保持住自己的身份不变不换呢？怎么解释造像长得既像是雾水本人，又一如那异族的废墟探险者呢？这样的矛盾纠结，究竟是怎么一回事呢？太难受了。

雾水在自己的内心泥潭中拼命挣扎，年轻的意志快要瓦解了。多亏还有露珠赋予的能量支撑，他哆嗦地凑近了去瞅造像，看到他的表情像一条野狗，眼神中好像在说：“我要回家，我要回家！”雾水便又想到了系统。

——然而，雾水渡过宽阔无际的太空深河来到此间，现在也只能按照再造人的既定程序行事。五百年后，他知道并没有别人可以依靠。而这也的确不是普通的造像，要进入他，并不像进入露珠身体那样随心所欲，不是特许人选办不到。雾水既已被事先注定，并经过了拷贝机的精心设计，这就不由他来选择。他于是忍耐着尝试了一会儿，却不得要领。他便往下爬去，来到造像的脐部，在这儿摸索了半天，找到一个暗门。有一个细小金属旋钮般的东西。他却拧不开它，就掏出小斧头，在上面慢慢凿出一个难看的缺口，一举破坏了圣体的完美性。这时心口一阵剧痛伤悔，他“哦”地喷出一口秽物。接着他斩断了自己的右手食指，难过地轻声说：“对不起，先辈，疼一下了。”就把半截指头，“噗嗤”地插入。他这才感应到，经过漫长的岁月，造像似乎仍然活着，不管身份怎样变化——是的，那又有什么紧要呢？他甚至是可以不灭的。为了体验万劫中的无穷苦痛，而在黑暗的地窟底部，像只化石古猿一样默默坚守，等待着接应者的到来。

随后，雾水如若受了引导，堕入一个冥想般的奇妙之境，忘却掉身外的一切事物。他又大口呕吐了，若要吐出五百年积下的怨毒。顿然，时间开始了倒退……仿佛有“吧嗒”的一声，脑中的一个开关好像打开来，令他踏上记忆之旅，穿越了五百年，不，无穷的亿万年，涵盖了所有的时空，全部的宇宙。

大股的清澈涌流，竟如核爆炸的炽焰，循手臂疯乱地狂奔，直冲入脊柱，又吼叫着喷烧进了脑腑，把他掷入一个炼狱，就好像开天辟地的那场大战仍在继续，世界昏黑，血肉模糊；但雾水听到的却是纯美的福音，把他的身心净化了；他同时感到，自己也正在把深陷时间牢狱中的神灵解救出来……这让他纠结。他在做一件充满矛盾的不可能的事情。这当然并不是什么“回家”，他是知道的，早已没有家了。但先辈们当初为何要义无反顾、上瘾一般地登上这趟列车呢？仅仅是因为年轻气盛么？雾水见得多的，都是耄耋之人。他把自己插在造像的身体里，开始了忏悔。他竟莫名地觉得，先辈的灭亡，与他是有关系的。他为此而负疚。

这时，从隧道的尽头，由远而近地，传来了地动山摇的震响。车厢外面，几道笔直而灼热的白光，正在哗啦啦地切割岩石。跟着，半空中跳出来五六名蜥蜴形机器人，用耀眼的高能粒子束强行剖开车体，舞蹈着钻了进来。昏迷的露珠惊醒了，撑身而起，用胸腺中的备份能量殊死抵抗，掩护紧张工作中的雾水。女孩嫉妒地心想，哦，雾水这孩子呀，现在与长得相似于他的物质偶像对接了，而不再需要从她的肉身中吸取能量了，难道嫌她年老色衰了么？难道嫌她肢残体缺了么？他是被幻影迷住了吧！……

而这时的雾水，反倒更加地沉着冷静，他只是强抑住恶心，在悬崖上专心致志地体悟与造像的无碍交流，顾不上去瞻看蜥蜴形机器人或露珠一眼。是的，他忙得够呛，心无旁骛，有海量的流体正在源源不断地涌入他的大脑，带来了极度痛楚，却替换了里面浅薄的原生晶体，若要把宿主烧成齑粉，再置换成与以往完全不同的新人。雾水忽然觉得，身体一下子空了！他什么都没有了！作为一个人，雾水仿佛不存在了！——哦，他再生了。他终于看到了一个像是由集体记忆凝结而成的淡绿色模糊光环，像母体中的胎盘一样，正努力地把散失在虚空中的碎屑汇集起来，它毛茸茸的边缘上滋生出伟大感、骄傲感、苍凉感、焦虑感、苦难感这五种最基本的感受，只是，暂时不再兼具本该常见的可笑感、滑稽感、荒谬感、矛盾感和无奈感。它聚合成了一个婴儿般的东西，混混沌沌，没有面目，却令灵交者在生涩悲愤中坚毅肃然，庄严正色，就算死了也决心要承接下来。先辈们在灭亡之际，果然保存了这一族最厉害的秘密武器——它就是当初驱使地铁列车勇往直前的不竭动力吧！

初初禀受下，雾水已略知，依靠这件巧夺天工的神奇宝贝，有什么事情是无法办到的呢？有什么危机是不能渡过的呢？又有什么敌人是不可战胜的呢？可惜，先辈们的意外提前出局，竟使他们没能好好地利用它，去抵达最终的目的，夺取那完胜的一刻，统治普天下整个的世界，奴役宇宙中所有的部族……但年轻而虚弱的雾水又真的能够继承这五百年前的陌生遗产吗？他忏悔的声音低下去了。

渐渐地，他吸纳完了存储在造像中枢结构里的原始数据集，与那新诞生的圣婴融为一体。吸毒般亢奋，却更加恶心欲呕，身体慢慢地又恢复了实体感，就像重新长出了五脏六腑及大脑四肢，灼烧得欲炸裂成千百瓣。他害怕了，心中映现出漂浮在太空中的小行星的形象，于是抽出火星直溅的半截指头，向下爬去，脱离造像，慌张地要往列车外逃走。但这时他像是忽然想起了什么，歉愧地回过头来，看到蜥蜴形机器人还在围攻露珠。她抬起布满穿孔的残破头颅，那儿正溢出白花花的带着大股电涌的脑浆，把她的整张脸覆盖了。

她用恐怖的神情直视雾水，用最后的力气对男孩说："你赶紧走，别管我！快回快回，学会去爱他们……""爱谁呢？"雾水着急地大声问。露珠没有回答，灿然一笑，就引爆了自己。女孩及蜥蜴形机器人的肢干和内脏，在车厢中四溅横飞，沸腾而鲜艳的体液把连同"寂之神"在内的几百尊造像一起溶化了。深窟中惊雷滚落，山崩地裂。大爆炸把雾水震昏了过去。就在这时，他仿佛看到了先辈们集体毁灭的那辉煌明亮的一瞬，就像宇宙创生一样，太美了……但很快一切又黑暗杳静了下来。

"女人，我不会忘记你的。"雾水醒来后，木讷而郁缓地说。终于把腑脏中最后的一点儿秽物吐光了。却无谁听见他的声音——四周安详得足以杀人。恐怕，除了他刚刚受过洗礼的内心，他的肉体和周遭世界已然死去的龙一样鳞甲尽脱。这时，他看到了埋在残骸中的《读书》，就把它掘出拾起，又捡了露珠一片滚滚烫、黏乎乎的头盖骨，掖在腰间，用一只手抱紧自己那暴胀得快要飞散出去的脑袋，用另一只手捧着《读书》，对照它上面画出的路线图，冲出四分五裂的车厢，往隧道出口方向奔去，像要寻到未来的出路。

他重新经过迷宫，见到无畏的鼠状生物还在那里狂奔，有的累倒在地，不停抽搐；有的力竭而亡，气息全无。雾水感到亢奋，颇存恋栈，最终却没有加入它们，而是下定决心离开隧道，回到了地面。

先辈们的城市原来真的是整体建构在地铁世界之上的啊，废墟在暴雪下支离破碎地闪耀，像是无边无际的幻象。有一些幸存下来并获得了智力的鼠状生物，正在悄悄修改古建筑的结构，使其变得可以重新居住，好像要把这作为自己文明的起点，创造出与以往不同的历史。

现在，只剩下雾水一个人了，他停下脚步，看看手中的书，又仰望诡异缄默的苍天，悲戚地想要大声问：怎会是这样的？但矛盾的是，答案现在就携在他的身上，与人们猜想的并不相同。然而，他又怎么把这个告诉同族的、禁闭在小行星上的老人们呢？他身上没有能量支持他返回太空了。就算回去了，他们能够理解吗？一切与他们想像及期待的都不一样。谁又知道是这样的结果？而他竟要去爱谁呢？……

十一、工具与系统

像是恭迎他，一个艳冶标致的身形出现在雾水面前。正是废墟探险者，这台机器好像已在此耐心地等候多时。被露珠击杀的这个异族如此迅速地就被复制重生了么？但又有什么地方不像“那一个”，不排除升级的可能性吧。这似乎再次显示了托管基金会的强大，映衬出雾水和露珠部族的卑而下等。

废墟探险者换了一身华丽的银白色束腰制服。雾水犹如挨了当头一棒，却又深受吸引似的，抱紧脑袋，梦魇一般，忍不住向对方靠近，就像异族的男人才是真资格的偶像。废墟探险者像位经验丰富的驯兽师，轻轻扶住雾水，令他不要昏倒。他轻咬着粉红色的嘴唇，不着一语，温柔地架着这从地底逃生出来的外星男孩，使用背囊式反重力装置，把自己和雾水双双托举，一同飞升，在数十只“凤凰”的护卫下，冲出席卷的蓝色暴雪，疾速进入高空中最恐怖的、暗流般的金色云层。

雾水感到眩晕，觉得好像升入了真正的天堂，这才是他梦想中的未来乐园。但他一低头，透过暴雪稍纵即逝的一道缝隙，最后一眼看到了城市的废墟正在花蕾凋谢般飞驰而去，又如同一簇涸竭的黑色肉瘤，从腐烂的记忆基底上割除；而地铁出口又在哪里呢？雾水努力寻找，满怀哀恸。

废墟探险者忽然出人意料地摸出一只小斧头，迅捷地把两根大铁钉打进了雾水的双目，血水喷溅。雾水无意反抗，只惨叫两声，什么也看不见了。异族怎么也有小斧头和大铁钉呢？雾水想，下面的无数尸身中，隔了五百年，新增了露珠的，遗在地底而不能见到天日，与死去的先辈们混杂相处，不分彼此，却又不能被接纳。他只带了她的一小块骨头回去，还未返归小行星，已成了瞎子……但这个宇宙中少了露珠一人又怎样呢？她甚至都不知道废墟探险者复活了。她白白地牺牲了。

在剧痛中，雾水逐渐窒息了……临死前，雾水仿佛听见，废墟探险者咬着他的耳朵，亲切地小声说：“这就是爱……”这回，雾水没有尿裤子。他好像已经整个干掉了。废墟探险者伸手把《读书》从雾水怀中取走，又携了他木炭一样的尸身，一个筋斗，纵身跃至云层之上。阳光涤荡，阴翳尽除，更多的“凤凰”围聚过来。他们如风儿飘行一阵，开始降落。这已是在遗址公园之外了。雾水死后，也没有回到太空，没有回到自小生长的小行星上，没能把好不容易获得的秘密告诉老人们。

这时，已然冰消雪融，气温也升高了。下方是红艳艳的沧海，目无尽头，涛声连绵，波光万顷，看不到任何的陆地。海面上漂浮着许多峨然光影，那是比地球上最雄伟的山峰还要高大坚固的黑色球体，机械有机外壳上蓝藻般重重攀附着的东西，好像是繁复的脚手架——这就是异族人的城市，用从海水中分解的氢的核火驱动，花团锦簇，炽焰丛丛。相较陆地上的废墟，何其妖丽壮美，而更重要的是，它们是活着的，是有生命的……废墟探险者轻快地挟带了雾水的尸体，盘旋着飞临一座城池，从它的蛋白质薄膜透析窗中钻入。

城内空间很大，尺寸不等的众多圆球飘忽不定，由神经蛛网般的管道一颗颗串联，瑰姿谲起，繁荣丰茂，却都是高贵的异族居民在来来往往——除了个别马面人，是仆工的身份——人皆华服盛装，神态怡然，似无不心满意足。废墟探险者足不沾地，于半空中穿越人工生物磁场构成的自助交通区，准确地飞进一个一尘不染的球体。在一间半透明的高分子聚合体密室内，死去的雾水被置于一个离地悬浮的绿色玻璃瓶子里。异族人在他的头上，安装了一组冠状凝胶器，用搜索泵从他的大脑皮层中提取信息。

不知过了多久，雾水醒来了。他觉得眼睛不太好使，隐隐作痛，但隔了玻璃瓶，还能看见废墟探险者站在旁边，已换了一身乳白色的丝质长袍，头戴一顶尖尖的红帽，正关切地注视他。雾水注意到，废墟探险者的胸前悬挂着一个十字形的金属饰物，上面嵌着一个眼熟的男人头像。

雾水觉得自己全身上下轻松清爽，像是再次换了一个人。但他没有承接废墟探险者投来的询问目光，而是一门心思想念着一个名叫露珠的女孩，就转眼到处找她。但并无她了。他的手指无意中触碰到腰间的一样生硬东西，却不是打小就携带的矿石小斧头，他才记起了什么，与环境很不相宜地嘤嘤哭了。雾水觉察到，那似乎是呈现在他幻觉中的、具有神秘色彩的异性，才是他的一部分，她还紧随着他，搂抱着他，贴靠着他，庇护着他，滋养着他，与他合二为一。然而，像真正的亲人一样，现在是废墟探险者，把四脚蛇般白嫩生涩的手掌，轻轻抚于玻璃瓶上，阴柔而慈祥地笑道：

“别难过了。放心吧，能量已不是问题。这里的供应很充足。你不再需要移动式储能站了。噩梦到此正式宣告结束。你已被复制重生——你要愿意的话，也可以叫做转世啊。在我们这里，这是免费的。”

“不要！我不需要！”雾水悲伤而惊惧地大叫，使劲拍打钢铁般坚硬的瓶壁。

但他还是接受了异族提供的能量补充。不可思议的是，在这和平而安全的环境中，他好像比以前更怕死了。

待雾水的新身体逐渐适应环境后，废墟探险者就在他的眼睛里植入一组芯片，把他从子宫般的瓶子中放了出来，带他到外面参观。他们来到一座教堂中，这儿什么也没有，除了原来摆放圣像位置的地面上，有一个直径约一米多的兜形池子——刚开始雾水以为是厕所的便池——池中盛了一泓酒红色的、正微微冒出热气的液体，但借助内植晶状体才看清了，这其实是一个缩微化的世界。它实际的尺度规模，竟比人类已知的宇宙，还要大出许多，甚至可以说是无穷大；却形如真正的便池，聚满蝇蚊般的生命体，似已废弃，久未清洁，发出与地窟中一模一样的刺鼻恶臭。

废墟探险者对雾水说：“这液体才是真正的你——你的自我意识，你的形体正受它泛出的泡沫的支配。你原本是我们用模拟方法培养出来的一个理性奇点。很不容易啊，公司耗掉了好多资源。形体还好培养，但要让思维以氢化物的方式顺利发育，凝聚成我们需要的物质基态和精神结构，才是最困难的，哪怕弄错一个粒子的位置都不行。我们把你与外界屏蔽开来，以阻断非凝态计算过程中不可捉摸的芝诺不确定性。经过多少代的时间滑移，才获得了最接近于你们那个五百年前灭亡了的部族的思维模型——也就是你本人。”

他冲着雾水摇晃起《读书》，它已经回复了本来面目——一本操作手册。打开来，里面写满复杂的非线性方程式。雾水痴迷地审视红水，才知道自己的自我意识原来是这样的。它是不灭的，而不管他死多少回。他的实体是池水经过一次次的概率叠加，而衍生出来的，最后投影在了经典世界上。他心中不知是难过还是欣悦，又有了尿裤子的冲动——连这个习惯也被复制下来了。

“为什么是我？”雾水怅然问。他想到自己被异族培养成为了永生的精神个体，就好像一只蝾螈被植入了最终幻想的催眠物。

“因为我们的天赋和技能不够。我们无法解你们的码。你们的先辈在灭亡前设置的响应器，要求后代用模因方式回馈。储藏在造像记忆体中的那件秘密武器，是一个元思想。如果不是为了寻找并获取它，你就不会存在……”

回想起自己刚刚执行完毕的使命，以及付出的努力和代价，雾水羞惭地涨红了脸，含混地呢喃：

“为、为什么是这样？”

“我们需要取回那个元思想。它本是我们的天才创造，却被你们无耻的先辈偷去，经过仿制和改造，赋予新的名称，当做打败我们的秘密武器……现在，随着老鼠文明演化的加速，新的部族悄悄地发展了起来。他们的公会将更加厉害，不久就要形成矩阵，并聚集更多的边值人气，发动造反，迫使我们进入概率轮回中的衰败周期，就像你们五百年前一样，定要遭遇万劫不复。因此，亟需得到那件武器，否则就无法获救。”

废墟探险者怆然相告，一下子显得很是苍老。雾水却觉得他在演戏。他畏惧而鄙夷地看着这个异族，又满怀嫉妒。

统治了银河系的异族难道也会遭遇生存危机？雾水转头朝窗外看去，只见黑压压的球形城市簇集漂荡，形成了有序而严谨的空间结构，像数不清的恒星，翻转叠积于潋滟的波光之上；又如神的使者，在异族早已征服的诸世界中，傲然、自由而统一地移行，而天空中还有更多的人工球城在翱翔，一只只圆鼓鼓的眼睛似的，与棺材般黑暗孤寂的地铁世界完全不同。不，它们又像是一群群的气球，里面的气体剧烈膨胀，快要爆炸了。而且，异族的城池中已有了马面人的活动，甚至有时还能看见做义工的老鼠……哦，那些在公园废墟上徐步缓行的牛首形机器人，又究竟是什么部族呢？

雾水忆起幼年时，他和露珠穿着防护服，在手持矿石斧头的老人们的监护下，在飘零而崎岖的小行星上，在虚澹而无碍的太空中，满心无知，一身欢愉，攀上攀下，跳来跳去，玩极简游戏，从不去思虑明天。他这才知道，什么是人生的快活。于是，雾水摸了摸腰间的那件东西，感知到它在符号性的外观后面，作为一样实相的器物，还凉酷地存在着。他又瞄了一眼那滩平静的红水，心中对自己说，不要怕啊——关键时刻，也许还能用露珠的遗骨来敲碎废墟探险者的头颅。为这女孩复仇吧！……他相信，露珠不是替代品，也非亚粒子的氢思想机器，过去、现在和将来，她都必然是可以被血肉之躯所感应的本真生物形态。然而，正是露珠，用她短暂而鲜活的生命，育养和辅佐了雾水那尿液一样的工具性思维。

像是要打消雾水的危险幻念，废墟探险者又带领他参观整个培养器。这是一个被命名为“基地”的螺旋状塔形分层组织，包括数千亿个神经元微管及活细胞，以及几百个串连在一起的大型人工智能数据库，泛射出浅紫色的、针一般的辉光。

一些神经元的骨架上已做了分子标记，在辐射微波的照射下，像DNA螺旋链一样，映现出醒目的C字。

废墟探险者说："构成生命、宇宙及一切的物质中，液体是最基本的，世界是咸湿的。智能要做的工作，是给它加挂上计算、搜索和游戏的副本。"

在一处分支树突上，雾水看到了像是太阳系的星系，以及他熟悉的小行星世界。还有本族那些打打杀杀的、木偶一样的老人们，他们慢镜头般挥舞斧头和钉子，就像是昏晦阳光下映射在礁石上的丛丛影子，时消时息。在风平浪静的"便池"水面，是一些偶尔被集束的深蓝色针形光明，所隐隐照亮的泡沫岛屿。而这一切，都嵌在一环接一环的隧道状的世界模拟器中。

在如镜的水体的下方，透过细密若鳞的波纹，便是层叠广延的废墟了，像一个拙劣的二维舞台场景。有无数伤痕累累的列车，虬龙一样，正冒着勃发的暴雪，在废墟掩映下的迷宫中蹒跚爬行。这些老态龙钟的列车，车头架着激光大炮，龌龊衰朽，肮脏丑陋。车壁挂满绿色的恶臭黏液，支出一些阴茎般的突出物，其腐败之相难以名状，与其称做龙，不如说是垂死的大鼻涕虫。有一个扳道器般的三角形玩意儿在半空中咔咔作响，但老也落不下来，所以插画般的列车只是在挣扎着一路向前，周而复始，永不停息，起点就是终点，然后又有新的起点……自己也不知要开到哪里去。

尽管这样，列车却依然绷住了它一贯的神话般的僵直线条，好似真正的帝国太空战舰，在一个光晕般的巨型环状带上，君临一切；浑身喷吐着苔藓绿的气焰，哪怕炸得粉身碎骨，也要横冲直闯，千秋万代地构筑起水底地狱中的循环天堂。

雾水看见，死死地自我封闭起来的、具有妄想症情结的长长车厢里面，在锦绣斑斓的交欢状茂密菌株之间，盛满了他不久前才见到的那些骷髅，以及他们怪诞无味的脸庞，数不尽数；金属摩崖飞旋着沿了车壁耸峙，蜂巢似的车窗中层叠出累复无尽的造像，形如黑森森的墓碑，千千万万，张开了细小的、犀鸟似的嘴在吹笛般无声呐喊……

像照镜子一样，雾水从中看到了自己。冬眠般一动不动，身上沾满新鲜的呕吐物，肮脏的腹部打开了一道口子，里面隐有电火花闪烁，像满肚子的炸药就要引爆。这家伙混杂在亡故者的尸海中，神情若一只破碎的瓷器，囚徒般满脸绝望和贪婪；还有许多长得也像是雾水的实体人像，朽败不堪，烂棉絮一样，默默地簇挤在列车残缺的龛似的窗口边，探头探脑往外张望，鬼鬼祟祟，期待救援似的，眼睛却都紧紧闭住，像是拒绝看清外界……这又是哪些泡沫泛滥而形成的呢？

雾水在乘客的尸体里面觅找露珠，却没有找到……如果不是为了雾水，或者，如果不是因为雾水，她是否还会降临这个世间呢？她是他用精神制造出来的一个孩子！他耳边又响起了她的声音：“快回快回，学会去爱他们！”这使得雾水感到自己像被外星人绑架。他暗忖，也许还有更多的水池，大水池套着小水池，露珠此时说不定正在另一处昏晦的水底搭乘列车，与另一个版本的雾水一起悄然旅行吧……但会不会那儿的道途，也统统已如这边的偶像一样被击成了齑粉，倒映出来的只是一片片渺无人烟的废墟呢？而那又是谁的思想的残片呢？雾水觉得自己正不可避免地堕入一种噩梦般的超净化状态，便鼓起勇气，小心翼翼地问废墟探险者：

“先辈们到底是怎样灭亡的呢？”

“其实，我们也不清楚。这是一个永恒的谜。”

“为什么是C？”

“不为什么，只是一种随机。”

“C究竟是什么呢？是一家公司，还是一个媒介？”

“不，是液体——液体本身。除此之外，它什么也不是。”

“我就是C吗？”

“不表示意见。”

“这就是系统么？”雾水又慄然地瞥了一眼“便池”和里面循环行驶着的地铁列车。

“它只是系统的一部分。”

“这也是一个实验吗？”

“不排除这种可能。”

“系统为什么要这样做呢？”

“系统没有自己的目的。”

雾水沉默下来。他回忆着在与造像灵交时获得的那些惊骇感受。但此时它们俱已从他的脑海中落花流水般散失了。它们被异族的科学家全部取走了。

“现在，你们终于从我这里拿到那个秘密了。一切就可以结束了。你让那些列车停下来吧。”雾水像是压抑着愤怒，在卑下地请求。

对方听了，却流露出抱歉的哀馁神情，暧昧地轻轻抚摸着胸前十字架上的人脸，说：“结束不了，结束不了，列车停不下来，你也走不了。这回拿到的，是又一个假的。”

“假的？又一个？那么真的呢？”雾水吃了一惊，讪讪地问，像是欲要证实，又如若希望不要得到证实。他的手触碰到腰间的露珠，她在那儿瑟瑟抖动，竟像是从未有过的慌张和畏怯。

"不知道。也许有真的，也许并没有——我们猜测，你们先辈创制的那个世界上，本来就什么都没有，一切都是假造出来的——但这就意味着什么都或有！因此我们还会继续找下去，找遍每一个不同的世界，哪怕宇宙重新收缩，开始挤压，回到奇点——噢，这种事正在发生，与事先估计的不一样，宇宙只剩几天了。哦，哪怕自然法则全部失效，一切都不存在了，也绝不放弃。直到新的宇宙诞生，在无穷尽的时空循环中，生了又死，死了又生，一直找下去！找找找找找！哦，当然了，还需要你及你的后代的协助……"

废墟探险者愀然而激动地说，那副无奈的表情就好像他也只是个被动的任务执行者。雾水觉得失望，如果什么都没有的话，又怎么可能什么都有呢？但这竟是真的。有和没有，都同时存在着。那么，要找的到底是什么呢？这个问题让他的脑子更加乱成一锅粥。随后他心头蓦地一怔：会不会是先辈们的意外出局，致使异族失去了游戏的参照系，才最终进入衰退期并发生危机的呢？像风车一样转动，这就是传说中的因果报应吧。要是如此，那便是活该了。是的，连人类的进化也停止了，而地铁世界本是一个灾难后的复兴中心吧……他于是忍不住自作多情地一笑——大概，正因为如此，异族才不得不一遍遍地重造出雾水和他的部族（或他的部族的一部分），以推迟玩家们全体死亡的大结局的来临。噢，累死他们啊！但到最后只怕也是徒劳……不，连这也不是真的！这一切的一切——包括系统本身——极有可能只是从幻化成了雾水的那一小滩液体中汩汩产生的。但连这也或仅仅是雾水的臆度，他对于自己及他的水究竟是什么，永远也无法弄清楚。也就是说，这一问题无解。

他心神不宁地垂下头来……那么，这又是谁在操纵呢？系统后面是否还有系统呢？系统的系统之后呢？……谁设计了系统？谁设计了系统的设计者？……如果不是他雾水，那么还会是谁？这个问题若有答案，那就是无答案。但这又是什么意思呢？他直愣愣地看着那滩脏水，想朝着它双腿跪下来。

“这从来就并不是什么游戏，瞧瞧它有多么真实，有多么残酷！”废墟探险者忽然变得像一堆灰烬似的，慈父般凑过来对雾水耳语，“普天下智慧生物有关宇宙起源的猜想都大错了……不是技术，也不是神，它们都从未在场过！……哦，还要告诉你，最近，更先进的理论正被制造出来。说是通过时空抛物线轨迹的反熵力计算，找到了新的证据——并没有什么异族。你们的先辈就是我们的先辈。”

说到这里，他很正式地加重语气，一字一顿地，就像一只垂死的鱼鹰在啼号：

“我——爱——他——们。”

十二、废墟

这回，出乎意料的是，托管基金会没有把雾水重新变作一团液体，而是安排他以有形的人类方式，暂时寄居在大海上的球城中。就好像他如同马面人，已是异族日常工作中的一名帮衬。每天，雾水都对见着的每一个人说：“不，我不是思想机器。我有血有肉，就是我那先辈的如假包换的真传后代。”托管基金会就派来使者告诉他：“也许，有一天，我们会给你一个正式身份的，废墟探险者，或者导游。”但使者又补充道，如果这一切的努力最终都告失败，那就只好再新造一个世界了，“毁灭天堂，而把地狱升出来。就这样。”

不久，雾水在城市的图书馆里遇到了一只老鼠，原来，正是他身陷废墟时那只为他引路的，后来跑迷宫去了，现在终于如愿以偿进入了异族的城市。老鼠的胸前也佩挂着利刃一样的、带有人头的金属十字架。老鼠引领雾水到球城外面的大海上去观光。他们乘了一只氢动力独木舟出发，天高云淡，风平浪静。他们渴了就喝海水，它是甘甜而略带苦涩的。雾水感叹，世界看来真的就是一瓶饮料……驶了很远，长得已经颇像是露珠的老鼠才亲昵地对雾水说："想让你看一样东西，请回头吧。"

雾水掉过头来，吃惊地看到，那一个个黑色的巨球，竟是无数的崩溃的废墟。

"克里兹！异族其实早已灭绝了。"老鼠口齿清晰，逐字逐句地说。

这时，雾水只见，在一望无际的血红色海面，像广告上的鲜花一样，绽放出了亿万具白色的、人类的尸骨。

万籁俱寂。

他又去看身边的老鼠，发现什么也不存在。

附录一 世界主要地铁灾难

地铁灾难主要包括：列车脱轨，列车冲突，列车解体，地震，水灾，火灾，爆炸，毒气袭击，恐怖劫持，有害物质泄漏，突发大客流，或重要设备严重故障、损坏等原因，造成的人员伤亡。

地铁一般都处在地下或高架桥的半封闭空间里，具有隐蔽性、封锁性、人员和设备高度密集等特点，一旦发生重大突发事件，人员疏散和救援困难，处置不当将产生巨大的人身和财产损失，对社会经济和生活造成重大影响。

了解地铁灾难，有助于帮助乘客树立防灾减灾意识，自觉遵守地铁交通安全规定，并在险情发生时做到正确自救和施救。

目前，世界上已发生的主要地铁灾难性事件有：

1903 年 8 月 10 日，法国巴黎地铁一组满载乘客的列车在运行中着火。当时巴黎地铁车厢是用木质材料进行装修的。

1969 年 11 月 11 日，北京地铁万寿路站至五棵松站之间，由于电动机车短路引起火灾。

1971 年 12 月，加拿大蒙特利尔地铁车站，一组列车进站时与停在车站内的另一组列车追尾，引起地铁机车短路诱发火灾。

1983 年 8 月 16 日，日本名古屋地铁站变电所起火。

1987 年 11 月 8 日，英国伦敦国王十字街地铁站因自动扶梯下面的机房内产生电火花，引燃自动扶梯的润滑油，浓烟沿着楼梯通道四处蔓延，由于行驶列车带动的气流以及圆筒状自动扶梯的通风作用，致使火越烧越烈，许多人因烧、压、窒息而死。

1991 年 4 月 16 日，瑞士苏黎士地铁总站因地铁机车电线短路，导致地铁机车最后两节车厢发生火灾，司机紧急刹车时，与迎面开来的一组地铁列车相撞。

1991 年 8 月 28 日，美国纽约地铁列车在运行中脱轨，10 节列车车厢受损，机车随即起火。

1995 年 1 月 17 日，日本阪神发生 7.2 级地震，造成车站及区间隧道发生严重损害，有的车站近一半坍塌。这促使了后来对地铁工程抗震能力的深入研究。

1995 年 3 月 20 日，奥姆真理教在日本东京市区三条地铁列车内施放神经性“沙林”毒气，造成 12 人死亡，5000 多人因中毒进医院治疗。东京交通陷入一片混乱。这一事件震惊世界，也迫使日本消防界强化整体防灾能力，进一步改善化学防毒防灾救援装备。

1995 年 4 月 28 日，韩国大邱市地铁在施工中煤气泄漏发生爆炸火灾，造成较大伤亡。

1995 年 7 月 25 日，法国巴黎一组地铁列车发生炸弹爆炸事件。

1995 年 10 月 28 日，阿塞拜疆巴库一组地铁因机车电路故障，诱发火灾，由于司机缺乏经验，紧急刹车把列车停在了隧道里，给乘客逃生和救援工作带来不便，造成较大伤亡。

1996 年 6 月 11 日，俄罗斯莫斯科一组地铁列车在行进途中发生爆炸。

1998 年 1 月 1 日，俄罗斯莫斯科特列季雅科夫车站发生爆炸。

1999 年 5 月，白俄罗斯地铁车站因流量超负荷而发生踩踏事件。

1999 年 8 月 23 日，德国科隆发生地铁列车相撞事故。

2000 年 3 月 8 日，日本日比谷线地铁列车发生出轨事故。

2000 年 6 月 20 日，美国纽约发生一起地铁出轨事故。

2000 年 8 月 8 日，俄罗斯莫斯科市中心普希金地铁车站的地下通道里发生爆炸。

2000 年 11 月 11 日，奥地利萨尔茨堡州基茨施坦霍恩山，一组满载旅客的高山地铁列车在隧道内运行时发生火灾，造成较大伤亡。

2001 年 2 月 6 日，一枚手榴弹在莫斯科地铁环线的白俄罗斯车站爆炸。

2001 年 9 月 17 日，受第 16 号台风百合登陆影响，台北市大部地区遭受水淹，交通瘫痪。地铁板南线、淡水线、中和线、新店线等，因遭水淹而停营六个月，造成数十万人交通受阻。

2003 年 1 月 25 日，英国伦敦市中心一组地铁列车出轨并引发大火。

2003 年 2 月 18 日，韩国大邱市地铁发生人为纵火事件。起因是精神病患者金大焕放火所致。司机和综合调度室人员在火灾发生时应对不当，安全疏散导向灯和路标未起到应有作用。当时电路被切断，乘客被关在了车厢里。一些车厢的乘客找到了应急装置，用手动方式打开了车门得以逃生，但是多数车门一直未被打开。许多乘客窒息身亡。

2003 年 7 月 1 日，中国上海地铁 4 号线发生管涌坍塌事故，引起隧道受损及周边地区沉降，3 幢建筑物严重倾斜，造成直接经济受失 1.5 亿元人民币。

2003年7月14日，中国上海地铁1号线发生供电线路故障，停运62分钟，数万乘客受到影响。

2003年8月28日，英国伦敦等地突然发生重大停电事故，伦敦近三分之二地铁停运，25万人被困地铁中。

2004年1月5日，中国香港一组地铁在早间繁忙时段运行时，怀疑有人在车厢内纵火，引起火警并冒出大量浓烟。

2004年2月6日，俄罗斯莫斯科一组地铁列车在行驶途中发生爆炸。这是一起恐怖袭击事件。

2004年7月21日，中国广州地铁1号线出现了运营六年来的首次大停电事故，导致部分路段瘫痪近两小时，3900名乘客退票。

2004年8月31日，俄罗斯莫斯科一地铁站发生自杀性爆炸袭击。

2005年7月7日，恐怖分子在英国伦敦三个地铁站和一辆公交车上制造自杀性爆炸事件。

2005年8月26日，中国北京地铁环线一组地铁列车在上班高峰时发生火灾。有关方面及时启动应急预案，事故没有造成人员伤亡。

2006年8月16日，美国纽约地铁突然着火，约4000名乘客紧急疏散。

2007年10月23日，日本东京地铁突然停电，1300人被困列车上。大江户线地铁有72班次停驶，9.3万人行程受到影响。

2008年3月4日，北京东单地铁站5号线换乘1号线通道内，载着数百名乘客的水平电动扶梯突然发出异常响声，乘客纷纷逆向逃离。这一突发情况导致部分乘客摔倒，恐慌的乘客发生踩踏。

2008年5月23日，广州地铁1号线发生供电设备故障，造成部分路段停运89分钟，数万乘客受到影响。一些乘客恐慌奔逃，以为发生了地震或爆炸。

2008 年 9 月 12 日，美国洛杉矶地铁与货车迎头相撞。

2008 年 11 月 15 日，中国杭州萧山地铁建设工地发生坍塌事故。

2009 年 5 月 8 日，美国波士顿发生地铁列车追尾事故。一名列车司机向警方承认，追尾发生时自己在向女友发短信。

2009 年 5 月 15 日，中国广州地铁 3 号线北延段施工现场出现不明气体。

2009 年 6 月 22 日，美国华盛顿两组地铁列车发生相撞事故。疑为电脑系统故障。

2009 年 7 月 17 日，一名男子跳入北京地铁 1 号线轨道自杀身亡，由于采取断电施救、停运、绕行、限流等措施，北京地铁的 8 条在运线路中，有 6 条的运营受到严重干扰。

2009 年 12 月 22 日，上海地铁 1 号线接连发生列车碰撞等 4 起事故，1 号线全线停运。所幸因车速较慢等原因，没有发生伤亡。

2010 年 3 月 29 日，车臣反政府武装在位于莫斯科市中心的卢比扬卡地铁站和文化公园地铁站接连制造自杀性爆炸事件，造成较大伤亡。

2010 年 7 月 14 日，北京地铁 M15 号线顺义站施工过程中，车站深基坑钢支撑脱落。

（作者根据媒体公开报道、正式出版物和官方网站汇编而成）

附录二 地铁事故应急指南

1. 地铁应急逃生，受到突发事件防范难、客流量大、逃生条件差(垂直高度大、逃生途径少、逃生距离长)、允许逃生时间短、乘客逃生意识差异大、救援困难等因素的影响。事先有所准备，临场保持镇定，迅速疏散但不要乱跑，才能赢得生存机会。

2. 乘客平时要注意加强地铁安全乘车知识的学习，最大可能地减少由于自身失误而产生的地铁运营事故。

3. 乘客在平时乘坐地铁时应注意熟悉站内和车厢环境，以及地铁的消防设施和安全装置。地铁内部的安全装置和消防设施，只是在紧急情况下才可按规定使用。

4. 地铁发生事故时，灯光和安全的空气是首要之需。建议经常搭乘地铁的人在包里放几件小而轻的救生设备，比如电筒、防烟面罩等。

5. 不携带受禁止和管制的危险物品进入地铁，并自觉接受安全检查，配合地铁工作人员开展工作。

6. 在没有安全屏蔽门的站台，候车人一定要站在黄色安全线后面候车。发生人群拥堵时要注意观察，以免发生坠落或者被人挤下站台等意外。

7. 乘客发现有人意外坠落，赶紧大声呼救并向工作人员示意，工作人员将采取措施停止向接触轨提供电力并及时救助。

8. 为地铁提供动力的接触轨道携带高压电，平行地安装在两条铁轨旁边或者站台侧面（大部分靠近站台一侧），如果发生坠落，无论情况多么紧急，首先要保持镇定，避免触电。

9. 乘客坠落后，如果看到有列车驶来，最有效的方法是立即紧贴里侧墙壁（因为带电的接触轨通常在靠近站台的一侧），注意使身体尽量紧贴墙壁以免列车剐到身体或衣物。在列车停稳后，由地铁工作人员进行救助。

10. 乘客坠落后，看到列车已经驶来，万不可就地趴在两条铁轨之间的凹槽里，因为地铁和枕木之间没有足够的空间容身。

11. 乘客应加强监督意识，发现可疑人员、可疑情况，要立即上报。

12. 如果乘客在地铁站内或车厢内发现可疑物品，应立即报告工作人员，切勿自行处置。如果在地铁车厢内发现不明包裹，在未确定其危险性时，最好远离该包裹。

13. 列车内一般配备了报警按钮、紧急报警电话等装置，车厢内发生事故时，附近乘客可立即通过对话装置向列车司机报告。

14. 如遇紧急事故，乘客要留意车上广播，切不可慌乱，并在司机和车站工作人员的指引下，冷静有序地撤离。

15. 地铁列车车门上方的“紧急开门手柄”不能擅动。如果列车正好停靠在站台上，可拉下“紧急开门手柄”；而当列车停在隧道中时拉下，会十分危险。

16. 发生地震时，在地铁站内的乘客应保持镇静，就地择物躲藏，然后听从指挥，有序撤离，切忌慌乱逃生。如在车厢中，可尽量躲在座位下，等待救援。

17. 地震中，乘客不要盲目大声呼叫，可用身边的器物敲击，与外界联系，以减少体力消耗。要注意搜寻可食用的饮水和食品，延续生命，静待救援。

18. 如果遭遇停电事故，造成地铁车门打不开，没有工作人员的现场安排，乘客不要擅自扒门。

19. 确认地铁里发生了毒气袭击时，应当利用随身携带的手帕、餐巾纸、用衣物等物品堵住口鼻、遮住裸露皮肤，有条件的话请将手帕、餐巾纸、衣物等物品浸湿。

20. 判断毒源，朝远离毒源的方向疏散，有序地到空气流通处或者到毒源上风口处躲避。到达安全地点后，用流动水清洗身体裸露部分。

21. 如遇火灾，要尽可能寻找简易防护，可以用毛巾、纸巾、衣物等蒙住口鼻，有条件的话将其浸湿。在有浓烟的情况下，采用低姿势撤离，因为烟气较空气轻而飘于上部，贴近地面逃离是避免烟气吸入的最佳方法。视线不清时，手摸墙壁徐徐撤离。

22、在遭遇火灾等紧急情况时，乘客可打开车厢中紧急出逃窗，或用应急装置手动打开车门，或砸开未遇火的面向站台的车窗玻璃，进行撤离。

23. 火灾发生时，乘客要确定自己所处的位置、距起火点的距离及火势大小，选择正确的逃生路线。要注意背离火源，朝明亮处疏散，迎着新鲜空气跑。

24. 火灾时不可乘坐电梯或扶梯。

25. 身上着火，千万不要奔跑，可就地打滚或用厚重的衣物压灭火苗。

26. 遭遇恐怖分子劫持时，尽可能保持镇定。要保存体力。切记不要意气用事，不要单靠个人力量硬拼，更不要行为失控。同时，应观察时机，发现恐怖分子的漏洞后，果断抓住战机，临机处置。密切观察恐怖分子的动静，设法传递信息。特战队员对恐怖分子发起攻击时，人质应立即趴倒在地，双手保护头部，随后迅速按特战队员的指令撤离。

27. 疏散中千万不要盲目地跟从人流相互拥挤、乱冲乱撞。要注意车站广播，听从工作人员安排，循从地铁站台和通道内的疏散标志撤离。

28. 疏散过程中要注意脚下异物，严禁进入另一条隧道（地铁是双隧道）。

29. 撤离车厢时不要贪念财物。不要因为顾及贵重物品，而浪费宝贵的逃生时间。

30. 当确定可以安全离开车厢时，青壮年乘客应帮助妇女和儿童下车，搀扶或抬着行动困难的乘客离开现场，从而最大限度地降低人员的伤亡。

31. 如站台有救援专用通道，乘客应在救援人员的帮助下，通过救援专用通道迅速撤离事故现场。

32. 某些地铁增设了与临近高层建筑物的联络通道，并设置相应隔断门。当地铁发生事故后，乘客可通过联络通道进入临近建筑物，特别是发生水灾的情况下，可充分利用城市高层建筑物的优势进行疏散。

33. 列车若在站台附近发生事故，待司机把车开到最近站台并打开车门后，乘客在站台工作人员的协助下进行疏散。

34. 列车若在隧道中部发生事故，来不及驶往车站，乘客可立即疏散。如果车头发生灾难，乘客应从车尾下车后步行至后方车站；如果车尾发生灾难，乘客应从车头下车后步行至前方车站；如果列车中部发生灾难，乘客应从列车两端下车后步行至前、后方车站。

35. 列车若在车站站台发生事故，乘客和站台滞留人员应在工作人员帮助下紧急疏散，站外乘客在听到广播后，不得进站。

36. 车站站台或站厅发生灾难时，车站工作人员通过广播系统对车站滞留的乘客进行疏散，乘客可利用车站楼梯、出入口迅速撤至地面。

37. 乘客在疏散中，如果被裹挟至拥挤的人群中，要听从指挥人员口令。应与大多数人的前进方面保持一致，不要试图超过别人，更不能逆行，千万要避免被绊倒。

38. 拥挤中，如发现有人摔倒，要马上停下脚步，同时大声呼救，告知后面的人不要靠近。

39. 当带着孩子遭遇拥挤的人群时，最好将孩子抱起来，避免在混乱中被踩伤。

40. 若被人流推倒，要设法靠近墙壁，身体面壁蜷成球状，双手在颈后紧扣，以保护身体最脆弱的部位。如有可能，抓住一样坚固牢靠的东西。

（作者根据媒体公开报道、正式出版物和官方网站汇编而成）

图书在版编目（CIP）数据

地铁／韩松著．—上海：上海人民出版社，2010
ISBN 978-7-208-09561-8

Ⅰ．①地… Ⅱ．①韩… Ⅲ．①中篇小说－作品集－中国－当代 Ⅳ．①I247.5

中国版本图书馆 CIP 数据核字（2010）第192895号

责任编辑　杨越江
特约编辑　飞　氘　姬少亭
封面及插画　布　兔

地铁
韩松 著

出　　版　世纪出版集团 上海人民出版社
（200001 上海福建中路193号 www.ewen.cc）
出　　品　世纪出版股份有限公司 北京世纪文景文化传播有限责任公司
（100027 北京朝阳区幸福一村甲55号4层）
发　　行　世纪出版股份有限公司发行中心
印　　刷　北京中科印刷有限公司
开　　本　890×1240毫米　1/32
印　　张　9.625
插　　页　7
字　　数　208,000
版　　次　2011年1月第1版
印　　次　2011年1月第1次印刷
I S B N　978-7-208-09561-8/I·832
定　　价　29.00元

策　　划